THE
QUEEN
Taylor Swift

# 더 퀸

2025년 3월 31일 1판 1쇄 발행

지은이 | 롭 셰필드
옮긴이 | 김문주
펴낸이 | 양승윤

펴낸곳 | (주)와이엘씨
서울특별시 강남구 강남대로 354 혜천빌딩 15층
Tel. 555-3200 Fax. 552-0436

출판등록 | 1987. 12. 8. 제1987-000005호
http://www.ylc21.co.kr

값 19,800원
ISBN 978-89-8401-268-4 03840

* 영림카디널은 (주)와이엘씨의 출판 브랜드입니다.
* 소중한 기획 및 원고를 이메일 주소(editor@ylc21.co.kr)로 보내주시면,
출간 검토 후 정성을 다해 만들겠습니다.
* 본문의 각주는 모두 옮긴이가 작성했습니다.

**롭 셰필드** 지음 · **김문주** 옮김

[더 퀸]

영림카디널

HEARTBREAK IS THE NATIONAL ANTHEM

내가 쓴 슬픈 노래들이 모두 나를 찬양한다는 건
얼마나 낭만적인 일일까?
Is it romantic how all my elegies eulogize me?

- 'The Lakes' 가사 중에서

차례

THE
QUEEN
Taylor Swift

## '옛날 몇 가지 실수를 저질렀을 시절' 빠르게 훑어보기

**1989년** 테일러 앨리슨 스위프트는 12월 3일 펜실베이니아주에서 태어나 크리스마스트리 농장에서 자랐다. 출발점부터가 황당할 정도로 스위프트답다.

**1992년** 남동생 오스틴이 어머니 안드레아와 아버지 스콧 사이에서 태어났다.

**2004년** 스위프트 가족은 내슈빌 교외로 이사를 했고, 그 덕에 테일러는 컨트리 음악을 마음껏 누릴 수 있었다. 14세에 그녀는 처음으로 소니/ATV와 직업 가수로서 작곡 계약을 했다.

**2005년** 테일러는 내슈빌의 블루버드 카페에서 자작곡을 부르며 공연을 했다. 그녀가 부른 첫 번째 자작곡은 'Writing Songs About You'였다. 테일러는 새로운 레이블인 빅 머신Big Machine과 첫 음반 계약을 맺었다.

**2006년** 테일러는 고등학교 1학년에 제작자 네이선 채프먼Nathan Chapman과 함께 자기 이름을 딴 데뷔 앨범을 만들었다. 앨범에 실린 열한 곡 모두 그녀가 직접 작곡하거나 공동 작곡을 했다. 수학 수업 시간에 쓰기 시작했다는 첫 싱글 'Tim McGraw'는 빌보드 컨트리 차트 6위, 팝 차트 40위까지 올랐다.

**2006~2007년** 조지 스트레이트George Strait, 브래드 페이즐리Brad Paisley, 래스칼 플래츠Rascal Flatts, 페이스 힐Faith Hill 그리고 팀 맥그로Tim McGraw 등의 투어 콘서트에서 오프닝을 맡았다(팀 맥그로의 공연에서는 당연히 데뷔곡 'Tim McGraw'를 불렀다). 〈Holiday Collection〉에서는 조지 마이클의 'Last Christmas'를 불렀고, 'Our Song'과 'Teardrops on My Guitar' 등은 팝 크로스오버 히트곡이 됐다.

**2008년** 〈Beautiful Eyes〉 EP 앨범이 3월에 발매됐으며, 10월에는 두 번째 앨범 〈Fearless〉가 공개됐다. 'Fifteen', 'You Belong With Me'와 'Love Story' 등의 히트곡이 탄생했다.

**2009년** 〈Fearless〉로 생애 첫 투어 콘서트를 열었다. 영화 〈한나 몬타나Hannah Montana: The Movie〉에 마일리 사이러스Miley Cyrus와 함께 직접 출연하기도 했다. 9월에 열린 MTV 비디오 뮤직 어워드MTV Video Music Award에서는 칸예 웨스트Kanye West가 갑작스레 무대에 난입해서 말 그대로 테일러에게서 마이크를 빼앗는 사건이 벌어졌다. 당시 비욘세는 '올해의 뮤직비디오상Video of the Year'을 수상했고 테일러가 무대에 오른 차였다. 테일러는 11월에 'Monologue Song'을 부르며 〈새터데이 나이트 라이브Saturday Night Live〉에 등장했다. 언론에서는 테일러의 연인들에 대해 떠들어댔다.

**2010년** 〈Fearless〉는 그래미 어워드에서 '올해의 앨범Album of the Year'을 수상했다. 영화 〈발렌타인 데이Valentine's Day〉로 첫 번째 연기에 도전했고, 전체를 자작곡으로 채운 처음이자 마지막 앨범인 〈Speak Now〉를 발매했다. 수록곡 가운데 'Mine', 'Mean' 그리고 'Back to December' 등이 히트를 쳤다. 모두가 이 앨범을 능가하는 작품은 앞으로 나오기 어려우리라는 데에 동의했다. 언론에서는 계속 테일러의 연인들에 대해 떠들어댔다.

**2011년** 스피크 나우 투어Speak Now Tour를 시작했다. 니키 미나즈Nicki Minaj, 어셔Usher, 파라모어Paramore의 헤일리 윌리엄스Hayley Williams, T.I., 케니 체스니Kenny Chesney, 팀 맥그로 등이 깜짝 게스트로 등장해 테일러와 듀엣을 했다. 투어의 마지막은 제임스 테일러James Taylor가 장식했다. 테일러는 그를 소개하며 "네 이름은 제임스 테일러에게서 따온 거란다!"라던 어머니의 말을 언급했다. 첫째 반려묘 메러디스를 입양했다.

**2012년** 〈Red〉를 발표했다. 수록곡 가운데 'We Are Never Ever Getting Back Together'와 'I Knew You Were Trouble', '22' 등이 히트를 쳤다. 모두가 이 앨범을 능가하는 작품은 앞으로 나오기 어려우리라는 데에 동의했다. 언론에서는 계속 테일러의 연인들에 대해 떠들어댔다.

**2013년** 레드 투어Red Tour를 시작했다. 테일러는 그래미 어워드에서 'All Too Well'을 불렀다. 덴버에서 한 남자 컨트리 음악 DJ가 무대 뒤에서 함께 기념사진을 찍으면서 테일러의 엉덩이를 움켜쥐었고, 이후 이 사건을 언급했다는 이유로 그녀를 고소했다. 테일러는 유명 배우 레베카 하킨스Rebekah Harkness가 소유했던 로드아일랜드주의 저택을 구입했다.

**2014년** 〈1989〉로 파격적인 음악 변신을 했다. 테일러는 맥스 마틴Max Martin이나 앞날이 창창한 잭 안토노프Jack Antonoff 같은 프로듀서들과 함께 경쾌한 신스팝으로 넘어갔다. 'Shake It Off'와 'Blank Space', 'Style' 등이 히트를 쳤다. 둘째 반려묘 올리비아를 입양했다.

**2015년** 1989 투어1989 Tour를 시작했다. 테일러는 작곡가들에게 지급되는 저작권료를 두고 스포티파이, 애플뮤직과 다툼을 벌였다. 또한 칼리 클로스

Karlie Kloss, 레나 던햄Lena Dunham 그리고 하임Haim 자매 등의 소위 '걸스쿼드Girl Squad'나 그 외에 여러 여배우, 모델들과 함께 가십란에 자주 등장했다. 테일러와 당시 절친이었던 클로스와는 〈보그〉 표지도 함께 장식했다('갈라놓을 수 없고, 멈출 수 없고, 사랑하지 않을 수 없는 둘'이란 제목이 붙었다). 그녀는 MTV 비디오 뮤직 어워드에 참석해 "나의 벗 칸예 웨스트"에게 공로상을 시상했다.

**2016년** 〈1989〉가 그래미 어워드에서 '올해의 앨범'을 수상했다. 칸예 웨스트가 테일러를 비난하는 곡을 발표한 후에 그녀의 평판은 나락으로 떨어졌다. 한 유명한 리얼리티 쇼 스타는 자신의 SNS에서 테일러를 '뱀'이라고 불렀다. 모두가 테일러가 완전히 명성을 잃었다는 데에 동의했다.

**2017년** 〈Reputation〉이 11월에 공개됐다. 싱글곡 'Look What You Made Me Do'를 듣고 대중은 이 앨범이 연예인들의 어두운 면을 담았으리라 예상했지만, 결국은 거의 다 사랑 노래였다. 'Call It What You Want', '…Ready For It?' 그리고 'Delicate' 등이 히트를 쳤다. 영국 배우 조 알윈Joe Alwyn과 6년에 걸친 연애를 시작했다.

**2018년** 거대한 뱀 무대장치들이 등장하는 레퓨테이션 투어Reputation Tour가 시작됐다. 빅 머신과의 계약이 끝나고, 유니버설 뮤직과 새로운 계약을 맺었다.

**2019년** 〈Lover〉가 7월에 발매됐고, 'Lover', 'You Need to Calm Down', 'The Man' 등이 히트를 쳤다. 테일러는 러버 페스트 투어Lover Fest Tour를 떠날 예정이라고 발표했다. 빅 머신의 대표가 테일러의 마스터권(음원 사용권)을 그녀와 앙숙이자 칸예 웨스트의 매니저인 스쿠터 브라운Scooter Braun에게 넘겼고, 테일러는 여기에 맞서 앨범들을 모두 재녹음하겠다는 계획을 발표했다. 그러나 모두가 이를 허세라 생각했다. 그녀는 엄청난 예산을 쏟아부은 영화 〈캣츠Cats〉에 출연했지만, 흥행에는 참패했다. 셋째 반려묘 벤저민을 입양했다.

**2020년** 다큐멘터리 〈미스 아메리카나Miss Americana〉가 1월에 첫 공개됐다. 테일러는 코로나19 팬데믹 와중에 새로운 앨범이 나온다는 사실을 발매 하루 전날 발표했다. 〈Folklore〉는 테일러가 깜짝 선사한 가장 커다란 선물로, 꾸밈없는 어쿠스틱 곡으로 빼곡하게 채워졌다. 12월에 또다시 "계속 곡을 쓸 수밖에 없었다"라는 말과 함께 〈Evermore〉를 기습 발매했다. 11월에는 업스테이트 뉴욕에 있는 한 오두막에서 잭 안토노프, 더 내셔널The

National의 아론 데스너Aaron Dessner와 함께 공연하는 모습을 담은 〈포크로어: 롱 폰드 스튜디오 세션Folklore: The Long Pond Studio Sessions〉을 처음 공개했다.

**2021년** 〈Folklore〉가 그래미 어워드에서 '올해의 앨범'을 수상했다. 5월에는 첫 번째 재녹음 앨범인 〈Fearless(테일러 버전)〉가 발매됐고, 이어서 10월에는 〈Red(테일러 버전)〉가 발매됐다. 두 앨범 모두 블록버스터급 히트를 쳤다. 〈Red〉에는 'All Too Well'이 10분 길이의 확장 버전으로 실렸고, 역사상 가장 긴 최고 히트곡이 됐다.

**2022년** 뉴욕대학교NYU에서 명예박사학위를 받고 다음과 같은 내용으로 졸업 연설을 했다. "민망함을 무릅쓰고 사는 법을 배웁시다." 스위프트 박사는 트라이베카 필름 페스티벌Tribeca Film Festival에서도 자신의 단편 영화 〈올 투 웰All Too Well〉이 상영되는 가운데 연설을 했다. 10월에 〈Midnights〉를 발표했고, 테일러의 노래 10곡이 빌보드 톱 10을 모두 차지해 버렸다. 'Anti-Hero'가 8주에 걸쳐 1위 자리에 머무르면서, 역사상 가장 오랫동안 1위를 지킨 노래가 됐다.

**2023년** 디 에라스 투어The Eras Tour가 시작됐다. 4월에 테일러는 알윈과 결별했다고 밝혔고, 싱글이 된 후 그녀에 대한 소문은 'Blank Space' 가사처럼 데프콘DEFCON, 전투준비태세 수준에 다다랐다. 히트곡 'Speak Now'와 '1989'도 테일러 버전으로 재녹음됐다. 〈Lover〉 앨범에서 비교적 눈에 띄지 않던 'Cruel Summer'가 발표 4년 만에 1위 자리에 올랐다.

**2024년** 테일러는 NFL로 진출해서 캔자스 시티 치프스Kansas City Chiefs의 스타 트래비스 켈시Travis Kelce와 데이트를 하기 시작했고 가수 라나 델 레이Lana Del Rey와 함께 슈퍼볼을 관람했다. 우파 음모론자들은 그녀가 '신세계 질서New World Order[1]'를 요구하기 위해 NFL 경기들을 조작하는 심리전을 펼치고 있다고 비난했다. 그녀는 프랭크 시나트라Frank Sinatra, 폴 사이먼Paul Simon, 스티비 원더Stivie Wonder가 가진 기존의 기록을 깨고 그래미 어워드 역사상 '올해의 앨범'을 네 차례 수상하는 최초의 가수가 됐다. 4월에는 새 앨범 〈The Tortured Poets Department〉를 발매했다.

1 영향력 있는 정치인이나 언론인, 종교 지도자 등으로 구성된 비밀결사 단체가 하나의 정부를 구성해 세계를 지배하려 한다는 일종의 음모론이다.

서곡

# 우리의
# 노래는

# 덧문이
# 힘껏 닫히는
# 소리야

✦ 나의 하루를 송두리째 뒤집어 놓은 첫 번째 테일러 스위프트 노래는 'Our Song'으로, 내가 그녀의 팬이 된 기원이었다. 내가 처음으로 들은 노래이자, 팬이 되어 버린 노래 그리고 점심을 먹다 말고 충격을 받게 된 노래였다. 2007년 여름, 나는 매번 의식처럼 그릴드 치즈 샌드위치를 만들어 먹고 CW 네트워크가 매일 오후 재방송하는 시트콤 〈클루리스Clueless〉나 〈왓 아이 라이크 어바웃 유What I Like About You〉를 보았다.

에피소드 하나가 끝날 때마다 최신 팝송들이 흘러나왔지만, 내가 부엌에서 노래를 듣고 당장 뛰쳐나온 것은 이번이 처음이었다. "우리의 노래는 덧문이 힘껏 닫히는 소리야" 뭐야, 이 끝내주는 코러스는? 이 노래의 모든 것이 좋았다. 밴조와 피들 연주, "밤은 늦었고 너희 어머니는 아직 모르시니까!"라고 노래하는 테일러의 비음 섞인 목소리까지. 그러나 특히나 좋은 것은 노래의 끝자락이었다. 소녀가 기타를 집어 들고 가장 좋아하는 노래, 그러니까 자신이 방금 불렀던 노래이자 평생토록 듣고 싶었던 그 음악을 쓴다는 부분이었다.

나는 그 노래를 작곡한 사람이 누구인지 알고 싶어서 구글에 검색했다. 목소리도 좋았지만, 이 선율이 어떻게 탄생했는지가 더 궁금했다. 알고 보니 노래를 부른 가수가 이 곡을 단독으로 작곡했는데, 당시 컨트리 음악에서는 드문 일이었다. 또한 이 작곡가 본인이 바로 가수이기도 했다. 심지어 신인이라고? 엄청 희한한 일이었다. 게다가 열여섯 살이라고? 세상에나. 나는 그녀가 이런 명곡을 한두 곡쯤 더 써줄 여력이 있길 바랐다.

2011년 11월에 뉴욕시 매디슨 스퀘어 가든에서 테일러 스위프트 콘서트가 열렸다. 북미 지역을 도는 스피크 나우 투어의 마지막 일정으로, 나는 처음으로 테일러가 무대에 선 모습을 볼 수 있었다. 내가 처음으로 'Our song'을 들은 순간 이후에도 테일러는 내가 너무 좋아하는 노래를 20~30곡 더 써냈다. 그녀는 "이 자리에서 제 얘기를 조금 들려드려도 여러분이 아무렇지 않게 들어 주시길 빌었어요"라며 자기를 소개했다.

이제 테일러는 유명한 가수다. 그냥 미국 안에서만 유명한 것도 아니다. 가수이자 작곡가이고, 기타 연주의 장인, 이야기꾼, 풍부한 감정의 소유자이자 망작 〈발렌타인 데이〉에 출연한 배우다. 나는 〈롤링 스톤Rolling Stone〉에 실린 테일러의 기사를 탐닉하듯 읽어댔다. 내 키가 196센티미터나 되다 보니, 뒷자리 사람들의 시야를 가리지 않으려면 오늘 밤 자리에서 일어나지 못하리라는 것을 이미 알고 있었다. 그러나 공연장 좌석을 확인한 순간 허리를 곧추세우고 앉을 수도 없음을 깨달았다. 내 주변의 팬들은 앉은키가 겨우 60센티미터에서 90센티미터나 될 동말동해 보였다. 이렇게나 어린 꼬마들이 테일러의 팬이라고는 생각지도 못했기에, 나는 의자 구석에 몸을 한껏 구기고 앉아서 감탄했다.

색색의 전구가 번쩍이도록 손수 만든 의상을 입고 클럽에서 열리는 파티보다 더 많은 형광봉을 든 팬들은 자기네가 공연의 주인공임을 알고 있었다. 머리에는 고양이나 숫자 13[2]에서 모티브를 따온 알록달록한 전구 장식을 달았고, '야옹이라고 해 봐Speak Meow[3]'라고 쓴 피켓을 들고 있었다. 테일러는 이 어린 팬들이 난생처음 만난 기타 치는 소녀였다. 그리고 이들은 테일러가 그녀의 인생을 노래하는 모습을 지켜보고, 또 자기네 인생을 노래해 주는 목소리를 듣고 싶어서 이 자리에 왔다.

2 테일러 스위프트는 한 인터뷰에서 자신이 13일에 태어났고(12월 13일), 13일에 13세가 됐으며 첫 앨범이 13주 만에 1위를 했다는 사실 등을 들며 13을 행운의 숫자로 꼽았다.

3 'Speak Now'에서 따온 구호.

테일러는 이미 록스타다운 능숙한 몸짓을 갖췄지만, 중간중간 텐션을 한두 단계 가라앉히는 데에는 서툴렀다. 그녀가 등장하면서 톰 페티의 'American Girl'의 시끄러운 전주가 울려 퍼지자 팬들은 그 어디서도 들어본 적 없는 광기 어린 함성을 귀청이 떨어지라 쏟아냈다. 순식간에 소녀들의 목소리가 제트기 엔진이라도 돌아가는 것 같은 어마어마한 데시벨까지 치고 올라가더니 이후 두 시간 동안 그 상태가 지속됐다. 관객들은 테일러가 손가락으로 기타 줄을 튕기며 만들어 내는 떨림 하나하나에, 그녀 목소리가 감정에 취해 잦아드는 한순간 한순간에 빠져들었다. 테일러는 소녀들에게 말했다. "가끔 우리에게는 우리가 어떻게 느끼는지 말해 주는 노래가 필요하거든요."

그리고 테일러는 자기는 관객들이 다 보인다고 몇 번이나 반복해서 말했다. "여러분을 보면 창의적인 에너지가 넘쳐나는 걸 알 수 있어요." 테일러는 말했다. "제가 꼬마였던 시절, 밤마다 침대에 누워 상상의 나래를 펼치던 기억이 지금 막 떠올랐어요. 가수가 된다면 어떤 기분일까, 좋아하는 일을 한다는 것은 어떤 모습일까 꿈을 꾸곤 했죠. 멋져 보였어요. 하지만 바로 지금 제가 보고 있는 모습은 훨씬 더 멋지거든요. 제가 여러분께 꼭 해 주고 싶은 말이 있어요. 여러분은 상상 속의 모습보다 더 멋져 보인다고요!"

공연장에 있는 모든 관객이 거침없었고, 테일러는 특히나 더했다. 이런 노래를 할 수 있는 가수가 또 있을까? 'Long Live'처럼 감정이 파도처럼 몰아치는 록을? 'Enchanted'처럼 점점 고조되는 로맨스를? 'The Story of Us'처럼 욱하는 팝펑크Pop-punk[4]를? 아니면 뜨거운 열정이 요동치는 'Love Story'나 심장이 터질 것 같은 절절한 두왑Doo-wop[5]인 'Last Kiss', 왕따들의 반항적인 연대를 담은 'Ours' 같은 노래를? 아무도 없다. 그게 답이다.

전형적인 테일러 스위프트 풍의 여주인공은 애써 반항적으로 굴면서 본래의 모습보다 더 거칠게 말하는 수줍은 소녀이며, 원하는 모습을 이룰 때까지 그 모습인 척 연기한다. 내가 테일러에게 감정이입하는 이유가 여기에 있다. 나는 어른이 된 후 대부분의 시간을 용감해 보이는 가면을 쓰고 지냈고, 속은 순두부 같으면서도 겉으로는 모든 것을 완벽하게 해내는 사람인 양 연기했다. 여태까지 나는 헤드폰을 끼고 홀로 테일러의 음악을 듣곤 했다. 그러나 지금은 큰 소리로 울려 퍼지는 그녀의 노래를 듣고 있다. 이곳에서 테일러는 가장 서투른 감정들을 끄집

4 1970년대에 펑크록과 팝 음악이 결합한 장르로, 속도감 있는 펑크 템포와 감상적인 멜로디를 모두 갖췄다.

5 1940년대에 아프리카계 미국인들을 중심으로 시작된 R&B 음악의 하위 장르.

어내서는 공연장 크기에 맞게 펼쳐 내었다.

내가 냉정을 유지한 유일한 순간은 테일러가 저스틴 팀버레이크의 노래를 부르던 때로, 그 순서가 되자 임시 여자 화장실로 개조되지 않은 남자 화장실을 찾아봐야겠다고 마음먹었다. 겨우 찾아낸 단 하나의 남자 화장실은 어찌나 번쩍번쩍 빛이 나고 깔끔한지, 세면대에서 밥을 먹어도 될 정도였다.

이번 투어에서 매번 그녀는 그 지역에 바치는 노래를 불렀다. 루이지애나주에서는 브리트니 스피어스의 'Lucky'를 불렀고, DC에서는 마이아Mya에게 경의를 표하는 의미에서 'Ghetto Supastar'를 불렀다. 가끔은 고향의 영웅을 불러오기도 했다. 애틀랜타주에서 테일러는 래퍼 T. I.와 'Live Your Life' 무대를 함께하며 리한나의 파트를 대신 불렀다. 뉴욕시의 공연은 누가 장식했을까? 그 누구도 맞추지 못한 정답은 바로 90년대 구구돌스Goo Goo Dolls의 로커로 버팔로를 대표하는 조니 레즈닉Johnny Rzeznik이었다.

테일러는 조니와 함께 'Iris'를 부르며 "지금까지 쓰인 노래 가운데 최고"라고 소개했다. 조니는 이 공연이 자기에게 딱 맞는 곳인지 확신하지 못하기라도 하듯 그다지 신나 보이지 않았다. 그냥 대놓고 말하자면, 조금은 창피해하는 것처럼 보였다. 테일러는 'Iris'를 부르면서 팬들을 위해 조니 혹은 구구돌스보다도 더 심혈을 기울였고, 넘치는 열정으로 무대를 선보였다. 나는 조니가 복잡미묘한 기분을 느꼈다는 데에 뭐라 할 생각은 없다. 다만, 이 세대를 뛰어넘는 순간에, 조니가 테일러의 팬들을 향해 "난 그저 내가 누군지 네가 알아주길 바라"라고 노래하는 모습은 어쩐지 투박하지만 달콤하게 느껴졌다.

나는 몽롱하면서도 기분 좋은 상태로 걸어 나왔다. 음악 저널리스트였던 만큼 라이브 콘서트를 수백만 번 가보고 위대한 가수들을 항상 보았지만, 테일러 스위프트 같은 이는 단 한 번도 만나보지 못했다. 전적으로 헌신하고, 팬들의 열광을 오롯이 끌어내며, 관객과 공연자가 완전히 하나로 이어질 수 있는 이 정도 급의 가수는 없었다. 내가 10대 시절에 다니던, 전 연령을 아우르는 펑크 쇼 같았다. 그곳에서 라이브 공연 중에 아우성치는 슬램 댄스[6]의 짜릿함에 반해 버렸다.

그러나 나는 이미 미래의 모습이 눈에 선하고, 그 눈에 선한 미래에 한껏 흥분할 준비가 되어 있다. 나는 이 소녀들이 자라서 자기만의 밴드를 만드는 모습을 하루빨리 보고 싶다고 생각했다. 수많은 아이들은 자신이 음악의 일부가 될 수 있기에 음악과 사랑에 빠진다. 수많은 팬은 소녀들에게 해야 할 이야기

6 관객들이 서로 밀거나 뛰어서 몸을 부딪치며 추는 춤.

가 있고 이 이야기를 마땅히 들려 줘야 한다고 말하는 테일러의 노래를 듣는다. 그렇게 해서 이들은 기타 치는 법을 배울 것이다. 저마다의 소설을 쓰고, 그림을 그리며, 자기만의 삶을 살아갈 것이다.

나는 친구들에게 그저 입 다물고 있을 수가 없다. 지금으로부터 10년 후면 이 소녀들이 내가 가장 좋아하는 음악을 만들어 낼 것이다. 이 공연을 보았거나 라디오에서 이 노래들을 들은 소녀들은 모두 "모든 걸 지금 떨쳐버려"[7]라고 말하는 목소리를 들었다. 소녀들은 테일러의 목소리를 듣고 스스로 해내야 한다고 결심할 것이다.

결과적으로 말하자면, 그런 일은 실제로 벌어지고 있다.

7 'Speak Now' 가사.

# #01

## 만나서
## 반가워,

## 어디
## 있었던 거야

✦ 테일러 스위프트 같은 존재는 처음이다. 인류 역사상 테일러 스위프트에 맞설 만한 자는 아무도 없다. 2024년 스위프트는 명성으로 보나, 문화적이고 상업적인 영향력으로 보나, 예술적인 능력과 엄청나게 빠른 작업 속도로 보나 최절정기에 도달했다. 그러나 그녀는 지난 18년 동안에도 항상 최절정기에 머물러 있었다.

그냥 흔히 벌어지는 일은 아니다. 그 누구도 이런 식으로 성공 가도를 달리면서, 갈수록 더 큰 인기를 얻고 언제나 활발하게 활동하면서도 여전히 최정상의 자리를 지킨 적이 없었다. 아무리 위대한 거장이라 하더라도 테일러 스위프트에 비할 바가 못 된다. 비틀스가 가수로서 앨범을 발매하고 대대적인 성공을 이어간 기간은 8년이었으나, 데뷔 8년 차의 테일러 스위프트는 앨범 〈1989〉로 더 높이 날아오르고 있었다.

테일러 스위프트의 전설 같은 이야기는 그 어디에도

존재하지 않는다. 이 세상에 테일러는 오직 한 사람뿐이며, 아마도 세상이 감당할 수 있는 정도도 그게 전부이리라. "안녕하세요, 저는 테일러예요." 그녀는 레드 투어[8]에서 이렇게 말하곤 했다. "저는 제 감정을 노래로 써요. 저보고 수많은 감정을 가졌다고 하더군요." 나 또한 확실히 그것을 느꼈다.

2020년대에 테일러는 문화적인 열병이 되었다. 그녀는 팝 음악계에서 가장 난잡하면서도 가장 매력적인 인물이자, 모두가 다 알고 있을 레드카펫 연예인이다. 또한 가장 대중적인 가수이면서도 몹시도 요상하고 신비로운 가수이기도 하다. 테일러는 처음 모습을 드러냈을 때, 자유자재로 연주할 수 있는 기타를 들고 어색한 남부 사투리를 쓰며 내슈빌을 정복하러 온 10대 소녀였다. 그녀는 컨트리 가수로 미국의 국민 여동생이 됐지만, 곧 신스팝[9]Synth-Pop으로 방향을 틀었고 더욱 폭발적인 인기를 얻었다.

현재 테일러는 마이클 잭슨이나 비틀스 이래로 팝 음악계에서 가장 거대한 센세이션을 일으키는 주역이며, 그녀의 인기는 더 이상 오를 곳이 없어 보일 때조차 치고 올라간다. 테

8 테일러 스위프트는 2012년 네 번째 앨범인 〈Red〉를 발매한 기념으로 2013년 3월 13일부터 2014년 6월 12일까지 투어 콘서트를 열었다.

9 신시사이저와 드럼 머신, 시퀀서 등을 중심으로 한 전자음과 느린 템포로 몽환적인 느낌을 내는 음악 장르.

일러는 2020년대에 일곱 장의 앨범이 빌보드 차트 1위에 오르는 기록을 세웠다. 테일러는 세계적인 현상이자 우리의 감성을 뒤흔드는 자다. 목소리를 높여 여성성을 부르짖는 활동가이자 과도할 정도로 과잉된 감정을 불러오는 조력자 그리고 타고난 록스타다.

이미 지금, 테일러는 미쳐버릴 것 같은 모순과 문화적인 난제 속에서 팝 음악을 구체적으로 보여 주는 스타가 됐다. 세월의 흐름에 따라 테일러는 계속 실험을 이어가면서 새로운 모습으로 변화하고 있다. 그녀는 대중문화에서 논란의 중심에 선 인물로 등극했으며, 그 누구도 예상하거나 원치 않는 어질어질한 예술적인 변화를 가져오고 있다. 또한 매일 밤을 새워가며 "가부장제를 쳐부수자!"라고 소리 질러줄 팬들이 공연장을 꽉 채울 만큼 많이 생겨난다.

신스 디스코Synth-disco 앨범도, 어쿠스틱 포크 앨범도 내놓는다. 또한 순전히 사적인 이유로 자기 노래 전체를 다시 녹음하겠다고 결정을 내린다. 누가 봐도 말이 안 되는 아이디어였지만 그녀는 그냥 넘어가지 않았고, '테일러 버전'으로 다시 부른 노래는 공개할 때마다 하나의 이벤트가 됐다.[10] 2011년에는 매기

10 테일러 스위프트는 2006년 빅 머신 레코드와 계약을 맺고 데뷔 앨범을 비롯해 여섯 장의 앨범을 발매했으며 이 시기의 마스터권(음원 사용권)은 회사에 속해

질렌할이 쏟아진 캐모마일 차를 닦는 데 써 버렸을 법한 목도리에 전 세계 수백만 명의 사람들이 감정을 이입하고 말았다.[11]

테일러는 너무 많다 싶을 정도로 다양한 모습을 가졌고, 그 갖가지 모습의 테일러들이 아무 때나 마이크를 쥐고 노래하고 싶어 한다. 그녀는 으레 록스타들이 그러하듯 뛰어난 행보를 보이거나 처참한 실수를 저지르면서 우리에게 골이 흔들리는 듯 띵한 충격을 안겨 준다. 테일러는 컨트리 음악과 결별했다가 또다시 제자리로 되돌아왔다. 싱글에서 벗어났다가 또다시 돌아오기도 했다. 사람들은 테일러에게 자신들의 잣대를 들이대고 헐뜯으며 비웃고 비난한다(무시하기도 하냐고? 그건 있을 수 없는 일이다).

테일러에게는 근사한 아이디어도, 형편없는 아이디어도 있다. 이 형편없는 아이디어가 근사한 노래로 태어나기도 하

있었다. 그녀는 2018년 유니버설 뮤직 그룹과 새 계약을 맺었고 이때부터 테일러가 마스터권을 직접 소유했다. 2019년 테일러와 사이가 좋지 못했던 스쿠터 브라운이 빅 머신 레코드를 인수하면서, 테일러는 기존의 마스터권을 되찾기 위해 빅 머신 레코드에서 발매했던 앨범들에 수록된 노래들을 모두 재녹음하고 해당 노래에 대한 마스터권을 소유하게 됐다.

**11** 테일러 스위프트가 2012년 발표한 'All Too Well'은 연인과의 순수했던 사랑과 이별을 담은 노래로, 가사 중에 헤어진 연인의 누나 집에 놓고 온 목도리가 등장한다. 2011년 테일러는 배우 매기 질렌할의 동생이자 배우인 제이크 질렌할과 3개월 동안 연인 관계로 지냈고, 둘이 헤어진 후 제이크 질렌한이 테일러의 것과 똑같은 디자인의 목도리를 두르고 외출한 모습이 목격되면서 팬들은 이를 'All Too Well'에 등장하는 목도리라고 믿고 제이크 질렌할에게 SNS 테러를 했다.

고, 그 반대가 되기도 한다. 테일러는 어떤 상황에서든, 아무리 사소하거나 평범해 보이는 상황에서도 극적인 부분을 찾아낸다. 그녀는 팝을 만들고, 듣고, 경험하는 방법을 바꿔 놓았다. 미끼를 던지고, 낚아챘다. 테일러는 차분하고 정적인 생활을 누리려는 사람에게는 최악의 롤 모델이다. 모든 감정 하나하나를 자신에게 찾아올 마지막 감정이라 확신하며 몸을 맡기기 때문이다.

2024년에 테일러 스위프트가 음악 산업 그 자체라고 말하는 것은 진부하지만 그렇다고 무조건 틀린 말도 아니다. 테일러의 '디 에라스 투어'는 어마어마한 블록버스터 대작으로, 업계의 관점에서 설명하기가 쉽지 않다. 그녀가 2023년도에 올린 수익은 10억 달러로, 그다음으로 규모가 큰 두 개의 투어 콘서트(비욘세와 브루스 스프링스틴)를 합친 것보다 훨씬 높았다. 2024년 상반기에 발매된 〈The Tortured Poets Department〉 앨범은 가장 많이 팔리고 가장 자주 스트리밍되었을 뿐 아니라, 이후 나머지 기간에 빌보드 10위권 안에 든 앨범들을 모두 합친 양보다 더 많이 팔렸다. 그나마 그 열 장의 앨범 가운데 다섯 장은 테일러의 것이었다.

테일러 스위프트는 더 이상 인기가 높아지는 것이 불가능해 보이는 지점에 도달할 때마다 팬마저도 어안이 벙벙해질 수준으로 또 한 번 도약해 왔다. 테일러는 어떻게 계속 성장해 나갈 수 있을까? 어떻게 그 많은 사람들이 늘 그녀의 노래를 들으면서 저마다 자기 이야기라고 느낄 수 있을까? 테일러의 성공을 설명하려는 이론들이 셀 수 없을 만큼 많지만, 모두 틀렸다. 중요한 건 그녀의 패션이 아니다. 유명인 남자 친구도, 그녀의 세세하고 개인적인 신화도 아니다. 그녀가 롤 모델이라서, 아니면 롤 모델이 아니라서도 아니다. 이를 패션이나 유행, 가사, 이미지, 아니면 사업적인 감각이라고 깎아내릴 수는 없다. 테일러는 예민한 청소년이 겪다가 벗어나는 그런 시기가 아니다. 그렇다면 도대체 뭘까?

테일러는 다른 무엇보다도 영원한 작곡가다. 그 누구도 결코 인정하려 하지 않을 때조차 그렇다. 그러나 그녀는 사람들이 자기 이야기처럼 듣는 노래를 작곡할 수 있는 독특한 재주를 언제든 발휘하고, 그리하여 그녀의 음악은 사람들을 가장 홀리는 방식으로 세대와 문화의 장벽을 뛰어넘는다. 그녀는 본진인 10대 팬들을 향해 노래를 불렀지만, 거기서 멈추려 하지 않았다. 테일러는 온 세상이 자기 노래를 듣길 원했다.

모든 사람이 그 노래를 항상 들을 수 있어야 한다는 생각으로 그녀는 자신의 우상들을 연구하고, 비결을 배우고, 어떻게 하면 자기만의 색을 입힐 수 있는지 알게 됐다. 어린 시절에도 테일러는 음악사를 학자처럼 공부하고 그 안에 자기 자리를 자신만만하게 찾아냈다. 테일러는 길고, 저속하고, 피비린내 나고, 지저분하고, 광기 어린 팝 음악의 모든 이야기 사이에서 자기 자신(과 자신을 지지하는 이들)의 노래를 써 내려가기 시작했다. 그러나 그 누구도 이 노래들이 어디까지 뻗어 나갈지 예측할 수 없었다.

어떤 이들은 테일러가 창의력 넘치는 천재이자 문화 대통령이며, "소녀들이여 일어나라"라고 부추기는 에너지와 아픈 새끼 고양이들을 치료해 줄 수 있는 능력을 갖추고선 역사를 무너뜨리려는 페미니스트 저항 운동가라고 본다. 또 어떤 이들이 보기에 테일러는 이기적이고 교활하며 불평을 늘어놓는 악동이다. 사소한 모욕에 복수하고 싶어서 페미니즘과 예술가의 권리를 들먹이며 징징대는 위선자이자, 진상 중의 진상, 상진상이다. 여기에다 희생자인 척하면서 남자들을 비방하고, 인간의 허영심이 고여 있는 하수구에서 풍겨 나오는 악취를 몽땅 상징적으로 보여 주는 다재다능한 계집애 노릇을 한단다.

이들에게 테일러는 자본주의와 특권, 자기도취, 자기연민 그리고 방종의 아이콘이다. 곡 만드는 데에 쓰려고 연예인 남자 친구들을 줄줄이 갈아 치우며 카메라 세례를 받으려는 여우이고, 가족적 가치의 파괴자이자 미국의 국민 멍청이다. 테일러는 시상식에서 벌떡 일어나 춤을 추면서 그 자리를 자기 것으로 만들려는 관심병자이자, '어른이 된 테일러Big Taylor'의 비호

하에 음악계를 장악하려는 기업을 지휘하는 악덕 졸부다. 그리고 악의 왕좌에 오른 버릇 없는 공주이기도 하다.

테일러의 자만심도, 뭐든지 과한 모습도, 단 1초도 테일러답지 않을 수 없는 그 모습까지, 아주 많은 문제가 존재한다. 테일러가 사람들을 돌아 버리게 만든다는 게 전적으로 이해가 간다. 테일러는 항상 예술적인 자신감이 넘쳐흘렀다. 《로미오와 줄리엣》의 이야기를 가져와 "'내가 네 아버지께 말씀드려 놨어'라니? 로미오가 줄리엣의 사촌을 칼로 찔러 죽였는데?"라며 플롯을 바꾸겠다고 결심했을 때도 아직 10대였다.[12] 테일러는 어린 시절에도 치열하게 경력을 쌓아 보기 무서울 정도였다.

2006년 처음으로 전국에 방송된 라디오 인터뷰에서 진행자는 그녀에게 이렇게 물었다. "'이게 없으면 오늘날의 내가 될 수 없었다'랄 게 있다면 뭘까요?" 대답하기에 어렵지 않은 질문이었다. 어떤 신인이든 이 순간에는 자기에게 꿈을 좇으라고 가르친 부모님께 감사의 말을 전해야 함을 안다. 아니면 이 모든 것이 가능하도록 해 준 신에게, 또는 팬들에게 감사해야 한다. 팬이 없었다면 아무것도 할 수 없었을 테니까. 그러나 테일러는 주저 없이 대답했다. "기타가 없었다면 오늘날의 제가 될 수

12 'Love Story'는 로미오와 줄리엣의 이야기를 모티브로 삼았다.

없었을 거예요."

테일러는 헌신을 끌어내는가 하면 증오와 공포, 경멸 그리고 7월의 크리스마스트리 농장이 드리우는 것보다 더 큰 그림자를 선사한다. 테일러를 온전히 이해하기 위해서는 사람들에게서 불러일으키는 각양각색의 본능적인 반응을 알아야만 한다. 언제든 테일러를 두고 논쟁을 시작할 수 있다는 것, 이것이 테일러다운 점이다. 흔히 테일러를 짜증 나고 기 빨리게 만드는 존재라고 보는 사람이 많다. 테일러 스위프트 자신도 그렇게 느낀다.

테일러가 만들어 낸 팬덤과 같은 존재는 어디에도 없다. 나는 에라스 투어에 3일 연속으로 갔고, 첫날 주차장에서는 10분 전만 해도 모르던 사람이 내게 베티스 카디건Betty's Cardigan[13] 우정 팔찌를 나눠줬다. 미스 아메리카나Miss Americana[14], 카우걸, 미러볼[15], NYU 졸업모와 가운, 필라델피아 이글스[16]의 70년대 빈티지 티셔츠 등으로 끝내주게 차려입은 스

13 〈Folklore〉에 실린 'Betty', 'Cardigan', 'August'를 상징하는 팔찌로, 이 세 곡은 삼각관계에 처한 세 남녀 각자의 시점에서 부른 노래다.

14 넷플릭스에서 방송한 테일러 스위프트 다큐멘터리의 제목.

15 테일러 스위프트는 팬들의 사랑을 받아 빛나는 자신을 미러볼에 빗대 'Mirrorball'을 작곡했다.

16 테일러 스위프트는 당시 필라델피아 이글스의 선수 트래비스 켈시와 교제 중이었다.

위프티[17]Swiftie 들이 3일 내내 부족의 의식을 열었다. 내 조카의 룸메이트들은 '눈이 휘둥그레진 게이들[18]Wide-Eyed Gays' 옷을 입고 갔다.

나는 티슈를 추가로 더 구입해서, 일요일 밤에 상당히 유용하게 사용했다. 'Fearless'의 간주를 들으며 나와 같은 줄에 앉아 있던 몇몇이 오열했기 때문이었다. 테일러가 ''Tis the Damn Season'을 시작으로 〈Evermore〉 순서로 접어들 때, 보안 요원이 다가와 말했다. "티슈 안 필요하신가요?" 몇 줄 떨어진 곳에 있던 또 다른 팬들은 눈물샘이 터져버리는 비상사태에 처해서 마구 흐느껴 울며 내게 말했다. "이 앨범이 너무 좋아요!" 테일러 공연에서만 볼 수 있는 광경이었다. 내 뒤에 앉은 여성은 'All Too Well'의 전주를 듣자마자 털썩 무릎을 꿇더니 뱃속 아기처럼 몸을 웅크리고는 10분 내내 엉엉 울었다. 와, 당신이 진정한 챔피언이다.

테일러 스위프트가 원래 역설 그 자체이지만, 그녀가 보여 주는 가장 커다란 역설 가운데 하나는 친구에게조차 털어

17 스위프트 팬덤 이름.
18 '디 에라스 투어' 관련 상품.

놓고 싶지 않은, 가장 사소하고 비밀스러운 고민에 관한 노래를 쓰는 방식에서 드러난다. 테일러가 이 순간들을 가공해 내는 유일한 방법이 바로 이를 공연장이 터져 나갈 듯한 시끄러운 괴성으로 바꿔 놓는 것이기 때문이다.

또한 고트족 여사제 같은 드레스를 펄럭이는 테일러가 검은색 옷을 차려입은 장송 행렬을 끌고 다니면서 6만 명의 사람들과 함께 'My Tears Ricochet'를 부르는 것도 정말 기괴했다. 테일러가 거의 후렴구에 가까운 "하늘을 향해 소리칠 때"라는 부분을 부르면서 실제로 허공을 향해 소리 지를 때는 카타르시스가 느껴졌다. 이 노래들이 얼마나 익숙한지와는 상관없이, 피에 굶주린 스위프티들 사이에서 듣는 것은 또 다른 이야기였다. 스위프티들은 집단적인 황홀경과 무아지경 그리고 어둠 속의 카타르시스를 맛보기 위해 여기에 모인 것이었다.

일요일 밤 공연에서 〈Midnights〉 순서가 마무리되는 동안, 대화가 오가는 소리가 들렸고 나는 근처에 있던 보안 요원이 팬과 말다툼을 벌이는 모양이라고 생각했다. 그러나 알고 보니 이들은 그저 우정 팔찌를 교환하고 있었을 뿐이었다. 테일러의 콘서트는 이런 식이었다.

디 에라스 투어는 그녀의 과거를 훑는 여정으로, 그동안 테일러가 보여줬던 모습들이 모두 등장한다. 그 말인즉슨, 우리가 동일시했던 그 모든 테일러라는 의미다. 테일러는 언제나 투어 하나하나를 우리가 경험할 수 있는 최고의 밤이 될 수 있게 기획했다. 그러나 그녀는 이번 투어를 우리 모두의 인생에서, 우리가 살아온 모든 시대Era에서 최고의 밤이 될 수 있게 만들었다. 디 에라스 투어는 그녀와 관객들이 몇 년에 걸쳐 함께 여행할 수 있는 모든 성스러운 땅[19]을 축복하는 자리다. 그녀가 창조해 낸 그 세계의 일부가 된다는 것은 최고의 경험이다.

2000년대 초반에 태어난 내 꼬마 조카들에게 테일러는 비틀스와 모타운Motown, 브루스 스프링스틴과 브리트니를 모두 제곱한 딸기 아이스크림 같은 존재였다. 조카들은 침실 벽을 테일러의 사진과 가사, 앨범 커버로 꾸며서 성지로 만들었다. 내 여동생은 자기 딸 방을 보며 이렇게 말했다. "내가 저 나이 때는 다 남자애들 사진이었는데."

이들은 테일러가 보모가 되어 자기네들을 돌봐 주러 올 수 있게 계획을 세웠지만, 모든 10대 청소년이 보모 아르바이트를 하는 것이 아니라는 사실에 충격을 받았다. 또 테일러의 노래를 연주하고 싶어서 기타를 배웠고, 가사에 숨겨진 암호를 읽는 법을 내게 가르쳐 주었다. 그러나 조카들은 내게 혹독한 테일

19 〈Red〉의 'Holy Ground'를 빗대었다.

러 상식 테스트를 치르게 했고, 나는 '와이오미싱Wyomissing[20]' 철자를 틀리는 바람에 탈락하고 다시 시험 볼 기회를 얻지 못했다.

'White Horse'는 조카들이 서너 살 무렵 아장아장 걸어 다닐 때 할아버지 댁 뒷마당에서 서로에게 불러 주던 노래다. 한 명은 현관에 서서 노래를 부르고 다른 한 명은 관객이 되어 환호를 보내고 손뼉을 치다가 서로 자리를 바꾸곤 했다. 아이들은 성숙한 소녀가 진정성 있는 목소리로 자기감정을 표현하는 이 노래로부터 전혀 문제없이 자기 이야기를 찾아냈다. 그러면서도 현관 벤치에 기어 올라가 가수로 변신하고 스포트라이트가 켜진 상상 속 무대로 걸어 들어가길 좋아했다. 아이들은 'White Horse'에서 변신할 힘을 찾아냈고, 찾아낸 그 힘은 아이들의 몫이었다.

팝 음악계에서 테일러가 이뤄낸 가장 위대한 업적은 무엇일까? 세상을 지배하고픈 다른 패기 넘치는 젊은이들 사이에서 테일러가 돋보이는 이유는 무엇일까? 그녀는 '소녀 팝 가수Pop Girl'의 길을 선택해 장르나 스타일, 일시적인 유행의 중심이 아닌 음악의 중심이 되었고 소녀 팬들이 떠올리던 팝 음악의 이미지를 재창조했다. 테일러가 처음 가수의 길을 걷기 시작한

20 테일러 스위프트의 고향.

2000년대에는 어린 소녀가 자기 곡을 직접 쓴다는 개념이 매우 생소했다. 이제는 그 개념이 팝 음악 자체가 됐다.

테일러는 언제나 'Fifteen'에 따라 살아왔다. 이 곡은 테일러가 아직 20대에 접어들기 전, 친애하는 10대 소녀 또래에게 "제아무리 평범한 소녀라도 말해야 할 자기만의 이야기가 있다"라고 생생하고 직접적으로 전하기 위해 쓴 노래였다. 소녀들의 이야기는 중요했고, 그 비밀은 소중하며 우정은 진실했다. 음악을 듣는 세대 전체가 성장하고 있는 이 세상은, 음악계에서 가장 반짝이는 스타가 모든 소녀는 마음속에 음악을 품고 있으며 그 노래를 부를 권리가 있다고 주장하는 곳이다. 또한 당장은 테킬라를 잔뜩 퍼마시고 질퍼덕한 화장실에서 변기 붙잡고 토하는 것 말고는 득이 될 게 없을지라도, 모든 소녀는 다른 소녀들의 노래에 귀를 기울이며 인생을 개척해 나갈 것이다.

정확히 말하자면 테일러가 컨트리 음악에서 팝 음악으로 넘어갔다고 하기도 어렵다. 테일러는 지금까지 찾아볼 수 없었던 팝 스타가 되기로 마음먹었고, 따라서 뭔가 새로운 존재를 만들어 냈기 때문이다. 한때 제임스 테일러가 조니 미첼[21]Joni Mitchell에 관해 "캔버스를 마련하고, 또 그 위에 그림을 그린다"

21 영화 〈러브 액츄얼리〉에 삽입된 'Both Side Now'로 잘 알려진 캐나다의 싱어송라이터.

라고 했던 말은 테일러에게도 해당된다. 그리고 지금 우리는 테일러 스위프트의 세계에 살고 있다.

테일러는 음악이 얼마나 쉽고 편안한지를 강조하며, 소녀들을 음악의 세계로 데려오려고 일부러 어설프게 굴었다. 레드 투어에서는 어린 팬들에게 12현 기타를 다음과 같이 설명했다. "보통 기타보다는 줄이 두 배 많아요. 그러니까, 여러분이 오늘 공부할 수학이 바로 그거랍니다."

테일러는 2010년 초 그래미 어워드에서 스티비 닉스Stevie Nicks와의 듀엣 무대를 재앙으로 만들면서 처음으로 대중 앞에서 처참하게 실패하는 모습을 보였다. 그녀는 숄을 두른 로큰롤의 여왕[22]과 'Rhiannon'을 불렀고, 계획대로라면 이 자리는 왕좌를 물려받는 자랑스러운 순간이었어야만 했다. "스티비 닉스와 무대를 함께하다니 정말 꿈만 같아요. 크나큰 영광입니다." 테일러는 이렇게 밝혔다.

그러나 첫 가사부터 틀린 음정이 나왔고, 한 음 한 음 실수가 이어지면서 웨일스 마녀가 고통에 몸부림치며 비명을 지를 지경이었다. 테일러가 정신없이 몸을 흔들어대며 춤을 추자, 차분하고 멋들어지게 서 있는 닉스와 비교되어 바보 같아 보였

22 스티비 닉스는 공연을 할 때 항상 숄을 두르는 것으로 잘 알려져 있다.

다. 스위프트는 그날 '올해의 앨범'을 포함해 네 개의 상을 받았지만, 다음날 그녀의 목소리를 두고 한바탕 논란이 일었다. 테일러가 제대로 곡을 따라 부를 수나 있는지 모두가 의문을 품었다.

테일러는 이때 처음 컨트리 음악 시장에서 벗어나 대중들에게 목소리를 들려주었다. 그리고 많은 사람이 이 애송이를 과대 포장된 음치라고 결론 내렸다. 스위프트는 진짜 가수가 아니야. 어쩌면 그 어떤 곳에서도 진짜가 아닐지 몰라. 그리고 그래미 어워드는 뭐 장난이지. 〈워싱턴 포스트〉는 '테일러 스위프트의 꽃길 인생: 놀랄 만큼 형편없는 공연을 선보이고도 2010년도 그래미 최다 수상자에 오르다'라는 기사를 실었고, 〈뉴욕 타임스〉는 그녀를 두고 '보컬 장애'라고 칭하는 등의 전형적인 반응이 일었다. 반발이 너무 거센 나머지 테일러는 여기서 영감을 얻어 'Mean'[23]을 썼다.

'Rhiannon' 듀엣 무대는 몇 년 동안이나 테일러를 어마어마하게 억누르는 마음의 짐이 되어 괴롭혔다. 가수들이 그래미 어워드에서 큰 실수를 저지르는 일은 아주 흔하다. 몇 년이 흐른 뒤에 아델은 똑같은 낭패를 겪고선(마이크가 고장 나는 바람에 아델은 자기 목소리가 들리지 않아 음 이탈을 했다) 이렇게 말했

23 '못된', '심술궂은'이란 뜻으로, 테일러는 가사에서 자신을 공격하는 사람들을 반복적으로 'mean'이라고 표현했다.

다. "살다 보면 그럴 수도 있지."

그러나 이쯤에서 세상은 테일러가 실패하는 꼴을 보는 것이 얼마나 즐거운지 깨닫게 됐고, 테일러를 격하게 아끼는 팬들조차 여기에 빠져들었다. 이 금발 소녀는 크게 실패하더라도 이를 엄청난 쇼 비즈니스로 바꿔 놓을 수 있는 매력을 지니고 있다. 'Rhiannon'부터 시작해 CG로 만들어 낸 테일러의 털에만 관심이 쏠리고 비웃음당했던 영화 〈캣츠〉에 이르기까지 이런 매력은 그녀의 활동에서 일관성 있게 유지된다. 우리가 앞서 일찍이 깨우쳤듯 테일러에게는 색다른 특징이 있다. 그녀는 실패할 때도 얌전히 실패만 하지 않는다. 마돈나와 마찬가지로 테일러는 실패조차 전설의 일부가 되는 그런 스타다.

테일러의 모든 것이 사람들의 발작 버튼을 누른다. 그녀는 끊임없이 작품을 쏟아내는 속도조차 미쳤다고 할 정도라, 다른 가수들과는 격이 다른 수준이다. 그녀는 팬들이 좇아갈 수도 없을 만큼 탁월한 재능을 뽐내던 2007년의 릴 웨인Lil Wayne이나 1977년의 보위Bowie처럼 승승장구하고 있다. 다만 테일러는 이 둘과 달리 거의 20년에 가까운 세월 동안 최정상의 자리를 유지하고 있다. 단 일 년도 쉬지 않고 끊임없이 새로운 음악을 추구하며, 심지어 한가한 시간에는 곡 전체를 재녹음한다. 그녀는 지독하게 앞으로 나아가기 위한 일부 원칙을 막 터득했고,

"진정한 갱스터는 라자냐의 G처럼 조용히 움직이지"라는 릴 웨인의 가사[24]처럼 활동한다. 그러면서도 여전히 젊고, 최고의 자리에서 내려올 줄 모른다.

18년 차 가수라니, 이 정도면 가장 위대한 가수들조차 활동이 뜸해질 만한 시기다. 이렇게 생각해 보자. 데이비드 보위David Bowie는 이 시기에 도달했을 때 'Never Let Me down'을 발표하며 1980년대의 아이콘이었던 파워 숄더와 함께 내리막길을 걷기 시작했다. 프린스Prince는 'Emancipation'와 함께 '프린스라 불렸던 가수Artist Formerly Known As Prince'[25]로 변신했다. 스프링스틴은 〈Lucky Town〉의 시기를 거치고 있었고[26] 딜런은 기독교에 심취해서 설교를 늘어놓던 시기에 바닥을 쳤다.[27] 스티비 원더Stevie Wonder는 〈The Secret Life of Plants〉로 갈피를 잃고 말았다(반면에 마돈나는 'Music'으로 계속 잘나갔고, 그룹으로 시작한 가수들을 따지자면 또 다를 수 있다). 이 가수들은 이후에

**24** 릴 웨인의 '6 foot 7 foot' 중 "real Gs move in silence like lasagna"에서 G는 갱스터(Gangster)의 약자로, Lasagna에서 g가 묵음인 것을 빗대었다.

**25** 프린스는 1996년 소속사와의 갈등으로 기존의 이름 대신 '프린스라 불렸던 가수'라는 이름으로 활동했다.

**26** 1992년 발표한 열 번째 앨범으로 판매가 부진했으며 스프링스틴의 인기가 이 앨범부터 내리막을 걸었다.

**27** 밥 딜런은 1979년 말 갑작스레 '거듭난 기독교인(Born-again Christian)'이 되었다고 주장하며 1981년까지 복음주의 성향이 강한 앨범을 세 차례 발표했다.

도 위대한 앨범들을 내놓았다는 점에서 번아웃이 온 것은 아니나, 다만 18년 차에 걸림돌에 걸렸을 뿐이다.

테일러는 다르다. 그녀는 바로 이 순간의 일부여야만 한다. 우리는 리한나Rihanna와 배드 버니Bad Bunny, 드레이크Drake 그리고 SZA와 해리 스타일스Harry Styles, 로살리아Rosalia까지 존재감 넘치는 팝 아이콘의 시대를 살아가고 있지만, 테일러는 언제나 간절히 이 순간의 일부가 되려 한다. 그녀는 비욘세가 팝의 한계를 새로 규정짓던 시대에 등장했고, 그 이후로 끊임없이 지평을 넓혀 가고 있다.

비욘세는 앨범과 앨범 사이에 몇 년이나 공백기를 가지는가 하면 공개적인 발언은 거부해서 여왕으로서의 신비감을 유지해 왔다. 테일러가 비욘세의 신비주의를 모방할 리는 없으나, 퀸 베이[28]Queen Bey가 팝의 가능성에 대한 개념을 바꿔나가고 있을 무렵 성인이 됐다. "너무 기쁘다. 비욘세의 영향력이 없었다면 내 인생이 어땠을지 상상할 필요도 없으니까." 테일러는 2023년 비욘세와 서로의 콘서트 다큐멘터리 시사회에 참석하면서 인스타그램에 이렇게 썼다. "나와 지금 이 자리에 있는 모든 가수가 규칙을 깨트리고 업계의 규범에 저항할 수 있도록 그

28 비욘세의 애칭.

녀가 가르쳐준 방식. 그녀의 관대한 정신과 회복력 그리고 다재다능함까지. 그녀는 내가 활동하는 동안 나를 인도하는 빛이다."

테일러는 매사에 열정적인 인물로 남을 것이다. 그녀는 상습적으로 감정 과잉임을 드러내며, 무엇 하나 타고난 것 없이 그저 노력하고 노력하고, 또 노력하는 것이 전부다. 'Fifteen'에서 테일러는 이렇게 경고한다. "넘어지기 전에 살펴보는 걸 잊지 마." 그러나 그녀가 나누는 현명하고 분별력 있는 조언이 대부분 그렇듯, 정작 테일러 자신은 평생 살면서 그런 조언을 따르려고 단 한 번도 고민해 본 적이 없다. 우리 테일러 아씨 혹은 절대로 눈을 내리깔지 않는 이 여왕님은 어둠 속에서 뛰어오르길 좋아하는 사람이다.

그녀에겐 언제나 단숨에 뜨거워질 수 있는 심장이 있고, 그 심장은 멜로드라마처럼 연애하고 과격하게 정사를 즐기다가 불쑥 그만두라고 지시한다. 테일러는 이런 점을 표현하는 노래들을 많이 불렀는데, 내가 가장 좋아하는 노래는 'Holy Ground'다. 그녀는 가장 최근에 만나는 연인과 영혼으로 강력하게 연결되어 있다고 흥분해서 떠들고, 둘에게 얼마나 공통점이 많은지 숨도 안 쉬고 늘어놓다가 결정적인 한 방을 먹인다. "그리고 그게 첫날이었어!"

그러나 이 노래들을 들을 때 나는 다른 누군가의 인생

을 구경하는 구경꾼이 아니다. 그녀가 써왔던 수백 가지의 음률은 경이롭게도 나를 무너뜨렸고, 이 노래들로 인해 나는 내 감정에 너무 세게 부딪혀 무릎 꿇을 수밖에 없었다. 가끔은 테일러가 내 일기장을 소리 내어 읽는 것처럼 들려서, 나 자신이 요란하게 눈에 띄도록 발가벗겨진 듯 느껴지기도 했다. 이 노래들은 슬플 때나 기쁠 때, 아니면 고통스러울 때도 나를 따라다녔다. 변명하자면, 뭐 내가 할 말은 없다. 테일러의 "애쓰고, 애쓰고, 또 애쓰죠[29]"에서 느껴지는 에너지는 뭔가 오싹하지만, 그녀가 이런 노래들을 쓸 수 있는 유일한 방법이기도 하다.

테일러는 사람들에게 그녀의 노래를 자전적으로 읽으라고 유혹하지만, 그러면서도 가장 심오한 비밀은 언제나 속으로 간직한다. 사람들은 테일러를 연예인, 신화 아니면 타블로이드 신문의 주인공이라고 추측하길 좋아한다. 이것이 이 게임의 본질이고 재미있는 부분이다. 나는 그 누구보다 이 게임을 즐긴다(물론 테일러만큼 즐기지는 않겠지만). 그러나 언제나 가장 매력적인 테일러는 음악인 테일러다. 그녀는 우리 중 아무도 영원히 파악하지 못할 그런 사람이자, 퍼즐 조각처럼 보이지만 결국은 우리를 비추는 거울이다.

29 'Mirrorball' 가사.

# #02

## 너를 사랑해,

## 그래서
## 내 인생이
## 망가지고 있어

✦ 테일러는 한때 자기 노래를 '만년필Fountain Pen', '반짝이 젤리 펜Glitter Gel Pen' 그리고 '깃털 펜Quill Pen'이라는 세 가지 카테고리로 나눴다. "비유적으로 말하자면, 곡을 끄적일 때 내가 손에 쥐고 있다고 상상하는 필기구를 기준으로 이 카테고리를 나눈 거예요. 실제로 깃털 펜으로 쓰는 건 아니랍니다. 이젠 아니라는 얘기예요. 잠시 머리가 돌았을 때 망가뜨렸거든요." 그녀는 2022년 이렇게 말했다.

만년필 노래는 몹시 직설적이다. "제가 쓴 가사들의 대부분은 '만년필' 가사예요. 현대적이면서도 개인적인 이야기들이죠. 소름 끼칠 정도로 세세하게 모든 걸 보고, 듣고, 느낄 수 있을 정도로 몽땅 다 기억하고 있는 그 순간들에 관해 시처럼 쓴 거예요." 스위프트는 말했다. 깃털 펜 노래는 '당신이 마치 촛불로 비춰가며 소네트를 쓰는 19세기 시인이라도 되는 양, 완전 구닥다리처럼 느끼게 만들려고' 구상됐다.

반짝이 젤리 펜은 파티 걸을 의미한다. "반짝이 젤리 펜 노래는 당신이 춤추고, 노래하고, 방 여기저기에 반짝이를 뿌리고 싶게 만들어요. 반짝이 젤리 펜 가사는 당신이 그 노래를 진지하게 받아들이든 말든 상관없답니다. 노래 자체가 진지하지 않으니까요. 반짝이 젤리 펜 가사는 파티에서 술 먹고 취한 여자애들 같은 거예요. 화장실에서 당신한테 천사처럼 보인다고 말하는 걔네들이요."

깃털 펜 테일러는 내가 가장 사랑하는 그녀로, 〈Folklore〉와 〈Evermore〉를 담당했다. 그러나 다른 모습들이 존재하지 않았다면 지금과 같지 않았으리라. 그녀는 반짝이 젤리 펜 때문에 짜증 나고 거친 몸싸움을 해야만 한다. 그리고 깃털 펜과 반짝이 젤리 펜 모두 만년필을 필요로 한다. 이들은 모두 애정에 굶주려서, 만년필의 관심뿐 아니라 우리의 관심을 얻기 위해 서로를 팔꿈치로 밀쳐댄다.

테일러는 많은 이들에게 아는 사람처럼 느껴지는 서술자를 창조해냈다. 우리가 테일러에 관해 이야기할 때, 가끔은 노래 속의 테일러를 의미하고 또 가끔은 그 노래를 쓴 현실의 테일러를 의미한다. 때로는 그 둘 사이에서 헷갈리기도 하고, 때로는 테일러 본인이 헷갈리기도 한다. 마치 단테의 《신곡》에 시인 단테(저자)와 순례자 단테(서술자)가 등장하는 것과 비슷하다.

작곡가 테일러는 아마도 순례자 테일러거나, 연인Lover 테일러, 병적으로 사람들을 기쁘게 해 주려는[30] 테일러, 또는 미러볼 테일러나 "안녕, 나야. 골칫거리. 바로 나라고[31]"라고 말하는 테일러일 수도 있고, 아닐 수도 있다. 그녀는 이를 수수께끼처럼 아리송하게 남겨두길 좋아한다. 'Sweet Nothing[32]' 같은 노래에서는 자신과 서술자 사이의 경계를 감추려 한다(현실에서 이 커플은 몇 달 후 헤어지고 만다. 그래서… 아, 아니, 여기까지만 하자). 그러나 테일러는 바로 자기 노래 속에 존재한다.

테일러는 'Shake It Off(떨쳐버려)'와 'You Need To Calm Down(진정할 필요가 있어)' 같은 히트곡을 불렀지만, 절대로 떨쳐버리거나 진정할 줄 모른다. 또한 끝을 맺거나 대화를 건너뛰고, 당신이 존재했다는 사실을 잊거나 긴말을 짧게 줄일 줄도 모른다. 테일러가 어느 노래에서 이 중에 무슨 방법이든 추천했다면, 그다음 노래가 시작하고 30초도 되지 않아 자기 말을 번복하리라는 것에 내 손목을 걸 수도 있다.

폴 매카트니가 'Let It Be(그냥 내버려둬)'를 부르면서도 어느 것도 그냥 내버려두지 못했던 것과 똑같다. 폴은 32년이 흐

30 'You're losing me' 가사.

31 'Anti-hero' 가사.

32 당시 연인이었던 배우 조 알윈과 함께 쓴 곡이다.

른 후에야 비틀스의 'Let It Be'를 고쳐서 '꾸밈없이' 리믹스한 앨범[33]을 내놓을 수 있었다. 나는 테일러가 2046년에도 여전히 'Shake It Off'를 재녹음하고 있으리라고 장담한다. 그녀는 끊임없이 테일러이고, 대담하고 터무니없고 또 경솔한 테일러다.

테일러는 자신의 기분이 보편적이며 그 기분을 표현하는 것이 우주가 존재하는 이유라고 고집스레 확신한다. 우리 입장에서는 석연치 않더라도, 싱어송라이터로서는 훌륭한 확신이다. 그러나 그녀는 모든 노래에서 어떤 감정이든 간에 그 안에 자기 자신을 아낌없이 내던진다. 화장실에서 마스카라가 시커멓게 번질 정도로 눈물을 흘리는[34] 이야기를 마치 장엄한 대서사시처럼 노래한다.

테일러는 언제나 과하게 열정적인데, 절대로 한 가지 감정에 머무르지 않고 대여섯 가지 감정을 끄집어낸다. 내가 가장 좋아하는 테일러의 가사는 'This Love'에 나온다. "나는 계속 나아가고 또 나아갈 수 있어. 그리고 앞으로도 그렇게 할 거야." 그렇다. 그녀는 그렇게 할 것이다.

아주 어린 나이부터 테일러는 자기 인생에 관한 노래

33 2003년 발매한 리믹스 앨범 〈Let It Be… Naked〉를 의미한다.

34 'New Romantics' 가사.

를 썼고, 귀 기울여주는 사람만 있으면 그 앞에서 노래했다. '인생'이라고 해서 이 가사들이 테일러가 살아온 경험들과 관련이 있다고 주장하려는 것이 아니라, 다만 모든 것이 그녀의 제한된 시야를 통해 걸러졌다는 의미다. 언제나 테일러는 단순히 관망하는 사람이 아닌 인생 이야기의 작가로 등장하지만, 이런 방식은 늘 그녀의 경험을 공공의 재산으로 만들어 버리고 세상은 그녀를 하나의 캐릭터로 생각하게 된다.

그녀는 이런 방식으로 노래를 만들지 않는다는 선택권은 고려조차 하지 않았고, 그렇게 하지 말라고 조언해 주는 어른도 주위에 없던 것으로 보인다. 테일러의 첫 번째 앨범 속지에는 이렇게 쓰여 있다. '자기가 멋지다고 생각하면서 내 마음을 짓밟아 버린 모든 남자에게. 그거 알아? 여기 너에 대해 쓴 14곡이 실려 있다. 메롱.' 마치 60대의 앤디 워홀이 한 말과 같다. "골치 아픈 문제가 있다면 나는 그걸 촬영한다. 그러면 더 이상 문제가 아니게 된다. 그냥 영상인 거지."

테일러버스Taylorverse에서 가장 먼저 발견하게 되는 것은 바로 우연이란 없다는 점이다. 테일러는 모든 것을 미리 계획한다. 케네디가와 화려한 뉴잉글랜드 사교계를 노래하는 'Starlight'에서 '경이롭다Marvelous'라는 표현을 한 번 사용했다면, 이 단어를 몇 년 동안이나 묵혀두며 딱 알맞은 순간을 기다리다가 화려한 뉴잉글랜드 사교계가 등장하는 또 다른 노래인 'The Last Great American Dynasty'에 슬그머니 끼워 넣는다. 여기에는 두 이야기, 두 노래, 두 테일러를 연결하는 보이지 않는 끈이 존재하지만, 오직 열혈 팬들만이 그 끈을 눈여겨볼 것이다.

해적 놀이를 하는 아이들이 등장하는 노래 두 곡은 8년의 시차를 가진다. 'The Best Day'에서는 어머니와 가족이 맹목적인 사랑을 주는 존재지만, 2020년에 발표한 'Seven'에 등장하는 친구는 비참하고 끔찍한 가정환경에서 자라며 성난 아버지를 피해 옷장에 숨는다. 테일러는 이제 막 친구의 고통을 이해하기 시작하고, 함께 도망쳐서 해적이 될 수 있길 바란다. 테일러는 언제나 길게 보고 게임에 뛰어든다.

테일러는 언제나 역사를 들여다본다. 위대한 작곡가들을 연구하고 이들의 움직임을 터득하며, 컨트리와 팝과 소울, 록과 모타운 그리고 브릴 빌딩Brill Building[35], 치즈 메탈Cheese Metal[36]과 뉴 웨이브에 관심을 기울이고 색다른 음악 전통을 연구하는 학자이기도 하다. "존 본 조비는 80년대에 싱긋 웃는 얼

35 뉴욕시 브로드웨이에 있는 빌딩. 1960년대 인기있는 대중음악들이 작곡된 장소로 유명하다.

36 헤비메탈의 하위 장르를 조롱하거나 풍자적으로 부르는 표현으로, 지나치게 과장되거나 진부하다는 의미를 담았다. 주로 글램메탈과 파워메탈 등을 가리킨다.

굴로 노래하는 최초의 로커였어요. 저는 아홉 살쯤인가에 비하인드 더 뮤직Behind the Music 쇼를 보면서 그걸 알았어요." 그녀는 스물한 살에 〈롤링 스톤〉과의 인터뷰에서 이렇게 말했다.

테일러의 음악은 이런 인연들로 가득해서, 문화와 역사, 영화를 누비며 에밀리 디킨슨과 조니 미첼 그리고 제이 지Jay-Z와 밥 딜런, 스모키 로빈슨Smokey Robinson과 셰익스피어를 아우른다. 그녀는 음악이 이런 식으로 철저히 분석하도록 만들어지지 않았다는 생각을 받아들이기를 거부한다. 나는 테일러와 시인 에밀리 디킨슨 간의 인연에 홀딱 빠졌다. 2024년 스위프트와 디킨슨이 같은 조상을 둔 먼 친척이라는 뉴스가 흘러나왔다.[37] "제 가사가 에밀리 디킨슨의 증조할머니가 레이스 커튼을 꿰매면서 쓴 편지처럼 들린다면, 그게 바로 고전 시 같은 노래 가사를 쓰고 있는 저예요." 테일러는 2022년 이렇게 말했다.

그녀는 워즈워스와 콜리지에 관해 노래하는 'The Lakes'에서 19세기 시에 집착하는 자신의 성향을 드러냈지만, 한때의 취향은 분명 아니었다. 〈Midnights〉 앨범에 실린 글에서 테일러는 '호롱불로 밝게 비추며 찾아 나서자… 우리는 우리 자신을 만나게 되리라'라는 표현으로 끝을 맺었다. 에밀리 디킨슨

37 테일러 스위프트의 9대 증조부와 에밀리 디킨슨의 6대 증조부가 같다.

의 팬 계정인 @emilyorchard는 이 글과 디킨슨이 1855년에 쓴 편지와의 연관성을 지적했다. 디킨슨은 친구에게 '나는 호롱불을 들고 나 자신을 찾으러 나왔어'라고 썼다(훗날 같은 편지에서 디킨슨은 이렇게 썼다. '나는 내가 저지른 대참사에 웃음을 참을 수 없어.' 스위프트의 노래에서 등장할 법한 소리다).

애머스트의 소녀[38]는 '한밤이여, 안녕Good Morning, Midnight'과 '꿈꾸는 건 좋지. 하지만 깨어나는 건 더 좋아Dreams are well – but Waking's better' 그리고 '어둠에 익숙해지다We grow accustomed to the Dark' 등의 시에서 보이듯 테일러와 한밤의 감성을 공유하고 있다. 디킨슨의 머릿속은 이렇게 돌아간다. '모두가 새롭게 나아가. 그런데 나는 여기 머물러.'

나는 여러 해에 걸쳐 테일러와 몇 차례나 마주쳤고, 그녀는 없었지만 그녀의 아파트에 가서 새 앨범을 들어 보기도 했다. 그러나 나는 인간으로서가 아닌 작곡가로서의 테일러를 훨씬 더 잘 알고 있으며, 그녀의 음악과 대단히 깊은 인연을 맺고 있다. 내가 '테일러'라고 부를 때는 음악을 만드는 테일러 그리고 그녀가 음악으로 만들어 낸 그 모든 테일러를 의미한다. 그녀가 바로 내가 실제로 아는 테일러다.

38 《The Belle of Amherst》: 에밀리 디킨슨의 삶을 그린 윌리엄 루스(William Luce)의 일인극.

그러나 테일러와 대화할 때 우리는 음악에만 미쳐 있고, 그녀는 마니아 중의 마니아다. 언젠가 비틀스에 대해 논하면서, 그녀는 앨런 앨드리지Alan Aldridge 이야기를 잔뜩 들려주었다. 앨드리지는 1969년 《비틀스 일러스트 가사집the Beatles illustrated lyrics》을 쓴 런던 출신 화가로, 존 레논은 그를 '비틀스 폐하들의 어진(御眞)을 그리는 왕실 화가'로 임명했다. 내가 한 번도 들어본 적 없는, 비틀스의 전설 속에 숨겨진 인물이었다.

테일러는 2016년 〈보그Vogue〉를 통해 조지 해리슨George Harrison과 에릭 클랩튼Eric Clapton의 뮤즈였던 패티 보이드Pattie Boyd와 인상 깊은 심층 인터뷰를 가졌다. 자신의 뮤즈들로부터 수없이 많은 영감을 얻어 왔기 때문이었다. 내가 'Getaway Car'가 패티와 조지, 에릭 간의 삼각관계를 다룬 노래라는 은밀한 이론을 주장하자, 그녀는 더 많은 증거를 찾아내느라 곧장 자기 노래를 후벼 파기 시작했다. 우리는 테일러의 노래들을 들으면서, 그녀가 세상에서 가장 독한 음악 마니아임을 알 수 있다. 그러나 여전히 그 마니아 성향은 테일러를 이야기할 때 상당히 과소평가되는 부분으로, 이 책에는 숱하게 등장할 예정이다.

또한 테일러는 썰렁한 농담에도 후하게 웃어 준다. 비극적이게도 나는 이 사실을 1989 투어 도중 어느 날 밤 백스테이지에서 깨달았다. 미국 올림픽 여자 축구팀이 그녀에게 영광스러운 팀 유니폼을 선물했을 때(당연히 13번이었다) 나는 이렇게 말했다. "새로운 저지Jersey를 입었군요. 뉴저지에서!" 그녀가 예의 바르지만 고통스럽게 애매한 웃음을 쥐어 짜내느라 올림픽 선수급 노력을 쏟아야 했다는 사실은 영원한 나의 부끄러운 추억이다. 그러나 나는 분명 영혼 없는 테일러 스위프트의 모습을 목격했고, 그녀가 그런 일에 서툴다는 사실에 오히려 마음이 따뜻해졌다.

나는 처음부터 테일러의 음악에 관해 글을 써왔지만, 그녀는 언제나 내게 놀라움을 안겨 준다. 나는 〈롤링 스톤〉에 테일러 스위프트의 롱런 히트곡 순위를 계속 게재하며 노래 하나하나에 순위를 매기고 리뷰한다. 내가 〈1989〉 이후로 처음 목록을 정리했을 때 112곡을 보유하고 있었고, 그것만으로 이미 시대를 초월한 위대한 앨범이었다. 그러나 이제는 거의 300곡에 달하는 곡이 발표됐고, 지난 10년간 인생 역작은 두 배 이상으로 늘었다. 나는 목록을 꾸준히 업데이트하며, 시간이 흐르면서 마음이 변하면 노래 순위를 위아래로 바꿔 놓는다. 다만 언제나 'Fifteen'은 꾸준히 15위로 고정해두는 꼼수는 부린다. 그러나 두 가지는 절대로 변하지 않는다. 'All Too Well'은 무조건 1위, 'Bad Blood'는 꼴등이다.

2018년 애리조나주 글렌데일에서 열린 레퓨테이션 투어의 오프닝 공연에서 테일러는 무대가 시작하기 전 내게 깜짝 놀랄 소식이 있다고 전했다. "기자님을 위해서 'All Too Well'을 공연 곡으로 올렸어요. 기자님이 꼽은 목록에서 1등이잖아요. 기자님 덕에 그 노래에 대한 제 생각이 바뀌었어요. 단순히 레드 투어에서 불렀던 노래에 그칠 게 아니라는 확신을 주셨어요." 내가 믿음직스러운 포커페이스를 제대로 짓지 못한 모양이다. 테일러가 걱정스러운 얼굴로 이렇게 물었기 때문이다. "제가 이걸 말했어도 괜찮은 거 맞죠?"

그녀는 그날 밤 통기타 독주에 맞춰 노래했다. 흔치 않은 일이었고, 나도 그 자리에 있었다. 혹여나 내가 영향력을 가졌다고 오해라도 할까 봐 덧붙이자면, 그녀는 이 곡을 바로 공연에서 빼 버렸고 투어의 나머지 기간에도 겨우 몇 차례만 선보였다. 이 노래는 그저 일종의 와일드카드였다는 의미다. 반면에 'Bad Blood'는 매 공연에서 불렀다. 혹여나 테일러를 남의 의견에 쉽게 휘둘리는 사람으로 오해라도 할까 봐 덧붙이는 소리다.

2010년 나는 〈롤링 스톤〉에서 〈Speak〉을 다음과 같이 리뷰했다. "사람들은 테일러 스위프트의 젊음에 집착하길 좋아한다. 마치 '그래, 어린 것치고는 괜찮지'라고 말하려는 것 같다. 그러나 여기에는 다음과 같은 질문이 딸려 나올 뿐이다. 테일러 스위프트보다 더 뛰어난 팝 음악의 역사를 써야 할 나이 많은 이들은 다 어디에 있나? 아무도 없다." 나는 그녀를 고뇌와 멜로드라마를 잔뜩 머금은 나만의 아이돌 가수 모리세이Morrissey에 비교했다. 나 같은 더 스미스The Smiths[39] 마니아로서는 극찬을 보낸 셈이다. 테일러와 모리세이는 긴밀하게 연결되어 있다. 모리세이가 "햇살이 우리 등 뒤에서 비춰[40]"라고 노래하면 테일러는 "사람들은 빛나는 것들에 돌을 던지지[41]"라고 했지만 그 출발은 같았다.

이 리뷰 때문에 화가 난 독자들이 이메일을 보냈고, 특히나 모리세이의 팬 하나는 분개하며 테일러를 "지금 별것도 아닌 10대 애송이"라고 비하했다. 훌륭하리만큼 간결한 문구로, 나는 그 문구가 만들어 내는 리듬을 항상 곱씹어 보게 된다. 이 문구는 나이와 팬층을 감안해서 그녀에게 기대하는 모든 것을 한마디로 요약하며, 이것이 팝 음악의 계급제에서 그녀에게 부여된 위치다. 그러나 그 생각 그리고 그 카테고리 전체는 테일러가 불도저처럼 밀어 버릴 여러 상투적인 표현 가운데 하나일 뿐이다.

39 1982년 맨체스터에서 결성된 영국 록밴드로 모리세이가 보컬을 맡고 있다.
40 더 스미스의 'Hand in Gloves' 가사.
41 'Ours' 가사.

# #03

# 젊고 시끄러운 여자 예술가의 초상

✦ 이 세상에는 테일러 스위프트의 팬이 아닌 사람들도 많고, 이들을 싸잡아 부를 적절한 단어가 없는 탓에 '보통 사람들'이라고 부르려 한다. 일부 보통 사람들은 그녀를 노래 한두 곡 때문에 적당히 좋아하는 것처럼 보인다. 그러나 그렇지 않은 보통 사람들도 있고, 테일러를 10킬로미터짜리 칠판을 20센티미터 길이의 손톱으로 긁는 양 소름 끼쳐 하는 이들도 많다. 이 사람들은 테일러 스위프트의 노래가 자기 인생을 망치도록 내버려 두지 않았다. 무슨 말이냐고? 현명한 선택을 했다는 소리다. 너무 부럽다. 그 사람들은 밤이 되면 잠을 푹 자면서 ''Tis the Damn Season'에 나오는 자동차가 'Treacherous'랑 같은 자동차인지, 아니면 'Dorothea'가 《미들마치 Middlemarch》[42]의 주인공을 다룬 노래인지 궁금해할 필요도 없을 테니까.

42 조지 엘리엇(George Eliot)의 소설.

아, 테일러 스위프트 팬이 감내해야 하는 고뇌와 희열이여. 내가 그동안 겪었던 그 어떤 가수의 팬 경험과도 다르다. 왜 나는 이 노래들이 잔혹한 내 이야기처럼 들릴까? 도대체 어떻게 스물두 살짜리가 "네가 나를 잊었다는 게 느껴져. 한때는 네 숨결을 느꼈듯이[43]"라는 후크Hook를 쓸 수 있지? 왜 마흔 살이나 먹은 내 친구는 다음과 같은 문제를 내게 보낼까? "그놈의 타깃target 마트 가는 길에 나 진짜 추하게 울었잖아. 테일러는 어떻게 'Happiness' 같은 노래를 쓰는 거야? 중년의 나이에 이혼한 게 어떤 기분인지 너무 완벽하게 보여 주잖아. 테일러는 결혼도 안 해 봤고, 심지어 30대야. 요물이야. 착한 요물인데, 어쨌든 요물이야."

나는 오래전부터 테일러의 팬이었지만, 그녀를 제대로 이해하려면 아직도 멀었다. 나는 노래들의 세세한 구석까지 고민한다. 해가 떨어지는 동안 코니아일랜드에서 'Coney Island'를 들으려고 한 시간 동안 뉴욕 전철 Q 노선을 탄 적도 있다('Cornelia Street'는 코니아일랜드에서 더 듣기 좋고, 'Coney Island'는 코넬리아 스트리트에서 더 듣기 좋다). 나는 'Cardigan'에서 떠나가 버린 아버지가 'Mine'에서 조심스러운 성격의 딸을 떠난 무신

43 'Last Kiss' 가사.

경한 남자인지 그리고 심지어는 'Seven'에서 딸의 끔찍한 어린 시절에 머무르며 나타나는 아버지와 똑같은 사람인지 궁금하다. 〈Folklore〉에서 트라우마를 준 아버지들은 그 자체가 서사이다.

모든 스위프티는 저마다의 사연들을 잔뜩 가졌다. 인생을 바꿔 놓은 노래, 자기만이 느낄 수 있는 방식으로 감상하는 노래, 15살 생일에 들었던 노래에 관한 사연들이다. 팬들은 노래를 사랑하는 만큼 자기네 사연들을 사랑한다. 가끔은 우리가 사연들을 더 많이 만들어 내고 싶어서 노래들을 계속 듣고 또 듣는 것은 아닌지 궁금하기까지 하다. 하지만 실상은 이렇다. 우리는 이 노래들이 우리의 이야기들을 들려주기 때문에 찾아간다. 우리는 이 노래들에게 우리의 비밀을 들려주고, 또 이 노래들은 우리의 비밀을 큰 소리로 다시 들려준다. 우리는 테일러가 가로등을 향해 "괜찮아질까?"라고 묻는 방식대로 이 노래들에게 우리의 질문을 던진다. 그리고 가로등은 그 옛날 스티비 닉스가 하늘의 거울에서 얻은 답[44]과 완전히 똑같은 답을 내놓는다. "난 모르지."

테일러 팬들은 논쟁을 벌이는 것도 좋아한다. 우리는 가사에 등장하는 디테일 하나하나를 따지며, 그 의미가 무엇인지에 대해 영원히 논쟁할 수 있다. 테일러는 " 'Starbucks lovers'

44 'Landslide' 가사.

가 아니라 'A long list of ex-lovers'"[45]라고 말하며 논쟁을 가라앉히려 했지만, 우리는 여전히 노래들을 저마다 멋대로 듣기를 고집한다. 내 경우 'New Romantics'에서 "lights and noise are blinding"을 언제나 "the lights and boys"로 듣지만 이를 실제로 정당화하기는 어렵다. "Grinning like a devil"로 들리는가, 아니면 "Pretty little devil"로 들리는가? "I spent forever"인가 "I spin forever"인가? 'The Archer'는 언제나 "I've got a hundred donuts and peaches"로 들린다. 90년대 인기를 끌었던 인디 록밴드 슬린트Slint의 팬이라면, 아마도 'Bejeweled'를 "I miss you, but I miss Spiderland"라고 들을 수도 있다.

테일러는 논쟁을 가라앉히는 데에 젬병이다 보니 이런 팬들이 많다. 그리고 그녀가 정말로 꽂혀 있는 것은 새로운 논쟁을 시작하는 것이다. 테일러는 음악 활동을 하면서 내내 다양한 음악적 혹은 정서적인 정체성을 시도해 본다. 옛 테일러는 뒤에 남겨두지만, 그 어떤 버전도 포기하지 않는다. 그러니 계속 새로운 테일러를 수집하는 일이 되어 버린다. 컨트리 테일러, 고스 테일러, 팝 글리츠 테일러까지, 그녀는 이 모든 테일러들을 함께 데

45 테일러 스위프트는 'Blank Space'를 발표했을 당시 가사 중 "Got a long list of ex-lovers"라는 부분을 "Starbucks lovers"라고 잘못 알아들은 팬들이 많으며 심지어 자신의 어머니마저 잘못 들었다는 이야기를 듣고 이를 X(옛 트위터)를 통해 해명했다.

리고 다니고, 그렇기 때문에 그녀의 앨범을 듣는 것은 가끔 모든 테일러들이 말다툼하는 소리를 엿듣는 것처럼 느껴진다. 이들은 모두 자신이 원하는 정도보다 조금 더 궁하고, 서로를 질투한다. 모두가 경계를 제대로 설정하지 못해 어려움을 겪는가 하면 아무도 분위기를 제대로 읽을 줄 모르지만, 나는 이 한 명 한 명을 고맙게 생각한다.

그러나 테일러는 (다행히도) 본인이 고수하는 본질적인 괴짜 성향을 전혀 잃지 않고 이 새로운 테일러를 계속 추구하고 있다. 그러나 이 각양각색의 모든 테일러들은 실제로 존재하는 사람처럼 들린다. 이들은 모두 한 사람의 '까다롭지만 실존하는' 여성의 일부이기 때문이다. 2022년 테일러가 말했듯 그녀의 음악에는 "내 친구들과 열렬한 팬들 그리고 가장 까칠한 험담꾼들 그리고 내 인생에 등장했거나 떠나간 모두"가 포함되어 있다. "내가 곡을 쓰고 인생을 살아가는 데에 있어서, 이들은 똑같은 한 명이기 때문"이다. 언젠가 유명한 영화감독 노라 에프론Nora Ephron이 "모든 것은 복사본이다"라고 말했듯이.

가끔 테일러는 자신이 스스로를 잘 안다고 자랑하길 좋아하지만, 우리는 그 방식을 보며 그녀가 과연 자기 내면을 들여다본 적이 있는지 궁금해진다. 'You're on Your Own, Kid'에서는 "나는 최고로 침착하게 움직여"라고 노래한다. 맞다!

'Delicate'을 부르는 테일러도 똑같아서, 자신이 얼마나 냉철하고 침착하며 안정적인지를 과시하다가 당신이 관심을 기울인다고 확신할 때까지 옆구리를 찌르며 "맞지? 맞지?Isn't it? Isn't it?" 하고 묻는다. 이 노래에는 스물여섯 번의 "맞지?"가 나오고, 비극적이게도 그 한마디 한마디가 내 이야기처럼 들린다.

가끔 그녀는 공감할 줄 아는 평범한 서술자처럼 보이려고 애를 쓰지만, 그래봤자 자신만의 세상에서 사는 것처럼 들릴 뿐이다(나는 1989 투어에서 대기실 문에 테이프로 붙여져 있던 손글씨를 눈여겨보았다. "고양이들이 마음대로 돌아다니니 문 열지 마세요."). 테일러는 "Hits Different"에서 본인을 정확하게 묘사했듯 언제까지나 '말싸움을 좋아하는 정반대의 드림 걸Argumentative Antithetical Dream Girl'일 것이다.

그러나 테일러의 노래가 내 이야기처럼 들릴 때, 보통 그런 내 모습은 내가 계속 감추고 단단히 옭아매려고 가장 애쓰는 부분이기 마련이다. 나는 그녀의 노래가 건드리는 민감한 상처 그리고 감정적인 위험이 지닌 지속적인 날카로움으로 인해 위협을 느낀다. 그녀는 보기보다 험한 비탈과 무모한 길을 좋아하며, 나는 그 반대의 성향을 타고났다. 부주의한 남자와 조심스러운 딸의 스펙트럼에서 나는 극도로 조심스러운 딸 쪽에 치우쳐 있다. 나는 주워 담을 수도 없이 충동적이고 미숙하게 불쑥 내뱉는 말을 좋아하지 않으며, 소란한 상황도 피하는 편이다. 그리고 고통을 감내할 만큼 희열이 크지 굳이 알지 못해도 정말로 괜찮다. 그러나 깔끔한 해결책을 찾는 팝송을 원한다면, 테일러의 노래로부터는 그다지 많이 찾을 수 없을 것이다.

그녀는 놓아주고 앞으로 나아가는 데에 능하지 못하다. 한 번에 노래 한 곡씩만 쓰는 데에 매달리지 않으며, 앞으로 나올 노래들을 위한 씨앗을 뿌려놓는다. 테일러의 노래들은 세월이 흘러도 계속 들을 수 있고, 또 예전에는 관심 없던 노래에 푹 빠질 수 있는 이유가 여기에 있다. 몇 년 동안 나는 'You Are In Love'가 다정하고 귀엽고 신선하지만, 내 기준으론 그녀의 변덕스러운 면이 너무 과하게 드러나서 내 취향이라고는 할 수 없었다. 하지만 이제 이 노래는 아직 그녀의 목소리가 나오지도 않은, 신시사이저 연주로 시작하는 도입부부터 1분 1초가 나를 사로잡는다. 그 완전한 목소리라니. 'Sidewalks', 아니면 그 미친 'Shoulders'를 부르는 방식이라니. 'For Once'며 'Downtown'이며 'Best friend'까지.

'Long Live'는 테일러의 노래 중에서 가장 격렬한 감정을 담은 록 음악으로, 테일러식의 'Born to Run[46]'이자 테

46 브루스 스프링스틴의 1975년 발표곡.

일러식의 'Common People[47]'이자 테일러식의 'We Are the Champion[48]'이다. 그녀는 마무리 부분까지 도달하면 완전히 새로운 노래로 방향을 틀어 주제를 '그가 그녀 곁을 영원히 지키겠다고 약속하게 만들기'로 바꾼다. 와, 테일러, 그게 뭐야. 어떻게 이 불쌍한 남자가 그런 약속을 지키며 살아갈 수 있어?

"그러니까 얘들아, 여기 모여보렴. 이 사진이 테일러 이모란다. 그래, 너희 인스타그램에 '거기서 잘 지내고 있길 바라[49]'라고 댓글 다는 분 말이야. 그리고 매년 '너는 당연히 결혼도 하고, 자식도 낳았겠지. 메리 크리스마스[50]'라고 쓴 크리스마스카드를 보내는 분. 그래, 이분이야. 이분은 네가 잘 지내길 바란대. 어머니한테는 우리가 나눈 이야기는 비밀로 해 두자, 알았지? 어머니는 사실 테일러 이모를 그리 좋아하지 않거든." 테일러는 이런 걸 아껴 두었다가 다음 노래에 쓸 수는 없었을까?

하지만 테일러는 다음 노래를 위해 그 무엇도 아껴 둘 줄 모른다. 'Cardigan'에서 결국에는 '아버지처럼 떠났잖아'라는 가사가 슬그머니 등장하는데, 곡이 거의 끝날 무렵 테일러는

47 펄프(Pulp)의 1995년 발표곡.
48 퀸(Queen)의 1977년 발표곡.
49 'Last Kiss' 가사.
50 'Right Where You Left Me' 가사.

‘아버지처럼 떠났잖아’라고 터트린 후 넘어간다. 테일러는 마치 누군가가 모든 감정과 모든 사랑, 모든 미움까지 모든 것을 쏟아 낸 노래처럼 들리게 만들어 낸다. 그리하여 이 노래는 사람들이 털어놓지 못할 다른 모든 이야기를 머금은 듯 들리게 한다. “이게 내 처음이자 마지막이 될 노래야.” 그녀는 이렇게 말하는 듯 보인다. 나는 다음 노래를 위해 아무것도 자제하지 않아. 이게 전부야.

테일러는 이 노래를 더 내셔널의 아론 데스너와 함께 쓰던 날, ‘당장은 별일 없어’라는 설명과 함께 사진 한 장을 게시했다. 어째서 우리는 테일러의 그깟 말을 믿는 걸까?

# #04

# 나무에
# 오른

# 내 모습을
# 상상해 보렴

✦ 디 에라스 투어 중에 테일러가 무대 뒤에서 의상을 갈아입는 시간이 있다. 이때 그녀의 목소리가 짜깁기한 가사들을 읽어 낸다. "내가 이룬 모습을 낭만적으로 그리고 싶다면, 나를 언제나 잊지 않겠다고 약속해 줘. 어여쁜 드레스를 입은 나를. 석양을 바라보는 나를. 아니면 처음부터 시작할 수도 있어."

그래서 시작은 이렇다. 테일러는 1989년 12월 13일 펜실베이니아에서 태어났다. 당시 1위 곡은 빌리 조엘Billy Joel의 'We Didn't Start the Fire'였다. 그녀는 18,000평 넓이의 크리스마스트리 농장에서 아버지 스콧, 어머니 안드레아, 남동생 오스틴 그리고 일곱 마리 말과 함께 자랐다. 테일러의 부모는 금융계에서 일했는데, 스콧은 메릴린치에서 부사장을 지낸 투자은행가였다. 안드레아는 마케팅 임원으로, 자기 딸이 부모가 기업에서 착실히 밟아간 단계대로 따라오리라 믿었다.

"어머니는 제가 산업계에서 사업가가 되길 바랐어요."

테일러는 〈롤링 스톤〉과의 인터뷰에서 이렇게 말했다. 부모는 제임스 테일러에게서 딸의 이름을 따왔는데, 남성들이 주도하는 업계에서 중성적인 이름이 도움이 되리라 생각했다. "어머니는 누구든 저를 고용할 때 명함에 쓰인 '테일러'라는 이름만 보고서는 여자인지 남자인지 알 수 없게 하려고, 테일러라고 지어 주셨대요."

테일러의 부모는 1988년 결혼했다. 팝 역사로 보자면 우연의 일치로 리한나가 태어난 날과 같은 날이었다. 둘은 필라델피아로부터 한 시간 떨어진 교외로 이사를 했고, 아이들은 시골다운 곳에서 어린 시절을 누릴 수 있었다. 어린 테일러는 말을 좋아하는 아이로 승마 대회에 나가는가 하면, 연극에도 빠졌다. 그리하여 동네 연극 학원에서 〈사운드 오브 뮤직〉의 마리아, 〈그리스〉의 샌디, 〈바이 바이 버디〉의 킴과 같이 아주 근사한 역할들을 도맡았다. 모두 주인공이었다. 그러니 다른 아이들(과 그 부모들)이 이를 어떻게 평가했을지는 뻔히 짐작이 가는 바이고, 학원이 망해 버렸다는 것도 그리 놀랍지 않다.

테일러는 여섯 살 생일에 선물 받은 리앤 라임즈LeAnn Rimes의 데뷔 앨범 〈Blue〉를 들으면서 자신의 소명이 무엇인지 깨달았고, 열혈 컨트리 팬이 됐다. "저는 여자 컨트리 가수 노래를 끝도 없이 듣기 시작했어요. 페이스 힐, 샤니아 트웨인Shania

Twain, 딕시 칙스Dixie Chicks 같은 가수들이었어요. 그리고 더 나아가 팻시 클라인Patsy Cline과 로레타 린Loretta Lynn, 태미 와이넷Tammy Wynette으로 넘어갔어요. 제 마음을 정말로 사로잡은 건 스토리텔링이었다고 생각해요." 그녀는 2007년 이렇게 말했다.

안드레아와 스콧은 공연을 쫓아다니는 부모가 아니었고, 쇼 비즈니스에 대해서는 아무것도 몰랐으며, 컨트리 음악에도 관심이 없었다. 부모 둘 다 이 진로를 선택하지 않았으나, 눈앞에 그 길이 펼쳐지자 그리로 가야 한다는 것을 알았다. 테일러와 안드레아는 성악 수업을 받고 브로드웨이 오디션을 보기 위해 뉴욕으로 갔다. 약간의 배후 공작을 펼친 끝에 그녀는 2002년 필라델피아 세븐티식서스Philadelphia 76ers 플레이오프 게임에서 국가를 불렀고, 당시 관중석에 앉아 있던 제이 지는 그녀와 하이파이브를 하며 "멋지다!"라고 말했다. 또한 US 오픈에서는 'America the Beautiful'을 불렀다. 그녀는 각종 노래 경연 대회를 휩쓸었고, 한 술집에서 매주 열리는 자유곡 경연 대회에는 자기가 우승할 때까지 18개월 동안 참가했다. 엄청난 상이었다. 그녀는 찰리 다니엘스Charlie Daniels 공연에서 오프닝을 맡게 됐다. 비록 하루 내내 진행되는 축제에서 아침 10시 30분에 노래를 불러야 했지만 말이다.

그 무엇도 테일러의 또래들에게는 감흥을 주지 못했

다. 중장년층은 이 조숙한 아이가 매력적이라 생각했지만, 젊은 이들은 그녀가 짜증 난다고 했다. 컨트리 음악은 학교에서 전혀 인기가 없었고, 스틸 기타와 미국 남부 사투리는 신분 몰락의 상징이었다. 테일러는 본인 말에 따르면 경연 대회니 파란 리본이니, 게다가 크리스마스트리 때문에 중학교에서 놀림거리가 되어야 했다. 8학년 때 일기장에는 "아마 나는 우리 학년 애들한테는 딱히 좋은 친구가 아닌 거 같다. 아니면 더 못되게 굴어야 하나?"라고 쓰기도 했다. 그녀는 학창 시절 내내 적을 만들었고, 평생토록 그런 상태다.

그러나 아주 흥미롭게도 테일러는 데뷔 당시에 〈어 플레이스 인 디스 월드A Place in This World〉라는 다큐멘터리를 만들었는데, 이 영상에서는 그녀가 고등학교 친구들과 얼마나 가까운지에 초점을 맞추면서 친구들이 노래를 따라 부르는 모습을 보여 준다. 여러 아이가 카메라를 향해 테일러의 인기가 얼마나 높은지 말했고, 테일러는 거의 즉시 그 말을 중단시켰다.

그러니 여기서 주관식 문제가 등장한다. 그녀는 고작 1년밖에 다니지 않은 고등학교에서 정말로 수줍음을 탔을까? 정말로 청소년기에 왕따를 당하는 시련을 겪었을까? 하지만 그게 진짜 중요한 문제일까? 브루스 스프링스틴은 'Thunder Road'를 쓸 때 자동차를 모는 법도 몰랐다. 투팍Tupac은 고등학교 시절 발레 무용수이자 연극반 학생이었지, 갱스터는 아니었다. 브라이언 윌슨Brian Wilson[51]은 서핑을 할 줄 몰랐다. 그러나 테일러는 언제나 자기 고등학교 왕따 시절을 전설처럼 다룬다.

그녀는 〈글래머〉와의 인터뷰에서 다음처럼 이야기할 때도 여전히 10대였다. "매주 월요일이면 여자애들이 울면서 지난 주말에 열린 파티에서 무엇을 했는지 떠드는 모습을 지켜보던 기억이 난다. 나는 그런 여자애가 되고 싶지 않았다." 테일러가 화장실에서 울기의 달인이라는 점을 생각하면 재미있다. 실내 배수 장치가 발명된 이래 그녀만큼 화장실에서 펑펑 울어 재끼는 이는 없을 테니까. 현실에서 그렇든 아니든 간에 테일러는 이 개념을 확실히 가져간다. 그런 여자애가 되지 않겠다는 맹세는 그런 여자애의 전형이 되어 버리는 입방정이 되고 말았다.

테일러의 절친은 애비게일 앤더슨Abigail Anderson으로, 'Fifteen'의 주인공이 됐다(이들은 영원히 함께하는 사이로, 테일러는 최근 애비게일의 결혼식에서 들러리를 맡았다). 에비게일은 이렇게 회상했다. "우리는 교실 맨 뒤에 앉아 〈로미오와 줄리엣〉에서 싫은 부분들을 이야기하는 부류였다. 당시에는 그런 감정을 너무 혐오했었기 때문이다."

51 'Surfin' USA'로 유명한 비치 보이즈(Beach Boys) 소속 가수.

테일러는 열한 살에 노래방 반주에 맞춰 데모 CD를 녹음했다. 그녀의 목소리에서는 남부식으로 콧소리가 섞인 억양이 묻어났는데, 이는 그녀가 태어난 고향의 사투리가 아니라 그저 컨트리 가수들의 버릇이었다. 그녀는 가장 자신 있는 돌리 파튼의 'Here You Come Again', 리앤 라임즈의 'One Way Ticket', 딕시 칙스의 'There's Your Trouble' 그리고 올리비아 뉴튼 존 Olivia Newton-John의 'Hopelessly Devoted to You'를 불렀다.

어머니는 테일러를 데리고 내슈빌로 향했고, 덕분에 테일러는 뮤직로[52]Music Row를 돌아다니며 데모 CD를 제출할 수 있었다. 그녀는 추위 속에서 20곳의 레코드 레이블을 방문해서 모든 접수대에 CD를 맡겼다. 접수 담당자들은 "너는 용감하지만 과대망상증이 있고 조금은 무서운 열한 살짜리구나"라는 이야기를 정중하게 돌려 말했다. 안드레아는 절대로 함께 들어가지 않았고, 테일러를 정문까지 데려다 준 후 차에서 기다렸다. 이 소녀는 혼자 힘으로 자기를 홍보해야만 했다. 데모 CD마다 테일러는 "전화 주세요!"라고 썼다.

그 누구도 전화를 걸어오지 않았고, 테일러는 자신의 노력이 부족했다고 생각했다. 그녀는 기타를 치기 시작했고, 처

52 내슈빌에서 16번가와 17번가를 중심으로 레코드 레이블, 녹음 스튜디오, 매니지먼트 회사 등이 모인 지역을 뜻한다.

음으로 배운 곡은 칩 트릭Cheap Trick의 'I Want You to Want Me'였다. 또한 고작 몇 시간 후에 직접 곡을 쓰고 'Lucky You'라는 제목을 붙였다. "이 작은 마을에 어린 소녀가 살았다네. 마음이 너무 커진 나머지 그냥 끌어안고 있을 수 없었지." 그녀는 이렇게 노래했다. 기타는 그녀에게 신비한 힘을 안겨 주었다. "난 생처음으로 나는 교실에 앉아 있을 수 있었고 그 여자애들이 내게 아무 말이나 해대도 상관없어졌다. 학교 끝나고 집에 가서 그것에 관한 노래를 쓰면 되니까."

테일러의 작은 마을이 넓어지기 시작했다. 열세 살이 되던 해에 가족 모두 내슈빌로 이사를 했다. 그녀는 몇 차례 미팅에 참석해 자작곡을 연주했고, 빠르게 움직였다. 열네 살이 되었을 때 처음으로 RCA에서 음반 발매 계약과 가수 트레이닝 계약을 맺었지만, 내슈빌에서는 부유한 부모가 돈을 주고 딸에게 음악계 진로를 사줬다며 이 되바라진 아마추어를 비웃는 목소리가 흘러나왔다. RCA는 테일러와의 계약이 끝난 후 1년을 더 연장하려 했으나, 그녀는 녹음실에 들어갈 수 있을 때까지 더 이상 기다리고 싶지 않았다. "저는 성인 컨트리 가수가 되고 싶지 않아요. 가능한 한 빨리 녹음실에 들어가 보고 싶어요. 어린 팝 가수는 열네 살이지만 어린 컨트리 가수는 스물아홉 살이지요." 당시 그녀는 이렇게 말했다.

테일러는 화장품 브랜드 메이블린이 고객들에게 선물한 CD인 〈Chicks and Attitude〉에 그녀의 노래 'The Outside'가 실리면서 일이 풀리기 시작했다. 또한 메이블린은 리즈 페어Liz Phair와 카디건스Cardigans가 등장하는 칙스 위드 애티튜드Chicks with Attitude 투어를 후원했다. 다만 테일러는 이 공연에 초청받지 못했는데, 리즈와 테일러가 'Divorce Song'을 듀엣으로 함께 부르는 모습을 상상해 보면[53] 참으로 안타까운 일이다.

또한 그녀는 애버크롬비 앤 피치의 '떠오르는 스타Rising Stars' 광고 캠페인과 카탈로그에도 등장했다. 한 손으로는 눈물을 닦고 한 손으로는 기타를 쥐고 있는 모습으로 서 있는, 우스울 정도로 뻔한 포즈를 취한 사진이었다. 이 사진은 여러 떠오르는 스타들과 함께 〈배니티 페어〉에 실렸지만, 다른 연예인들은 말과 얼굴을 비빈다거나 머리카락을 만지작거리고 (〈뱀파이어 해결사Buffy the Vampire Slayer〉로 유명한) 미셸 트라첸버그는 나무 그네를 타는 와중에 단연코 테일러는 가장 바보처럼 보였다. 이제는 오글거려서 제대로 보기도 힘겨운 데다, 그녀가 투영하길 바라던 이미지도 아니다. 그러나 이 사진을 통해 테일러는 처음으로 인쇄물에 등장했다. 눈물 반, 기타 반의 전형적인 슬픔

53 'Divorce Song'은 리즈 페어의 대표곡으로, 8번의 결혼과 이혼을 반복한 리즈 테일러(엘리자베스 테일러)를 떠올리게 하는 언어유희다.

에 잠긴 소녀였다.

테일러는 유명한 블루버드 카페에서 공연을 했고, 거기서 스캇 보체타Scott Borchetta가 처음으로 노래를 들었다. 그는 내슈빌의 홍보 전문가로, 그냥 웃어넘기기엔 진지한 이름인 빅 머신 레코드Big Machine Records라는 새로운 레이블을 시작했다(벨벳 리볼버Velvet Revolver의 앨범에서 따온 이름이었다). 테일러의 아버지는 이 레이블에 지분 3퍼센트를 투자했다. 테일러가 어느 팀에 속하게 된 것은 이번이 처음이었다. 아니, 적어도 얼굴을 향해 농구공을 던져대는 여자애들이 없는 팀은 처음이었다. "스캇 보체타 선생님. 제가 열네 살이었던 시절부터 저를 믿어 주셔서 그리고 여전히 제 머리를 긴 생머리로 만들려고 애써 주셔서 감사해요. 선생님은 제 가족이에요." 그녀는 〈Fearless〉 속지에 이렇게 썼다.

빅 머신 레이블은 여러 프로듀서를 염두에 두었지만, 테일러의 머릿속엔 한 명이 자리하고 있었다. 짧은 데모 CD를 들고 만났던 네이선 채프먼이었다. 이름 있는 프로듀서는 아니었다. 히트곡은커녕 앨범도 제작해 본 적 없는 사람이었고, 갓 대학을 졸업한 참이라 딱히 테일러보다 경험이 많은 것도 아니었다. 그녀는 자기 멋대로 일을 저질렀고, 2006년 10월 〈Taylor Swift〉가 공개됐다. 'Cold as You'에 감춰진 의미는 "이제는 놓아주어야 할 때"였다. 그녀가 자기 자신에게 그런 조언을 한 것은 이때가 마지막이 아니었다.

열다섯 살에 음악계에서 자기만의 길을 개척하던 테일러를 떠올려 보자. 당시에 사람들은 대부분 그녀가 앨범을 하나 낸 것 자체로 정점을 찍었다고 생각했다. 그녀는 이미 자신이 이룰 모습을 낭만적으로 그려내고 있었다. 덜컥 저지르기엔 너무 두렵다고? 테일러와는 가장 거리가 먼 문제였다.

# #05

## 여전히
## 이 모든 게

✦ 13.

2012년 10월, 테일러 스위프트는 최고의 노래 'All Too Well'을 발표한다. 이 노래는 장엄한 로큰롤 파워 발라드인 〈Red〉의 심장부와 같아서, 피아노를 치며 나지막이 읊조리던 소녀의 고백은 천둥처럼 울리는 가장 우렁차고 열정적인 목소리로 고조되어 간다. 노래는 전 남자 친구의 누나 집에 놓고 온 목도리로 시작하지만, 그녀는 사소한 디테일을 가슴 미어지는 서사시로 뻥튀기한다. 'All Too Well'은 여섯 차례 절정에 도달했다 가라앉는다. 그리고 그녀는 이 명곡을 갈기갈기 찢어놓고는 다시 처음부터 시작한다. 테일러가 역사상 가장 위대한 가수이자 작곡가, 고뇌하는 시인, 관심병자, 협상가, 목소리 큰 코러스 그리고 작품집 가운데 하나라고 심사위원들을 설득할 시간이 5분 주어진다면 꼭 들려줘야 할 곡이 바로 'All Too Well'이다.

'All Too Well'은 히트곡이 아니고, 싱글로 발표되지도 않았다. 분명 라디오에서 쉽게 흘러나오는 노래는 아니다. 그저 골수팬들이나 소중히 여기는 숨은 명곡이다. 레드 투어 이후 그녀는 몇 년 동안 이 노래를 라이브로 부르지 않았다. 하드코어 팬들만을 위한 곡이자, 팬 사이에서 은밀히 전달되어서 맹세처럼 지켜지는 메모와 같다. 'All Too Well'을 애청곡으로 꼽는 사람이라면 이는 그 사람이 핵심 세력이자 가망 없는 사례라는 의미다. 여기서 영원히 벗어날 수 없으리라. 평생 기억날 테니까.

2021년 11월, 테일러는 새로운 〈RED(테일러 버전)〉의 'All Too Well(10분 버전)'을 발표했다. 그녀는 초기 습작에서 빼버려서 오랫동안 잊고 있던 구절들을 추가해서 두 배는 길고 두 배는 진지한 노래로 재탄생시켰다. 그런데도 이 긴 버전은 결국 넘버원 히트곡이 되었고, 10분 길이의 노래로는 최초로 빌보드 정상에 올랐다. 이제 이 노래는 그 누구의 비밀도 아닌 이 세상 모두의 것이 되었다. 'All Too Well'의 기묘한 여정은 내가 가장 좋아하는 음악 일화 중 하나다. 테일러도 아마 그렇지 않을까.

12.

테일러는 '5번 트랙'들에 관해 신비로움을 유지하고 있다. 어떤 앨범에서든 5번 트랙은 감정적으로 강한 인상을 준다. 'All Too Well'은 5번 트랙들 가운데서 가장 유명한 곡이지만, 다른 곡들도 언제나 성공적이었다. 〈Folklore〉의 'My Tears Ricochet', 〈Fearless〉의 'White Horse', 〈Reputation〉의 'Delicate', 〈Lover〉의 'The Archer', 〈Evermore〉의 'Tolerate It', 〈Speak Now〉의 'Dear John', 〈The Tortured Poets Department〉의 'So Long, London', 〈Midnights〉의 'You're on Your Own, Kid' 등이 있다(데뷔 앨범의 'Cold as You'는 이 기준에서 합격이지만, 통통 튀는 〈1989〉의 'All You Had to do Was Stay'는 탈락이다. 이 노래는 9번 트랙에 더 어울린달까).

11.

'All Too Well'에 대한 내 집착은 〈Red〉가 처음 발매된 이후로 계속 커지고 있다. 나는 이 노래를 계속 듣고, 관련 글을 쓰고, 또 노래방에서 내키는 대로 불러제낀다. 내가 있는 곳엔 이 노래도 함께한다. 테일러가 오랫동안 소문으로만 돌던 10분짜리 버전을 공개한다고 처음 알렸을 때, 나는 내가 가장 사랑하는 노래에 멋들어진 보충 설명이 더해질 수 있길 바랐다. 그러나 이제 이 노래는 그 자체로 작품이 됐고, 디 에라스 투어에서 매일 밤 관객들을 녹여 놨다. 또한 'American Pie'를 제치고 역사상 길이가 가장 긴 넘버원 히트곡이라는 새로운 기록을 세웠다

(법정은 휴정했고, 목도리는 돌려받지 못했다[54]).

그러나 이 노래는 팬들이 그녀에게 본인의 말을 증명해 보라고 밀어붙였기에 존재할 수 있었다. 테일러가 원래 써 두었던 초안이 있다고 언급한 이래로 사람들은 마치 그녀가 노래를 서랍장에 숨겨두기라도 했다는 듯 계속 그 이야기를 꺼냈고, 그녀는 괜히 말을 꺼냈다며 몇 번이나 후회하곤 했다. 그러나 이 모든 대화에서 영감을 얻은 덕에 그녀는 처음으로 돌아가 자기가 끝냈다고 생각했던 이야기를 공개할 수 있었다. 이 추가 구절들이 몇 년 동안이나 먼지를 뒤집어쓰고 앉아서, 때가 오기만을 기다리는 모습을 상상해 보자.

다음으로 테일러는 노래에 관한 단편 영화를 감독했다. 내가 뉴욕시의 한 극장에서 열린 영화 시사회에서 그녀를 보았을 때, 그녀는 수백 명의 팬 앞에서 통기타를 치며 새로운 버전의 노래를 불렀다. 테일러는 짤막하게 이 노래를 소개하면서, 망각의 늪으로부터 이를 구해 준 팬들에게 감사를 전했다. "레코드 레이블에서는 이 노래를 싱글로 내주지 않았어요. 그러나 제가 가장 좋아하던 노래였죠. 제게는 아주 개인적인 의미가 있는 노래였고, 라이브로 부르기도 정말 힘들었어요. 솔직히 이제 제

54 'American Pie'의 "The courtroom was adjourned, No verdict was returned"를 빗대었다.

게 이 노래는 100퍼센트 우리에 관한 노래이자 여러분을 위한 노래예요." 그녀는 이렇게 말했다.

'All Too Well'은 버전마다 완전히 다른 이야기를 들려준다. 〈Red〉에 실렸던 5분 길이의 원곡은 언제나 그 힘을 잃지 않는가 하면, 서사시 같은 10분짜리 비전은 성난 얼굴로 뇌놀아보는 듯하다. 〈롱 폰드 세션〉에서 아론 데스너의 피아노 연주와 함께 들려주는 '슬픈 가을 소녀 버전'이 있는가 하면, 앞서 말한 어쿠스틱 솔로 공연도 있다. 에라스 투어에서는 관객들과 함께 부르기도 했다. 그러나 버전 하나하나가 다 오롯이 그녀 자체로 느껴진다. 정말로 한 남자에 관한 노래가 아니며, 절대로 그렇지 않았기 때문이다. 이 노래는 한 소녀와 그녀의 피아노, 추억 그리고 잊고 싶은 충동이 들더라도 가장 고통스러운 비밀에 무릎 꿇지 않겠다는 의지를 담았다.

10.

"저는 분명 소녀 시절에 관한 노래를 많이 씁니다." 테일러는 2022년 트라이베카 필름 페스티벌에서 이렇게 말했다. "저는 젊은 여성이 되어 가는 이 단계에 흠뻑 빠져 있어요. 언제나 그랬죠. 금방이라도 깨질 듯이 연약하고 상처받기 쉬운 단계예요. 열아홉 살과 스무 살은 젊은 여성들에게 정말 심오한 나이라고 생각해요." 서른세 살이 된 그녀는 'All Too Well'을 되돌아볼 때면 이런 이야기를 떠올린다. "우리가 열아홉 살이나 스무 살쯤 되면, 그저 헤어지거나 완전히 지쳐버리거나 하는 데에 너무 예민해지고 자아감은 순식간에 사라져 버리는 순간이 와요. 중요한 형성의 시기이죠. 저는 한 소녀가 이 상처투성이 성인으로 굳어지고 단단해지는 그 이야기를 하고 싶었어요."

9.

2014년 2월, 처량하리만큼 우중충한 토요일 오후다. 나는 눈이 펑펑 내리는 브루클린을 돌아다니며, 음울하고 패배한 듯한 기분을 느낀다. 내가 사랑하는 사람이 곤경에 빠져서, 동굴 깊숙이 몸을 숨기고 있고 내가 도와주려 애쓸 때마다 상황은 더욱 나빠진다. 나는 아이팟으로 'All Too Well'과 'Dear John'을 계속 반복해서 듣는다. 이 두 노래만이 내 기분에 어울릴 만큼 서투르고 침울하며 쓸쓸한 느낌을 안겨 준다. 노래에 담긴 고통은 물리적으로 크고 묵직하다. 한 구절에서 다음 구절까지 느릿느릿 발걸음을 옮기지만, 너무 많은 짐을 짊어지고 있어서 똑바로 걷기 어려울 지경이다. 그러나 두 노래 모두 마지막 구절에서 다음처럼 결론짓는다. 즉, 그녀는 고독하게 짊어진 추억의 짐에 지친 나머지 이를 내려놓기로 결심하는 것이다.

'Dear John'의 마지막 가사에서 그녀는 '나는 알았어야 해'에서 '네가 알았어야 해'로 바뀌고, 'All Too Well'에서는 '나는 그 모든 걸 기억해'가 '너는 그 모든 걸 기억해'로 달라진다. 테일러는 자신이 믿음을 얻거나 진지한 상대로 취급받는지 확신하지 못하면서 어떤 트라우마를 떠올릴 때, 페미니스트로서의 분노가 묻어나는 목소리를 낸다. 나이 든 그녀의 자아는 얼마 어리지 않은 자아를 들여다보면서, 자기가 보았던 것들을 정말로 보았고 느꼈던 것들을 정말로 느꼈으며 이 모든 것이 정말로 일어났던 일이라고 주장한다.

이쯤에서 슬픈 겨울날에 어울리는 길고 우울한 팝 발라드인 마돈나의 'Live to Tell'이 라디오에서 흘러나오던 10대 시절이 떠오른다. 마돈나의 노래 속 소녀 역시 기억하지 말아야 할 사연을 지녔다. 두 히트곡 모두 겉으로는 밝고 긍정적으로 들린다. 길거리나 버스 정류장, 피자집 같은 곳에서 이 노래들을 들으면 다음과 같은 궁금증이 생겨나기도 한다. '여기 이 사람들도 이 노래를 듣고 있나? 이 노래가 나오는지 알고 있나?' 테일러는 마돈나의 후예다. 그녀가 표현하는 기분이 무엇이든, 그녀는 마돈나가 노래를 통해 안겨 주는 기쁨의 수준까지 다다라야만 하고, 그러므로 이 노래들은 우리가 여름날같이 밝은 기분이더라도 가슴에 와닿게 쓰였다. 그러나 오늘만큼은 두 노래 모두 묵직한 눈 속에 깊이 파묻혀 있다.

8.

맨 처음부터, 그러니까 'All Too Well'이 발표되자마자 테일러는 어떻게 이 곡을 쓰게 됐는지 이야기를 들려주길 좋아했다. "노래가 완성되자마자 약간 '그리고 당장 이렇게 기억해야지'라고 생각한 건 좀 이상하죠. '이 기타에 내 성스러운 곡을 잘 입혀줬다고 기억해야겠어'라고요."

노래는 악기를 조율하는 데에서부터 만들어졌다. 당시 테일러는 코드들을 쳐보며 최근의 이별들을 프리스타일로 풀어나가기 시작했다. "우리 밴드가 끼어들었고 저는 포효하듯 노래를 이어갔어요." 그녀는 이 아이디어를 계속 가져가길 원했다. "저는 친구이자 공동 작곡가인 리즈 로즈Liz Rose에게 전화를 걸어 말했죠. '잠깐 들를래요? 같이 이 노래를 다듬어야겠어요.' 최종본이 나오기까지 정말 오랜 시간이 걸렸답니다."

로즈는 그녀의 작곡 스승으로, 테일러가 내슈빌에 왔을 때 멘토 역할을 맡아서 그녀에게 요령을 알려주고 초창기 앨범에서 주요한 역할을 맡아준 뮤직로의 베테랑이었다. "기본적으로 저는 테일러의 편집자였어요. 테일러는 그날 학교에서 무슨 일이 있었는지 썼어요. 하고 싶은 말을 아주 명확하게 알고 있었거든요. 그리고 정말 놀라운 후크를 만들어 냈어요." 로즈는 2008년 이렇게 말했다. 테일러보다 앞서 로즈가 가장 크게 성공시킨 노래는 개리 알렌Gary Allan의 히트곡 'Songs About Rain'(어쨌든 로즈와 테일러는 만날 운명이었다)과 팀 맥그로의 앨범 수록곡 중 하나였다.

초창기에 테일러는 'All Too Well'을 언급할 때 항상 이 이야기를 읊곤 했고, 가끔은 토씨 하나 틀리지 않은 적도 많았다. 연막작전처럼 보이기도 했다. 실제 노래에 관해 이야기하기보다는 진부한 옛이야기를 꺼내기가 더 쉬웠을 테니까. "'All Too Well'은 가장 쓰기 어려운 노래였어요." 그녀는 〈굿모닝 아메리카Good Morning America〉에서 아이디가 TheLuckyOne1313이라는 팬이 던진 질문에 이렇게 답했다. "아마도 10분짜리 노래가 되겠다 싶은 수준에서 시작했을 거예요. 그러면 앨범에도 실릴 수 없죠. 그리고 저는 노래 한 곡의 형태가 될 수 있을 때까지 이야기를 걸러내고 또 걸러내야 했어요."

그러나 그 10분 길이 버전에 관해 듣고 있자니 애가 탔다. 그 노래는 어디 있지? 언제쯤 감독판으로 들어볼 수 있을까? 그녀가 괜한 허세를 부리는 건 아니겠지? "저는 정말 많은 앨범을 홍보하고 있어요. 투어 콘서트도 많이 했고, 〈Red〉 앨범을 능가하려고 애썼어요." 그녀는 2022년 이렇게 말했다. "그리고 매번 제가 팬들과 대화를 나눌 때마다… 다시 말해, 제가 라이브 방송을 하거나 질문에 답하는 시간을 가지거나 팬 미팅을 열 때마다 꼭 이런 질문이 있었어요. '10분짜리 'All Too Well'은 언제 공개할 건가요?' 여러분은 저를 그냥 내버려두지 않았죠."

7.

〈올 투 웰〉 단편 영화는 칠레의 시인 파블로 네루다 Pablo Neruda의 시로부터 시작된다. 테일러는 예전에도 이 시에 기대어서, 2012년 〈Red〉의 서문에서도 이를 인용한 적 있다. "제가 언제나 홀딱 빠져 있는 네루다의 옛 시가 한 편 있어요. 그리고 그 시의 한 구절이 처음 읽은 그 순간부터 제 머릿속을 떠난 적이 없어요. '사랑은 짧고 망각은 길다'라는 구절이에요. 저는 가장 슬픈 순간에 여기에 공감하게 돼요. 다른 누군가도 저와 완전히 똑같이 느낄 수 있음을 알아야 하는 그런 순간에요."

6.

'All Too Well'이 히트곡이 아니었다는 사실이 원곡에 신비로움을 더해 주었다. 전성기의 테일러에게도 진흙 속에 파묻힌 진주 같은 노래였던 셈이다. 그녀는 2013년 그래미 어워드에서 피아노 솔로에 맞춰 이 노래를 불렀다. 또한 상모 돌리듯 머리카락을 휘날리며 헤드뱅잉을 하는 민망한 록스타 연기를 했다. 그런 곡에에 가까운 머리 돌리기를 보려면 템플 오브 더 독Temple of the Dog이나 토리 아모스Tori Amos의 뮤직비디오로 거슬러 올라가야 할 터다. 그러나 사람들이 거의 모르는 노래를 가지고 가장 규모가 큰 전 세계 관색들을 마주하며 스포트라이트를 받기에는 요상한 선택이었다. 테일러는 대중을 기쁘게 해줄 〈Red〉 히트곡들은 건드리지 않았다. 전혀 말이 되지 않았다.

5.

10분짜리 초안의 전설은 그녀가 다시 그 곡을 완성할 때까지 차곡차곡 쌓여 갔다. 그때쯤에는 노래가 주도권을 쥐고 작곡가는 그저 그 명령에 따를 뿐이었다. 그녀는 2021년 11월 〈RED(테일러 버전)〉에서 10분 버전을 발표했다. 여기에는 자기 열쇠고리를 던져주고 테일러의 아버지와도 만났던 이 남자 그리고 자신의 스물한 번째 생일 파티에 관한 가사가 추가됐다.

딸의 남자 친구가 자정이 되어도 나타나지 않자, 아버지는 애써 딸을 달랜다. 이때 처음으로 노래에 아버지의 말이 인용되는데, 아버지는 그녀에게 "스물한 살이 되는 건 즐거워야 하는 건데"라고 말한다. 구경꾼들이 무슨 일이냐고 묻자 그녀는 눈물을 흘린다("너 때문이야! 네가 문제야! 너라고!"). 그리고 나이 많은 남자와 연애할 때의 역학 관계를 후회하며[55] 어른스러운 분노를 표출한다. 그녀는 다음과 같이 조롱을 보내면서 나이 차 나는 연애를 향해 강력한 한 방을 먹인다. "나는 나이 먹겠지만, 니 애인은 계속 내 나이겠지."

테일러는 2012년 'The Moment I Knew'에서 다시 이 이야기를 꺼냈고, 몇 년 후 〈Evermore〉의 'Happiness'에서는 "한밤중에 내가 입었던 그 드레스"를 떠올리며 노래했다('Happiness'는 테일러의 서른한 살 생일 전날에 발표됐다. 생일 파티로부터 10년이 흐른 뒤다). 'The Moment I knew'의 끝부분에서 남자는 그녀에게 전화를 걸어 미안하다고 말하고, 그녀는 "나도 미안해"라고 하다가 급히 말을 삼킨다. 바로 이 순간 테일러는 깨달았다. 남자가 저지른 일에 대해 그녀가 사과하고, 그 후 왜 그랬을까 궁금해하느라 몇 년의 세월을 보내는 것이 이번이 마지막은 아니리라고.

## 4.

스위프트 세계관에서 잃어버린 목도리는 폭발해서 노래가 되기까지 몇 년이나 걸릴 수 있는 시한폭탄이다. 그 어떤

55 제이크 질렌할과 테일러 스위프트의 나이 차는 아홉 살이다.

과거의 조각도 언제든 다시 등장할 수 있다. 스노우 볼도, 스노모빌[56]도, 눈이나 바닷가도 예외는 아니다. 그녀는 절대로 미제 사건을 남기지 않는 탐정이다.

10대의 불안을 노래하는 또 다른 위대한 시인인 스티븐 패트릭 모리세이는 "질대로 꺼지지 않는 냉장고 조명이 있어[57]"라고 말했을 수도 있다.

3.

2021년 11월. 테일러는 앨범을 발표하던 날 뉴욕에서 15분 분량의 단편 영화 시사회를 열었다. 13개 상영관을 보유한 어퍼 웨스트 사이드 지역의 멀티 플렉스 영화관에서였다. 이 영화관 입구에서는 'All Too Well' 휴대용 티슈를 건네주었다(기념품은 아니었다. 소리로 짐작하건대 제대로 사용됐다). 시끄럽고 또 즐거운 관중들이 세이디 싱크가 침대 위로 몸을 웅크릴 때는 고통에 겨워 숨도 제대로 쉴 수 없었고, 딜런 오브라이언에게는 야유

56 'Out of Woods'에서 테일러는 당시 연인이었던 해리 스타일스(Harry Styles)와 함께 스노모빌을 타다가 사고를 당했던 경험을 묘사하고 있다.

57 모리세이가 소속된 밴드인 더 스미스의 'There is light that never goes out'이라는 제목을 빗대어 영국의 시인 브라이언 빌스턴(Brian Bilston)은 '모리세이는 냉장고 문을 닫을 때면 냉장고 내부 조명이 그대로 켜져 있는지 의구심을 품는다'라는 내용의 시를 쓴 적 있다.

를 보냈다. 노스캐롤라이나주에서 날아왔다는 내 옆자리의 근사한 스위프티는 "죽어라, 제이크!"라고 소리 질렀다. 세이디의 빨간 타자기가 클로즈업되자 환호가 흘러나왔다.

나는 이 영화를 8개월 후 다른 환경에서 커다란 스크린으로 보았다. 바로 트라이베카 필름 페스티벌이었다. 테일러는 그해 내내 어느 곳에서도 목격되지 않았고, 따라서 그녀가 공개적으로 등장한 드문 자리였다. 상당수의 관객은 테일러를 잘 모르거나 그리 관심이 없었다. 대부분 그저 주변 사는 스위프티의 손에 이끌려 행사에 참석하려고 여기에 왔으며, 연령대가 높고 남성이 더 많았다(스위프트가 이 자리에 와주어서 '황홀하다'고 행사 책임자가 말할 때 누가 팬이고 아닌지가 티가 났다).

극장에 들어가는 길에 매표원은 이렇게 말했다. "경이로운 시간 보내세요." 그러니 이날은 모든 사람이 명예 스위프티였을지도 모른다. 그러나 나는 난생처음 스위프트가 정중한 박수 속에서 걸어들어오는 모습을 보았다. 그녀는 자신이 외지에 있음을 알고 사람들에게 깊은 인상을 심어주길 간절히 바랐다. 테일러가 사람들을 사로잡으려고 노력하는 모습은 너무나 초현실적이었다.

그녀는 독립 제작자 마이크 밀스Mike Mills와 함께 질문에 답하는 시간에 영화 마니아(테일러 버전)로 변신했다. "저는 존 카사베츠John Cassavetes의 이 말을 좋아해요. '나는 헬리콥터가 폭발하는 모습을 본 적 없다. 누군가가 다른 사람의 머리를 총으로 쏴버리는 모습도 본 적 없다. 그러니 뭐 하러 그런 영화를 만들어야 할까? 하지만 나는 사람들이 가장 사소한 방식으로 자기 자신을 파괴하는 모습을 보곤 한다.' 와, 저도 그래요."

그녀는 네루다의 시를 '내 머릿속을 떠나지 않았던, 아직도 뇌리에 박혀있는 한 줄'이라고 부르면서, '그토록 가슴 아픈 뭔가를 읽는다는 것은 폭력적인 행위'라고 논했다. 이 위대한 칠레의 시인은 살아생전에 세계적인 전설이었지만, 미래의 10대 청소년들이 자기 이름을 보고 환호성을 보내리라고 상상조차 하지 못했을 것이다.

나는 우연히 위대한 감독이자 내 영웅 중 하나인 짐 자무시Jim Jarmusch 옆에 앉았다. 그는 이전까지 한 번도 테일러 스위프트의 노래를 들어본 적 없다고 했지만, 이제는 그녀의 겸손한 농담에 홀딱 반해서 웃음을 터트리고 있었다. 마이크 밀스가 그녀의 이야기꾼으로서의 재능을 칭찬하며 "당신이 정말로 잘하는 건…"이라고 묻자, 그녀가 냉큼 "드라마요?"라고 말을 받았다. 밀스는 그녀의 근본적인 창작 과정에 대해 물으면서 질문에 답하는 시간을 채웠고, 나는 그녀가 이 정도로 마니아처럼 인터뷰에 임하는 모습을 처음 보았다.

가장 놀라운 고백은 'All Too Well'의 마지막이 1937년 킹 비더King Vidor의 드라마인 〈스텔라 달라스Stella Dallas〉에 등장하는 옛 할리우드의 대배우 바버라 스탠윅Barbara Stanwyck을 바탕으로 한다는 것이었다. 그녀의 낡은 목도리를 두른 옛 남자 친구가 추운 바깥에 서 있는 그 장면을? 테일러는 그 장면을 스탠윅이 소원해진 딸의 결혼식을 지켜보는 마지막 장면에서 가져왔다. 스탠윅의 딸은 뉴욕 상류층 가문과 결혼하지만, 어머니를 초대하지 않았다. 그래서 스탠윅은 길가에 서서 창문을 통해 결혼식을 훔쳐본다. 'All Too Well' 영화도 이렇게 끝이 나지만, 내가 온라인에서 검색한 바에 따르면 그 누구도 원작을 알아차리지 못했다.

나는 30대 초에 스탠윅의 어마어마한 팬이 돼서, 밤늦게까지 소파에 혼자 앉아 영화를 보며 그녀가 세련된 모습으로 괴로워하는 모습에 눈물을 훌쩍였다. 스위프트 역시 팬인 것도 당연하다. 바버라 스탠윅처럼 존재감을 지닌 배우는 없었다. 〈레이디 이브Lady Eve〉는 테일러의 노래로 보자면 'Cowboy Like Me'(사기꾼은 사기에 심취해서 피해자와 사랑에 빠지지 않는다는 이야기다)이고, 〈40정의 총Forty Guns〉은 'Last Great American Dynasty'다(잔인한 성격을 지닌 부유한 여성 이야기다).

내가 최고로 꼽는 영화는 나 빼고 아무도 좋아하지 않

는 〈나의 명예My Reputation〉로, 1946년에 만들어진 싸구려 멜로드라마다. 그녀는 나이 어린 전쟁 미망인으로, 자기 마을에 수치를 안겨 주는 존재다. 내가 꼽는 최고의 장면은 다음과 같다. 그녀는 한때 고상한 기혼 가정이었으나 이제는 죄의 소굴이 되어버린 자기 거실을 둘러보며 "전통 규범에서 벗어난 여자들은 삶이 엉망이 될 수 있지"라며 한숨을 내쉬는 것이다.

2.

스티비 닉스가 한 번은 벨벳 재킷을 잃어버렸던 사실을 아는가? 전형적인 70년대 록 음악 이야기답다. 카메론 크로우는 스티비가 광풍을 일으켰던 1978년 여름에 〈롤링 스톤〉 속보로 이 소식을 다뤘다. 평범한 벨벳 재킷이 아니었다. 이 재킷은 그녀가 'Landslide'로 활동하던 당시 매일 저녁 무대에 오를 때 입었던 검은색 빈티지 벨벳 재킷으로, 행운을 가져다주는 특별한 마법 재킷이었다.

스티비는 LA에서(그렇겠지) 워렌 제본Warren Zevon 쇼에 갔다가(당연히 그렇겠지) 재킷을 잃어버렸다. "닉스는 옷을 돌려받기를 완전히 포기했다. 다가오는 플리트우드 맥Fleetwood Mac 투어를 재킷 없이 맞이하게 된 그녀는 이렇게 말했다. "다른 옷으로 대체할 수 없다. 그리고 누가 그 재킷을 주워갔던 간에 내게 훨씬 더 의미가 크다. 어떤 정보든 제보해 주시면 감사하겠다." 〈롤링 스톤〉은 이렇게 보도했으며, 핫라인 연락처가 첨부됐다. 사진 속 그녀는 검은 베일에 검은 상복을 입고 있었다.

나는 이 재킷이 광활한 우주의 로큰롤 분실물 보관함 속에 테일러의 목도리와 함께 엉켜 있는 모습을 상상하길 좋아한다. 로큰롤계에서 물건을 잃어버린 이 둘은 뒤에 남겨진 성스러운 기념품들을 기억하겠지. 그리고 그 외에는 아무도 둘을 전혀 이해하지 못할 것이다.

1.

테일러는 'Cornelia Street'나 'Champagne Problems' 같은 슬픈 이야기를 들려줄 때 가끔 이 'All Too Well'의 피아노 코드를 다시 사용한다. 미래를 내다보고, 나이 든 자신이 현재의 방황을 어떻게 느낄지 궁금해하면서 이 노래들을 소비한다는 의미다. 그러나 테일러의 이야기들은 그녀가 곡을 완성하고 오랜 세월이 흐른 뒤에도 스스로 목소리를 낸다. 'All Too Well'은 그녀의 상상력을 넘어서 계속 진화하고 확장되고 있으며, 사방으로 뻗어나가다가 새로운 모습으로 되돌아오는 노래다. 아마도 이 노래는 언제나 명작이 될 예정이었을 테지만, 테일러가 그 악보를 갈기갈기 찢어 버리기 전까지는 명곡의 반열에 오를 수 없으리라.

# #06

# 소녀 팬들

✦ 팝 음악의 영원한 법칙은 지금껏 벌어진 일 중에 그럭저럭 멋진 것은 10대 소녀들이 벌인 일이기 때문이라는 것이다. 모두가 안다. 10대 소녀 팬들은 절대로 속일 수 없고, 또 절대로 거짓말하지 않는다. 이들에게는 거짓으로 꾸며낼 이유가 전혀 없으며, 그렇기 때문에 음악 업계에서는 모두가 10대 소녀들을 두려워한다. 그 외에 다른 사람들은 감언이설로 꾈 수도 있고, 속일 수도 있으며, 당연하다는 듯 취급해도 괜찮다. 그러나 10대 소녀들에게는 그럴 수 없다.

역사는 소녀 팬들에게 영혼 없이 굴면서 남부끄럽지 않은 어른 팬들로 업그레이드해보려던 팝 스타들의 까맣게 타버린 잔해들로 그득하다. 역사를 보면 소녀들이 이를 빠르게 응징해 버린다는 사실을 알 수 있다. 다른 관객들에게 감동을 주려고 소녀들을 내쳤다가는 그 누구도 감동시키지 못하게 된다. 모두의 친구는 누구에게도 친구가 아니다. 두 소녀를 쫓으려다 정작 중요한 소녀를 잃을 수 있다.

테일러는 누가 중요한 소녀인지 안다. 그녀는 친구들에게 직접 노래하는 10대 소녀로 출발했고, 세상을 정복한 후에도 그 소녀들을 놓치지 않았다. 소녀들이 30대가 되고, 40대, 50대가 되어도 무조건 이들을 우선시했다. 그녀는 음악을 사랑하는 소녀들을 사랑하고, 이들을 위한 자리를 마련하기 위해 세상을 바꿔나갔다.

피비 브리저스Phoebe Bridgers는 음악 듣기를 좋아하는 전형적인 10대 팬 가운데 하나였다. "저는 강렬한 감정이 들었고 소녀들에 대한 곡을 쓰고 싶었어요. 그러나 어른들은 너무 어른스러운 삶을 노래로 썼죠. 그러니 저는 작곡을 시작하면서 억지로 이야기를 꾸며야 했고, 노래들은 정말 별로였어요. 저는 그걸 깨닫고, 먼 훗날 노래로 표현할 가치가 있는 삶을 살아보고 마침내 뭔가를 이야기할 수 있을 그날에 대해 공상의 나래를 펼치곤 했죠." 2022년에 그녀는 이렇게 말했다.

그 공상은 브리저가 어머니와 컨트리 음악 라디오를 듣다가 스위프트의 노래를 우연히 접하게 되면서 바뀌었다. "저보다 나이도 별로 많지 않은 여자애가 자기 인생에 관해 쓴 곡을 부르는 걸 들었어요. 그리고 그 노래가 정말 좋았죠. 제가 성장하면서 테일러도 성장하고, 그녀의 노래도 성장했어요. 점차 제 노래가 나아졌어요. 흥미로운 노래처럼 들리려고 애쓰는 대신, 저는 그냥 진실을 이야기하기 시작했어요. 테일러는 언제나 진실을 이야기해 왔거든요." 이제 세상은 달라졌다. "저는 테일러 스위프트가 있는 세상에서 자라날 수 있었다는 데에 감사해요. 아니, '이 세상: 테일러 버전'이요." 브리저가 덧붙였다.

"여자들이 쇼 비즈니스를 만듭니다." 스모키 로빈슨은 1979년 〈롤링 스톤〉에 이렇게 말했다. "남자들이 상황에 기여하기는 하나, 실제로는 여자들이 쇼 비즈니스를 일으키죠. 남자들은 밤새 앉아 팝·재즈 가수 낸시 윌슨을 구경하면서 절대로 '우와!'라고 하지 않아요. 하지만 여자들은 소리를 지르고 싶으면 그냥 지릅니다."

폴 매카트니는 비틀마니아Beatlemania 열풍이 불어오기 시작할 때 그 비밀을 알았다. "당시 우리는 열여덟인가 열아홉 살쯤이었어요. 그는 1987년 비틀스 학자인 마크 루이슨Mark Lewisohn에게 말했다. "그러니 열일곱 살 소녀 모두에게 말을 건네면 되는 거예요. 우리는 그걸 꽤나 의식하고 있었고, 우리의 시장 수요를 노려 곡을 썼어요. 우리가 'Thank You Girl'이라는 곡을 쓰면, 우리에게 팬레터를 썼던 많은 소녀가 이를 진정한 감사 인사로 받아들인다는 걸 알았던 거죠."

그러나 테일러와 소녀 팬들은 더 깊숙이 연결되어 있

다. 그녀는 소녀들 중 하나로 시작했고, 어떻게 해서든 이 소녀들과 함께 커 가고 있다. 이 모든 것이 다음의 질문에서 시작됐다. "리앤, 제 편지를 받았나요?"

테일러는 여덟 살에 자신이 처음으로 좋아한 아이돌인 리앤 라임즈가 라이브로 노래하는 모습을 보러 갔다. "저는 맨 앞에서 이 커다란 배너를 들고 있었어요." 그녀는 데뷔 당시 이렇게 회상했다. "이를테면 좀 스토커처럼 '사랑해요, 리앤' 이렇게 쓰여 있었고, 그 전날 저는 온갖 편지, 제가 그린 그림, 제 사진 같은 것들을 그녀의 호텔 방으로 보냈어요." 여기까진 테일러답다. "저는 어렸을 때 엄청난 폭탄 머리 금발이었어요. 지금보다 훨씬 더 곱슬곱슬했답니다. 그래서 리앤은 관중들 가운데서 저를 알아본 거예요. 그리고 실제로 시간을 내서 제 편지와 다른 것들을 읽어 주었어요." 공연이 끝난 후 테일러는 바짝 다가섰다. "리앤은 관객들 사이를 돌아다니며 손을 잡아 주다가 밑을 내다보았어요. 그래서 제가 '리앤, 제 편지를 받았나요?'라고 물은 거죠. 그러자 리앤은 '당연하지, 테일러'라고 답했어요."

리앤 라임즈는 무시무시한 괴물을 탄생시켰다. 그녀는 이 어린아이를 최고의 가수가 될 수 있게 끌어왔다. 테일러의 입장에서는 이것이 가르침을 주는 근본적인 장면이었다. "바로 그때였어요. 말 그대로 제 머리에 콕 박힌 순간이요." 그녀는 이렇게 기억했다. 리앤 라임즈가 테일러의 이름을 기억하는 순간은 지금 우리가 살고 있는 세상에 어마어마한 영향력을 미쳤다. 팝스타는 어떻게 행동해야 하는지에 대한 테일러의 개념을 만들어 주었고, 이제는 모든 신인 팝 스타의 의무가 될 정도로 기준을 높여 놨다. 우리는 리앤에게 큰 빚을 진 셈이다.

팬들에게 구애하는 테일러의 지구력은 처음부터 매우 놀라웠고, 그녀는 그 에너지를 바탕으로 번성하고 있다. 코로나 19 팬데믹 이전의 투어 콘서트에서 테일러는 공연 전에 몇 시간 동안이나 팬들을 직접 맞이하는 시간을 가졌고, 공연이 끝난 후에는 직접 배웅했다. 그녀는 다른 가수들보다 국회의원 후보에 가까운 방식으로 공연장을 돌아다녔다. 한 정치 저널리스트는 지금껏 그런 식의 카리스마를 지닌 사람은 빌 클린턴밖에 보지 못했다고 했다. 테일러는 자신이 관중과 팬들의 일부이기 때문에 이들에 의해 달아오르고, 또 이들로 인해 달아오르기 때문에 이들을 흥분시킨다.

테일러는 2013년 내슈빌에서 내 조카들에게 터무니없이 친절하게 굴었다. 그 아이들이 누구인지, 어떻게 그곳에 왔는지 전혀 알지 못하면서도 그랬다. 조카들은 레드 투어의 마지막 공연을 보기 위해 애틀랜타주에서부터 자동차를 타고 먼 길을 왔다. 10대 초반의 소녀 다섯 명과 두 명의 어머니가 함께 왔는데, 소녀들은 집에서 삐뚤빼뚤 만든 "그녀Her 없이 영웅Hero을 논하지 말라"라고 쓰인 티셔츠를 입고 얼굴 전체에 빨간 반짝이를 뿌리고 있었다.

소녀들은 무대 뒤편 구석에서 영광의 순간만을 기다리며 덜덜 떨고 있었지만, 테일러의 밴드 멤버를 알아보기 시작하면서 긴장이 풀어졌다. 조카들은 멤버들의 이름은 물론 그들이 무슨 노래를 연주했는지 다 알고 있었기 때문에 인기를 얻었다. "이런 적은 처음이에요." 밴드의 베이시스트가 내 여동생에게 말했다. 얼굴에 뿌린 빨간 반짝이가 녹아서 끈적거리자 소녀들은 눈물을 펑펑 흘렸다(어머니들은 "우는 건 괜찮아. 그런데 소리 지르는 건 금지야"라고 했다). 안드레아 스위프트는 내 조카들이 마음에 들어서 관계자 출입증을 내주었고, 스콧 스위프트는 기타 피크를 선물로 주었다.

테일러 스위프트가 무대에 오르기 위해 지나가고 있었다. 그녀는 'State of Grace'를 부르기 위해 이미 흰 셔츠와 검은 모자를 착용한 상태에서 이 다섯 명의 모르는 소녀들을 발견했다. 솔직히 말해, 눈물범벅이 된 아이들 가까이 갈 수 있는 상황이 아니었다. 더군다나 이 훌쩍이는 소녀들은 끈적끈적하고 축축한 빨간 물질을 얼굴 전체에 묻히고 있었다. 테일러는 무대용 셔츠를 입고 있었고, 다시 갈아입을 시간도 없었지만, 아이들을 모두 안아주었다. 겨우 여덟 살이었던 내 조카는 눈물을 흘리며 이렇게 말했다. “저는 세 살 때부터 당신 노래를 들었어요!”

테일러가 대답했다. “와, 귀여운 친구, 그건 우리가 함께 자랐다는 의미 같아요.”

그 후 테일러는 군데군데 얼룩덜룩해진, 똑같은 하얀 셔츠를 입고 고향의 관중들을 만나기 위해 무대로 통하는 계단으로 서둘러 올라갔다. 테일러의 그 말은 그저 그녀가 으레 하는 틀에 박힌 농담이었을까? 나는 이리저리 물어보았지만, 딱히 그리 보이지는 않았다(그녀는 몇 년 후 〈미스 아메리카나〉 다큐멘터리에서도 그렇게 말했다).

소녀들은 공연이 끝난 후 내게 전화를 걸어 왔다. 한밤중에 아침 식사를 하러 나왔다는데 여전히 말을 이어가기 어려울 정도로 엉엉 울고 있었다. 나는 아이들보다 더 큰 충격을 받았다. 그 일화에는 내가 전혀 이해할 수 없는 것들이 많았다. 스텝들은 무슨 생각을 했을까? 테일러 본인은 무슨 생각을 했을까? 이 또한 그녀가 뒤에 남긴 여러 미스터리 가운데 하나일 뿐이지만, 이 가수와 팬들이 함께 만들어 낸 미스터리를 해결할 수 있는 단서가 될 수도 있겠다.

# #07

## 용감
## 하게

✦ 나는 'Fearless'를 휴대폰 너머로 처음 들었다. 레이블은 음원이 유출되지 않도록 병적으로 집착한 나머지, 내가 도청 장치를 쓸까 봐 밀실에서조차 내게 음악을 들려주려 하지 않았다. 나는 큰 기대를 걸고 있었지만, 이 곡은 얼마나 훌륭한지 믿을 수 없을 정도였다. '세상에나. 정말 완벽한 팝 앨범이군. 시대를 초월한 완벽한 앨범이 될 거야. 명작이네. 이걸 능가할 앨범을 다시는 못 낼 거 같아.' 나는 이렇게 생각했다. 그리고 테일러는 그 앨범을 뛰어넘는 다음 앨범을 냈고, 다음 앨범을 뛰어넘는 다다음 앨범을 냈으며, 그 이후도 여러 차례 훌륭한 앨범들을 발표해 〈Fearless〉가 한동안 묻힐 정도였다. 그녀는 테일러 버전 시리즈를 만들면서 가장 먼저 재녹음되는 명예로운 지위를 이 앨범에 부여했다.

〈Fearless〉는 우리 모두가 잘 알고 있는 그 테일러 스위프트를 보여줬다. 그녀를 스타로 만들어 준 이미지, 그 이후로 그녀가 반박해 왔던 이미지를 만들어줬던 것이다. 이 앨범은 그녀가 가장 좋아하는 수사 어구, 즉 자동차와 창문, 조약돌, 드레스, 비와 호우와 폭우, 사진 앨범, 눈물, 현관 같은 것들과 함께 테일러만의 세계관을 만들어 냈다.

또한 언제나 사랑에 빠지고, 남자애들 때문에 괴로우며, 1주일짜리 고등학생의 연애를 마치 팻시 클라인Patsy Cline의 여러 번의 결혼 중 하나만큼이나 상징적으로 들리게 만드는 10대 컨트리 작곡가라는 테일러의 개성을 설계하기도 했다. 눈물을 펑펑 쏟을 계획이기 때문에 마스카라를 아주 꼼꼼하게 바르는 소녀이자, 가장 예쁜 옷을 입고는 비바람이 몰아치는 중에 자전거를 타고 돌아다니는 소녀. 그녀는 추태 부리길 좋아한다. 'Forever & Always'에서 "네 침실에선 비가 내려"라고 부를 때, 너무나 테일러다운 곤경에 빠진 셈이다.

테일러는 모든 노래를 혼자, 또는 공동으로 작곡했다. 컨트리 가수로서든 10대 팝 디바로서든 드문 경우다. 'Fearless'는 복고풍으로 'Side One'과 'Side Two'로 구분되어 있고, 그녀는 뱅어Banger[58]를 앞편에 배치할 정도로 영리했다. 이 앨범은 'Fearless'와 'Fifteen', 'Love Story', 'Hey Stephen', 'White

58 활기차고 강렬한 비트를 가진 노래.

Horse', 'You Belong with Me' 등 여섯 곡의 괴물급 노래가 연달아 나오면서 시작된다.

그녀는 슬프고 지루한 피아노곡을 뒤편에 배치하면서 앨범의 페이스를 조절하는 작업의 기술을 배웠다. 이를테면 'Hey Stephen'은 묵직한 코스 요리 사이에 입안을 개운하게 해 주려고 끼워 넣는 가벼운 소르베와 같다. 앞뒤에 배치된 노래들과 비교해 듣는 둥 마는 둥 넘어가기 쉽지만, 로네츠Ronettes의 'Be My Baby' 박자처럼 걸그룹의 전통에 대한 영리한 동의와 같다. 또한 그녀가 키득대며 "다른 여자애들은 모두, 그래, 예쁘지/하지만 걔네가 널 위해 곡을 써 줄까?"라고 노래할 때, 처음으로 주목해야 할 '자기가 한 농담에 웃음이 터진 테일러'의 순간을 맞이하게 된다. 'Love Story'는 테일러판 《로미오와 줄리엣》으로, 1590년대 유행보다 강력해져서 돌아온 것 같았다.

또한 〈Fearless〉로 인해 테일러는 자신의 옛 애인들에 대해 노래하는 소녀의 이미지를 가지게 됐다. 몇 년 후 골든 글로브 시상식에서 그녀가 라이언 시크레스트와 수다를 떠는 유명한 장면이 등장한다. 그는 그녀에게 이 시절에 만들어진 클립을 보여 주었는데, 라이언의 라디오 쇼에 나와서 과거 남자 친구들 가운데 한 명을 돌려 까는 내용이었다. 그녀는 딱히 창피해하지도 않고 웃으면서 말했다. "맞아요, 열여덟 살에 제가 좀 입이 걸었죠." 그래요, 테일러, 분명 그랬죠. 그래서 이런 노래들이 탄생한 거잖아요.

조 조나스는 아직은 테일러가 가장 좋아하는 옛 애인이면서, 전화로 29초 만에 그녀를 차버린 가장 흥미진진한 결별 이야기를 선사한 장본인이기도 하다. 그는 곧 여기에 응수하는 그 유명한 안티 테일러 노래를 조나스 브라더스의 네 번째 앨범 〈Lines, Vines, and Trying Times〉에서 발표했다. "이제 나는 슈퍼스타랑 끝이 났어. 그리고 그녀의 기타 위로 흐른 그 모든 눈물."

그러나 조도 분명 깨달았겠지만, 이 노래들은 실은 남자 친구들에 관한 내용이 전혀 아니었다. 이 노래들은 소녀들을 다루고 있으며, 테일러는 역사상 그 어느 팝 가수들보다 더 꾸준히 이 주제를 다뤄왔다. 그녀는 심지어 폴 매카트니보다도 소녀에 관한 곡을 더 많이 썼으며, 폴과 마찬가지로 남자 주인공에는 거의 아무런 관심도 가지지 않았다. 스위프트 노래에 등장하는 소년은 흔히 소녀들이 자아를 발견하고 형성하는 경험을 비춰주는 거울일 뿐이다. 소년은 테일러가 자기 이름을 써넣을 빈 공간Blank Space이다. 〈Fearless〉는 그녀가 평생 만들어 온 이 발랄한 소녀들로 가득 찼다.

'Fearless'는 기세 좋게 흘러나오는 기타 연주와 함께 영원히 내가 가장 좋아하는 노래의 자리를 차지하고 있을 것이다. 다이아몬드처럼 반짝이는 하늘 아래서 주목받고 안전하며 자유롭게 한 손을 흔들며 춤을 추고 싶다고 느끼는 소녀이자, 관객이라고는 소년과 비뿐일지라도 스타다. 전형적인 자동차와 소녀가 등장하는 록의 찬가로, 그 당시에 실제 록스타들은 지나치게 멋진 척하느라 쓸 수 없는 종류의 노래였다. 프로답게 꼼꼼하고 정교하게 만들어진 곡이면서도, 테일러는 마치 그 노래가 자기 안에서 모두 뿜어져 나온 것처럼 들리게 만든다. "나는 보통 안 이래." 맨날 그러는 소녀가 노래한다. 그녀는 비에 젖어 반짝이는 길 자체다.[59]

〈Fearless〉는 데뷔 앨범의 상위 버전이 아니었다. 어떤 앨범의 새롭고 발전적인 버전도 아니었다. 그녀는 그 나이치고 장래가 유망하거나 인상적인 게 아니었다. 휴대폰 너머로 들어도 나는 알 수 있었다. 이 앨범은 지금 당장 벌어지고 있는 현상이었다.

59 'Fearless' 가사.

# #08

## 모두가
## 소심한 걸 좋아해,

## 모두가
## 멋진 걸 좋아해

✦ 소심한 테일러 Petty Taylor[60]에 대해 얘기해 보자. 어떤 이들은 소심한 테일러를 좋아한다. 그러나 소심한 테일러를 싫어하거나 두려워하는 사람들도 많다. 일부 심약한 영혼들은 소심한 테일러 같은 것은 존재하지 않는다고 주장할 수도 있다. 그렇게 생각한다면 다행이다. 일부 비평가들은 그녀가 옛 애인들보다 더 잘나가는 게 문제라고도 본다. 그녀가 다른 연예인들과 싸움을 벌이거나 일방적으로 비난하고, 또 '자기 입장을 확실히 밝히는 것'과 '한바탕 소란 피우기' 사이를 아슬아슬 오가면서 가끔은 원칙을 중요시하기도 하는 갈등을 일으키는 모습을 즐기는 이들도 있다.

그러나 이는 그저 단순하게 더한 것일 뿐, 우리 중 일부는 미적분처럼 복잡하고 소심한 테일러를 사랑한다.

60 Petty는 '소심한', '쩨쩨한'이라는 의미로, 테일러는 옛 애인이나 다른 연예인들과 일으키는 갈등 때문에 'Petty'라는 형용사로 불리게 됐다.

테일러는 2022년 트라이베카 필름 페스티벌에서 다음과 같이 말했다. "사람들은 흔히 제가 제 생각을 증명하려고 자기 자신을 얼마나 못살게 구는지 너무 과소평가해요."

2014년 10월, 유명 코미디 그룹인 몬티 파이튼Monty Python 소속인 천재 코미디언 존 클리즈John Cleese가 인기 있는 영국 BBC 토크쇼인 〈그레이엄 노튼 쇼Graham Norton Show〉에 출연했다. 그가 지금까지의 활동에 대해 이야기를 장황하게 늘어놓을 준비는 되어 있지만, 아마도 실제 여성과 대화를 나누기에는 조금 준비가 미흡했을지도 모른다. 또 다른 손님은 테일러 스위프트라는 미국 가수였다. 희한한 조합이지만 잘 맞아야만 했다. 진행자는 두 출연자 모두 고양이를 좋아한다고 설명했다. 이들은 저마다 사진을 보여 주며 상대방의 고양이를 우스꽝스럽게 깎아내렸다. 그녀는 존의 고양이를 '괴물'이라고 불렀다. 깔깔대는 웃음이 연달아 터졌고, 모두 다 재미있어했다.

존 클리즈는 자기가 개보다는 고양이를 좋아하는 취향이라고 설명했다. "저는 고양이가 훨씬 좋아요. 무슨 행동을 할지 예측할 수가 없고, 고집이 세요. 꼭 여자들 같아요! 무슨 말인지 알죠?" 그는 테일러가 예의 바르게 웃어주기를 기다렸다.

테일러가 주저하는 모습이 눈앞에 선하게 그려진다.

'전설의 코미디언이 여기에 계셔. 여든 몇 살이래. 그분이 농담 했으니, 그냥 받아주자. 웃고, 귀엽게 굴어야지. 여긴 영국이야. 그냥 공손히 웃어.' 그러다가 마음을 다잡는 모습이 보인다. '소녀들이 이걸 보고 있어. 당연히 그렇지. 내가 공손히 웃어 주는지 보려고 내 얼굴을 들여다보고 있을 거야.' 그래서 테일러는 겸손한 미소를 지으며 말했다. "어머, 그렇게 말씀하시면 안 되죠."

테일러는 크게, 살짝 과할 정도로 웃었다. 클리즈는 당연히 크게 박장대소를 했고, 진행자도 마찬가지였다. 다들 긴장이 풀린 것처럼 보일 정도였다. 이제 광고 시간이었다.

이 대화는 주말 동안 입소문을 탔고, 그러다가 잠잠해지고 잊혔다. 그러나 나는 이 일화가 계속 마음에 남았다. 누가 감히 존 클리즈에게 대들려고 할까? 몬티 파이튼의 나머지 멤버들은 그와 말싸움하기 싫어서 탈퇴해 버렸다(마이클 폴린Michael Palin의 말마따나 우리는 다 큰 어른들이 클리즈의 꼴을 지켜보느니 자기 머리통을 뽑아 버리는 것을 본 셈이다).[61] 이보다 더 허무한 일이 있을까?

나는 그 허무함에 반했던 것 같다. 테일러는 잠시 진짜

61 몬티 파이튼의 TV 프로그램인 〈몬티 파이튼의 플라잉 서커스(Monty Python's Flying Circus)〉에서 범죄자 형제인 더그와 딘스데일 피라냐의 이야기를 다루면서, 더그가 주는 공포감을 강조하기 위해 "나는 다 큰 어른들이 더그를 보느니 자기 머리를 뽑아 버리는 모습을 본 적 있어"라고 말한 것에서 따왔다.

테일러 스위프트의 모습을 내려놓으려고 진심으로 애썼다. 잘되지 않았을 뿐.

테일러는 언제나 통제광 그 자체로, 세부적인 부분까지 하나하나 다 바꿔야 성에 차지만 이를 모두 매력 넘치는 미소 뒤에 감추고 있다. 물론 그렇지 않을 때도 있다. 그녀는 달콤한 꾐에 기꺼이 넘어가고, 걸핏하면 실수를 자초한다. 또한 자기가 가진 불만이 타당할 때조차 아무도 귀를 기울이려 하지 않는다고 불평한다. 그냥 무시가 답이었을 상황에서 괜한 입씨름을 벌여서 지고, 다른 사람들은 신경도 쓰지 않는 모욕들을 대차게 맞받아치는 바람에 자기가 휴대폰만 꺼도 곧 사라져 버릴 사소한 사건들을 굳이 부각시킨다. 2010년에 테일러는 'Mean'이라는 노래를 통해 음악 업계 저널리스트인 밥 레프세츠Bob Lefsetz를 영원히 유명해지게 만들었다. 테일러가 홍보해 주지 않았더라면 열두 명이나 채 읽었을까 싶은, 레프세츠의 뉴스레터에 실린 부정적인 리뷰를 겨냥하는 노래였다.

니키 미나즈는 2015년 VMA 수상 후보에서 자기 노래인 'Anaconda'가 빠져 있는 것을 보고 마음이 상해서, MTV가 "빼빼 마른 몸매의 여자들"을 편애한다고 트위터에 올렸다. 스위프트는 이를 기분 나쁘게 받아들이고, 그 누구도 청한 적 없는 댓글을 달았다. "여자들끼리 서로 싸우게 만들다니 당신답지 않네요." 이는 몇 시간 동안 온라인상의 난감함이 이어지는 출발 신호가 됐고, 결국 테일러는 재빨리 사과해서 비난을 받아들이고 상황을 정리했다. "제가 핵심에서 벗어났어요. 제 오해였고, 말이 헛나왔어요. 미안해요, 니키." 효과가 있었다. 몇 주 후 열린 VMA에서 테일러와 니키는 'Bad Blood'를 함께 부르는 깜짝 무대를 가졌고, 시상식을 한 번도 보지 못한 모든 사람을 놀라게 했다. 둘 모두에게 도움이 된, 깔끔하고 효과적인 갈등 해결 방법이었다. 그리고 다시는 이런 실수를 반복하지 않았다.

그녀는 2010년 초 케이티 페리Katy Perry가 자신의 백댄서들을 가로채려 했다고 비난하면서 갈등을 빚었다. "업무로서 처리했어야죠. 케이티 페리는 제 밑에서 일하던 한 무리의 사람들을 고용하려 했어요." 스위프트가 말했다. 우리는 새로운 문화의 시대에 접어들고 있었다. 여성 팝 가수들은 직원 고용과 급여를 두고 입방아에 올랐다. 아론 카터를 두고 소란을 피운 힐러리 더프Hilary Duff와 린제이 로한Lindsay Lohan 시절과는 달랐다. 그러나 이 사건은 테일러와 케이티가 함께 뜬 친구라는 점에서 놀라움을 안겼다. "케이티 페리는 카리스마 넘쳐요. 'Hot N Cold'를 듣자마자 홀딱 반했답니다." 2008년 테일러는 이렇게 말했다.

그러나 둘은 콩깍지가 벗겨지자 최악의 모습을 보여 주게 됐고, 서로를 비난하는 무시무시한 노래를 썼다. 테일러의 'Bad Blood' 그리고 케이티의 'Swish Swish'라는 싱글이었다. 이들은 2019년에 화해했고 'You Need to Calm Down' 뮤직비디오를 찍기 위해 의기투합했다. 케이티는 에라스 투어에 함께 했을 뿐 아니라, 'Bad Blood'에 맞춰 몸을 흔드는 자기 모습이 담긴 영상을 올렸다.

2022년 상반기 동안 테일러는 한 치의 새어나감도 없이 완전한 침묵을 지켰지만, 블러Blur와 고릴라즈Gorillaz의 데이먼 알반Damon Albarn[62]이 그녀가 실제로는 곡을 쓰지 않는다고 은근히 돌려 까자 온라인에 등장해 그를 맹비난했다. 데이먼의 말은 테일러를 폭발시켰고, 그냥 넘어갈 수 없었다. "이걸 보기까지는 저는 당신 노래를 정말로 좋아했어요. 당신이 제 노래를 좋아할 필요는 없어요. 하지만 제 작곡을 깎아내리려 하는 건 정말 미친 거 같아요. 우와." 알반은 정중하게 답했다. "전적으로 당신 말이 맞아요."

테일러의 몇몇 적은 친구로 시작했다. 2021년 5월, 테일러와 올리비아 로드리고보다 더 다정한 팝 음악 커플은 없었

62 데이먼 알반은 블러의 보컬이면서 고릴라즈의 작곡가이자 보컬로 활동하고 있다.

다. 당시 로드리고는 놀라운 데뷔 앨범 〈Sour〉를 발표할 즈음으로, 떠오르는 신인 가수였다. 그녀는 테일러를 자신의 영웅이라 불렀고, 징징거리는 발라드 'Drivers License'를 들으면 누구나 알 수 있었다. 로드리고가 SNS에 "미국 아이튠즈 차트에서 테일러 다음으로 내가 오르다니, 나 눈물바다야"라고 올리자, 테일러는 "이게 우리 동생이지! 정말 자랑스러워"라고 답했다.

이들은 5월 중순에 직접 만나 꼭 껴안고 사진을 찍었다. 테일러는 자기가 〈Red〉에서 꼈던 반지와 같은 종류의 반지를 동생의 손가락에 끼워줬다. "그녀는 무조건 이 세상에서 가장 다정한 사람이에요." 로드리고는 그녀를 극찬했다. "테일러가 이 반지를 줬어요. 왜냐하면 〈Red〉를 작곡할 때 이거랑 비슷한 반지를 끼었대요. 그리고 내게도 그런 반지가 있으면 좋을 거 같다네요." 모두가 테일리비아Taylivia를 사랑했다. 이 커플, 영원하리라.

그러나 모종의 이유로 로드리고는 따로 주문 제작한 자기 앨범을 킴 카다시안에게 보냈다. "저는 그저 당신을 흠모합니다. 당신과 가족들에게 큰 사랑을 보내요." 로드리고의 메모에는 이렇게 쓰여 있었다. 카다시안은 5월 28일 금요일에 이 메모를 SNS에 올려서 자신이 응원하고 있음을 드러냈다. 순전한 우연의 일치로, 테일리비아는 갑자기 '반지를 나눠 끼는 사이'에서

'법정에서 봐야 할 사이'로 바뀌었고 양쪽 다 특별한 설명을 덧붙이지 않았다. 세상은 이 우정이 어떻게 끝나버렸는지에 대한 미스터리를 두고 수군댔고, 사람들은 그저 추측이나 할 뿐이었다.

그러나 올리비아의 다음 앨범에는 다음과 같은 노래가 실렸다. "매주 나는 5월의 그 금요일에 대해 악몽을 꿔/네가 전화를 걸어 왔고 내가 알던 세상은 바뀌었지." 〈롤링 스톤〉은 로드리고에게 테일러와 싸웠냐고 단도직입적으로 물었다. "저는 누구랑도 싸우지 않아요. 트위터에는 너무 많은 음모론이 떠돌아다니잖아요. 저는 외계인 음모론만 읽는다고요."

2024년 2월 그래미 어워드에서 테일러는 올리비아가 'Vampire'를 부를 때 자리에서 일어나 춤을 추었고, 테일러 왕국의 광시곡이 부활하길 바라는 이들의 희망을 싹틔웠다. 스위프트의 다음 앨범에는 카다시안에 대한 가시 돋친 노래가 몇 곡 실렸고, 외계인 납치에 대한 노래도 하나 있었다.

2023년 테일러는 고대의 카르마를 노래하는 히트곡을 냈다. 이 노래는 적들의 삶이 엉망진창이 되어 버렸음을 한껏 비웃고 있어서, 아마도 바가바드 기타Bhagavad Gita[63]가 권하는 내

63 '성스러운 자의 노래'라는 의미의 힌두교의 3대 경전 중 하나로, 영적 수행을 위해 '카르마 요가'를 권하고 있다.

용과는 달랐을 것이다. 그녀가 〈타임〉에게 설명했듯, 카르마는 "쓰레기가 매번 알아서 걸러지는 법"이라는 의미다. 그러나 그녀는 쓰레기를 소중히 보관하고, 이미 전투가 끝나버린 후에도 싸우며, 가십과 루머, 괴상한 촉, 복잡하게 꼬인 이론에 불을 지른다. 그녀는 겸손한 척에 젬병이고, 초연한 척하는 데에도 낙제점이다.

우리 어머니는 이렇게 말씀하시곤 했다. "너한테 싸움을 걸었다고 해서 일일이 다 응할 필요는 없단다." 그러나 테일러는 그렇게 행동하지 않았다(솔직히 우리 어머니도 마찬가지였다). 그녀는 싸움을 걸어오길 기다리지 않으며, 자기로 인해 그 공간이 더 도드라지리라는 한 치의 의심도 없이 끼어든다. 그러나 가끔은 바닥이 미끌거려 실수하기 쉽고, 아무도 이 모든 소란을 그녀처럼 받아들이지 않는다. 'This Is Why We Can't Have Nice Things'는 이런 가사로 빼곡하게 채워졌고, 그녀는 "음…음음"하고 노래하다 "바로 거기에 문제가 있어"라고 말한다. 와, 나는 이 "바로 거기" 부분이 마음에 든다. 그녀의 음악은 '바로 거기 에너지'로 가득하다.

그녀는 2020년에 지난날의 패티 테일러를 비웃으며 'Invisible String'을 노래했다. 당시 그녀는 옛 애인들을 꼬챙이로 꿰어 광장에 내거는 듯한 노래들을 썼다. "내 서슬은 서릿발 같았어/나를 마음 아프게 한 그 남자들을 향해서 말이야/이제 나는 그 남자들의 자식들에게 선물을 보내."

테일러는 이 노래를 조 조나스가 아내 소피 터너Sophie Turner와 함께 처음으로 부모가 됐을 때 발표했다. 테일러는 조의 아기에게 선물을 보냈고, 이 관대한 몸짓을 통해 이제는 자기네들이 매우 성숙한 어른이라는 사실을 보여 주었다. 다만 그로부터 1년도 지나지 않아 'Mr. Perfectly Fine'을 내놓았는데, 2008년 자신의 마음을 무너뜨렸던 조를 재치 있게 비꼬는 〈Fearless〉의 미발표곡이었다. 소피 터너는 이 노래에 맞춰 춤추는 영상을 인스타그램에 올리면서 "솔직히 신나는 곡이긴 하네"라고 했다.

2023년 소피와 조는 이혼을 발표했고, 이미 6개월 동안 비밀리에 별거 중이었다고 밝혔다. 깜짝 놀랄 소식이었다. 고작 몇 주 전에 소피는 'Mr. Perfectly Fine' 우정 팔찌를 차고 조나스 브라더스 공연을 관람했었기 때문이었다. 뉴욕에서 이혼이 진행되는 동안 터너는 스위프트의 아파트로 이사했다. 대충 우리 모두에게 '바로 거기' 같은 게 존재한다고 해 두자.

# #09

# 팔에 쓴 노래

✦ 테일러는 매일 저녁 무대에 오를 때 자기 팔에 가사를 적어 가곤 했다. 왼쪽 팔에는 매직펜으로 "나는 외로운 길에 올랐어. 그리고 여행하고, 여행하고, 또 여행하지"라던가 "우리는 학교보다 3분짜리 노래로부터 더 많이 배웠지" 또는 "나는 한낱 꿈꾸는 사람, 그러나 너는 그저 꿈" 같은 가사를 써서(앞에서부터 각각 조니 미첼, 브루스 스프링스틴, 닐 영이다) 2만 명의 사람들이 모인 공연장을 마주했다. 그러면서도 당시의 적지만 헌신적인 핵심 팬들이 자기 팔에 온 관심을 쏟으면서 감시하고, 또 노래와 사진과 가수들을 돌려본다는 것도 알고 있었다.

그녀는 2011년과 2012년 스피크 나우 투어를 하면서 공연마다 이렇게 했다. 가끔은 셀레나 고메즈나 캐롤 킹 Carole King 아니면 니키 미나즈 가사를 골랐고, 가끔은 특정 지역에 맞췄다. 플로리다에서는 톰 페티를 위해 "간절했던 그 한순간을 위해 그는 그녀의 기억 속에 살며시 돌아왔지"를, 필라델피아에서는 엘튼 존Elton John을 위해 "왜냐하면 나는 이 필라델피아의 자유 속에서 살아가고 숨 쉬니까"를, LA에서는 브라이언 윌슨Brian Wilson을 위해 "걱정하지 말아요, 모든 게 잘될 거예요"를 썼다. 오클라호마 시티에서는 플레이밍 립스Flaming Lips의 노래였다.

또한 그녀는 열심히 조사한 끝에 돈 헨리Don Henley는 텍사스 공연을 위해 아껴두었다. 어떤 날에는 마티나 맥브라이드Martina McBride, 딕시 칙스, 케니 체스니Keny Chesney를 선택했다. 또 어떤 날에는 리한나나 그린 데이Green Day, 니나 시몬Nina Simone, 또는 건즈 앤 로지즈Guns N' Roses, 레이첼 야마가타Rachel Yamagata 또는 데스 캡 포 큐티Death Cab for Cutie, 아니면 파라모어Paramore이기도 했다.

테일러는 아직 유명세를 만들어가고 있는 전도유망한 작곡가들이나, 새로운 마니아들을 끌어들이고 있는 인물들과 싸움을 일으켰다. 적어도 한 명, 콕 집어서 맷 네이선슨Matt Nathanson은 훗날 테일러가 자기 노래 'I Saw'에서 한 구절을 훔쳐서 'All Too Well'에 썼다고 항의했고(그리고 그녀는 실제로 그 가사를 베꼈다. "내가 왜 잊어야 했는지 잊을 만큼 오래전에 당신을 잊었어요"라는 구절이었다), 다음과 같이 단언했다. "그녀는 분명 제 팬이에요… 그리고 이제는 도둑이고요."

표현이 거칠지만, 아마도 그는 대중문화가 어떻게 작

동하는지 잘못 이해하고 있었을 것이다. 왜냐하면 가끔은 팬과 도둑이 일치하고 이것이 사람들이 노래를 전달하는 방식의 일부이기 때문이다. 음악은 시와 마찬가지로 사람들이 훔쳐 가도록 부추기면서 살아남는다. 그 음악을 듣는 방식이든, 아니면 만들어 내는 방식이든 말이다. 음악은 아무도 훔쳐가지 않을 때 소멸한다. 사랑은 도둑질과 같다.

팔에 쓴 가사는 몸에 그린 그래피티로, 관객의 대부분은 눈치채지 못할 정도로 세부적인 부분이지만 매 공연을 특색 있게 만들어 주는 역할을 하기도 한다. 그녀는 딱 자기 피부에 음악의 역사를 새겼다. 이는 감정을 있는 그대로 노골적으로 드러낼 수 있는, 팬이 되는 즐거움을 보여 주는 팬으로서의 몸짓이었다. 또한 테일러와 그녀의 팬을 팝 음악의 더 광범위한 이야기로 끌어오는 방식이기도 했다. 이들이 이런 전통의 전부였으니까. 내가 스피크 나우 투어에서 그녀를 본 밤에, 그녀의 팔에는 자기 노래 가사가 쓰여 있었다. 'Long Live'의 일부인 "이 추억들이 우리가 무너지는 걸 막아주길"이라는 구절이었다.

조니 미첼은 모든 투어에서 그녀의 팔에 자주 등장한다. "하지만 내 마음은 그대를 위해 울었다네, 캘리포니아여", "내가 떠올리는 사랑에 대한 환상이 그래. 나는 정말 사랑을 몰라", "우리는 연애가 좋지만, 자유를 사랑하는 만큼은 아니야",

"어쨌든 모든 로맨티스트는 같은 운명을 맞이하잖아('The Last Time I Saw Richard'의 공식적인 가사에서는 '언젠가someday'로 되어 있다)" 등이다. 조니는 테일러의 음악에서 큰 부분을 차지한다. "저는 와인을 몇 잔 마시고 나면 늘 조니 미첼 때문에 울었어요. 내 친구들은 다 알고 있었답니다. 제가 조니 미첼 때문에 울기 시작하면 그때가 바로 자러 갈 시간이라는 것을요." 그녀는 2014년 〈롤링 스톤〉에서 이렇게 말했다.

미첼이 1971년에 발표한 고전 〈Blue〉는 스위프트가 일기에도 썼듯이 그녀가 〈Red〉를 작곡하는 데에 중요한 역할을 했다. 이 일기는 2019년 《러버 다이어리Lover Diary》의 일부로 출판된다. "나는 나이 들고 시대에 뒤처지는 것에 대해 생각해 왔다. 그리고 어떻게 내 영웅들이 다 외롭게 세상을 떠났는지도." 그녀는 2011년 이렇게 썼다.

"나는 시드니에서 퍼스로 날아가는 비행기 속에서 내가 비행한 날 샀던 애팔래치아 덜시머[64]Appalachian dulcimer로 연주할 곡을 썼다. 내가 이 악기를 산 이유는 조니가 대부분의 노래에서 연주했던 악기이기 때문이다. 나는 'A Case of You'를 연주하는 법을 독학했다."(미첼은 유럽에서 배낭여행을 하는 동안

64 미국 애팔래치아 산악 지대에서 연주되던 민속 현악기.

〈Blue〉에 실릴 노래들을 작곡했는데, 여행 중에는 기타보다 덜시머가 가지고 다니기에 더 편했다) "나는 'Nothing New'라는 노래를 썼는데, 이 노래는 나이가 드는 것과 변하는 것들 그리고 가지고 있는 것들을 잃어가는 데 대한 두려움을 담았다."

테일러가 조니 미첼의 전기 영화에서 주인공을 맡았다는 소문이 돌았다. 아니, 적어도 조니는 이 어린 가수를 조롱하기 위해 계속 그렇게 주장했다. "제가 거부했어요. 프로듀서에게 말했죠. '당신이 준비한 건 광대뼈가 툭 튀어나온 여자애뿐이잖아요'라고요." 조니는 〈선데이 타임스Sunday Times〉와의 인터뷰에서 이렇게 으스댔다.

그녀는 호주에서 조니 미첼의 노래 몇 곡을 소화했고, 흔히 미첼에 관한 노래로 해석되는 'The Lucky One'을 작곡하기도 했다. 이 노래는 스타 제조 시스템에서 빠져나와 도망간 어느 할리우드 스타에 관한 공상으로, 노래의 주인공은 자신의 정원으로 숨을 수 있었다. "돈도 얻고 명예도 얻더니 급히 떠났죠."

하지만 이는 미첼의 이야기가 전혀 아니다. 처음의 인기가 썰물처럼 빠져나간 후에도 그녀는 계속 음악을 만들었고, 뇌동맥류로 사경을 헤맨 후에도 무대로 돌아오기 위해 애썼다. 또한 자신의 명예를 그다지 중시하지 않았고, 80대에는 빌리 아이돌Billy Idol과 듀엣을 하기도 했다. 미첼은 할리우드에서 급히 떠나는 선택은 하지 않겠지만, 테일러는 그냥 조니의 일생으로부터 필요한 부분만 슬쩍 가져와서 자기 방식대로 풀어냈다.

나는 팬으로서의 테일러에 갈수록 더 공감하며, 어쩌면 이 부분에서 테일러를 나와 가장 동일시하고 있을지도 모르겠다. 나는 내가 로맨티스트이자 울보, 진정한 사랑과 함께 편지나 탄산음료같이 바보 같고 케케묵은 잡동사니들을 모두 믿는 사람 그리고 힘껏 닫힌 덧문이 만들어 내는 음악을 듣고 이를 그녀의 인생 이야기로 받아들이는 사람이라고 인정한다. 그러나 나는 팬이 아닌 음악 애호가로서 그녀에게 연대감을 느낀다.

그녀는 모든 것에 귀를 기울이고, 또 언제나 그 안에서 자기 목소리를 듣는 사람이다. 어쩌면 라디오에서 흘러나오는 노래에 너무 큰 기대를 했고, 자신과 맞지 않은 음악 스타일에 뛰어들어 거기에 익숙해지려 애썼을지도 모른다. 그것이 테일러가 음악을 시작했던 방식이었다. 컨트리 음악은 처음부터 그녀의 DNA에 새겨져 있지 않았다. 다만 가장 가까운 조지아의 스타로부터 수백 킬로미터 떨어진 펜실베이니아주 교외 지역에서 어쩌다 이 음악을 들었고, 그 음악이 자기 영혼의 일부라고 주장했다. 그녀는 팬덤을 일종의 예술로 취급하며, 그렇기 때문에 그런 방식의 노래들을 쓸 수 있다. 팬으로서의 테일러는 가장 진실한 모습의 테일러다. 이 모든 것이 거기서부터 비롯된다.

# #10

# 마법에 걸려

✦ 내게는 'Enchanted'에서 가장 좋아하는 부분들이 여럿 있지만, 최고로 꼽는 부분은 브리지Bridge의 마지막에서 그녀가 "이건 내가 삼켜야 했던 말들. 내가 너무 빨리 떠나버렸으니까"라고 부르는 때다.

"내가 삼켜야 했던 말들"이라니 너무 좋다. 인생을 살아가면서 말을 삼켜야 했던 이 소녀를 그려 보자. 이 말들은 분명 테일러가 자기들을 억누르고 삼킨 적이 있다는 사실을 알면 깜짝 놀라고 말 것이다. 특히나 10초 후에 바로 그녀가 브리지를 한 번 더 삽입했다는 점에서 그렇다. 그녀에겐 맞춰 넣을 말과 음표와 생각들이 더 많았기 때문이다.

〈Speak Now〉는 스타 파워가 솟구치는 테일러 자체였다. 〈Fearless〉가 성공을 거둔 이후 그녀는 모든 노래를 혼자 힘으로 쓸 수 있는 영향력을 손에 넣었고, 처음이자 마지막으로 그 힘을 활용했다. 네이선 채프먼과 공동 제작을 했는데, 이는 스타가 주도권을 쥘 수 있을 만큼 성장한 여러 사례 중 하나다. 역사상 실패작들이 그렇게 탄생했지만, 이번만큼은 아니었다.

나는 〈Speak Now〉가 그녀의 비밀스러운 프로그레시브 록[65] 앨범이라고 주장하고 싶다. 5분에서 6분 동안 연주되는 기이한 모양새의 곡들이 사방에서 요동치며, 테일러 스위프트식 브리지가 무엇인지를 정의 내리는 앨범이 됐다. 이 노래들은 금문교처럼 쭉 뻗어 있는 장대한 우회로를 향해 달려가면서, 노래의 나머지 부분을 파괴해 버린다고 위협한다. 그래서 우리는 테일러가 어떻게 여기서 탈출할지 걱정하지만, 그러다가 그녀는 다시 한 방 먹이듯 확실하게 마무리해 버린다. 〈Speak Now〉는 그녀가 브리지를 광적인 집착으로 바꿔 놓는 지점이다.

〈Speak Now〉에는 자기만의 소리가 담겼고, 테일러는 다시는 그 자리로 돌아가지 않았다. 앨범을 오롯이 혼자 힘으로 만들 수 있음을 입증했기 때문에 그리고 단순히 앨범을 내는 것을 넘어서 첫 두 개의 기록을 갈아치웠기 때문에 굳이 다시 증명할 필요가 없다고 판단했다. 〈Speak Now〉는 마치 날것처럼 느껴지는 노래들의 모음이며, 녹음실에서는 그 누구도 "네가 옳았다고 증명했으니, 이제 넘어가자"라고 말하지 않았다. 그녀는 이

65 클래식, 재즈, 사이키델릭 등의 여러 요소를 차용한 록 음악.

전에도 하지 않았으며 앞으로도 다시는 하지 않을 것처럼 미친 듯이 지껄인다.

'Enchanted'는 환각처럼 무너져 내리는 드림 팝의 분위기를 통해 고유의 음악적인 존재감을 드러낸다. 이 음은 테일러가 나중에 'Snow on the Beach'를 발표하기 전까지 다시 만들어 내지 않았지만, 그녀의 시그니처 향수인 '원더스트럭 Wonderstruck'과 '인챈티드Enchanted'에 영감을 주었다. 이 노래는 자신의 감정들을 고스란히 마주하는 그녀 자체로, 스위프트적인 대혼란이라 불리지만 실제로는 아무 일도 벌어지지 않는 그곳까지 그대로 휩쓸려 간다.

가사 속에서 그녀는 어느 파티에서 매력적인 남자를 알게 되고, 집으로 돌아와서는 그에게 여자 친구가 있는지 궁금해하면서 자기가 만들어 낸 공상 속에서 헤매느라 밤을 꼴딱 새운다. 그러나 그날은 테일러 인생 최고의 밤이다. 그녀가 사실은 그곳에서 첫눈에 반한 그이와 더 즐거운 시간을 보낼 수 있다는 것에는 의심의 여지가 없다.

이 노래는 한 10대 소녀가 홀로 방 안에서 춤추는 모습을 정말로 떠올리게 해 준다. 이 소녀는 이 공간이 얼마나 좁고 천장은 얼마나 낮은지, 얼마나 섬세하게 발걸음을 옮겨야 하고, 복도 너머의 친구들을 깨우지 않으려면 밟지 말아야 할 마룻바닥이 어디인지 의식한다. 그리고 벽에 부딪혀 되돌아오는 감정들에 더 오래 귀를 기울일수록, 그곳을 떠난 후 오랜 시간이 흘러도 괴로움을 영원히 기억하며 견뎌야만 한다고 확신한다.

"나는 영원히 빙글빙글 돌 거야"라고 노래하는 그녀는 'Mirrorball'에 등장하는, 허공에 대롱대롱 매달려 있지만 저 아래로 흥청망청 가장무도회를 즐기는 이들은 아무런 신경도 쓰지 않아 절망하는 소녀와 대조된다. 마지막에 이르러 노래가 이미 끝이 나면 그녀는 내가 좋아하는 프린스 스타일의 기교를 부린다. 목소리를 덧입혀서 자기 자신과 듀엣으로 노래하는 이 부분은 노래의 본질이 된다.

2018년 7월 뉴저지에서 열린 레퓨테이션 투어에서 테일러는 공연 전에 내게 이렇게 물었다. "'Enchanted'가 좋아요, 'The Lucky One'이 좋아요?" 내게는 너무 쉬운 선택임을 그녀는 알고 있었다. 그러나 사람들이 전혀 예상할 수 없는 부분에서 대재앙이 벌어지려 한다는 경고를 받는 것처럼, 이 질문은 속이 울렁거리는 다소의 불안감을 공연에 더해줬다. 그날 오후에는 가끔씩 소나기가 내렸지만, 그녀는 이 노래로 어마어마한 폭풍우를 만들어 냈다. "다른 누군가와 사랑에 빠지지만 말아줘"라는 마지막 구절을 부를 때 비가 세차게 내리기 시작했고, 나는 그녀가 일으킨 비라고 굳게 믿었다.

# #11

# 기타를 치며 생긴 손의 모든 흉터

✦ 그녀는 열두 살부터 기타를 치기 시작했고, 작곡하는 법을 배우겠다는 구체적인 목표를 가졌다. 그녀는 이미 오래전부터 통기타를 가지고 있었지만 이를 깔짝거려 볼 생각이 없었고, 데모 CD에서 불렀던 노래를 포함해 가장 좋아하는 컨트리 노래들조차 쳐보려 하지 않았다. 그러나 그녀는 수업을 받기로 마음먹었다.

기타는 작곡할 수 있는 방법이 되어주는 데다, 자기만의 방식대로 계산해 보니 노래를 쓰는 감각이 앨범 계약을 잡는 데에 도움이 된다고 느꼈기 때문이었다. 기타는 독립을 의미했다. "방으로 걸어 들어가 저만의 악기를 연주할 수 있어요. 그리고 제가 쓴 노래를 연주할 수 있죠. 이 방식을 통해 그 누구에게도 의존할 필요가 없어요." 기타는 그녀를 예술가로 만들어 줄 수 있었다. 귀를 기울일 가치가 있는 소녀로.

테일러는 동네 선생님과 공부를 시작했다. 당연하지만

남자였다. "저는 진짜 짜증 나는 선생을 만났어요." 그녀는 2007년 DJ 허브 서드진Herb Sudzin과의 대화에서 이렇게 말했다. "저는 '6현 기타와 12현 기타의 차이가 뭐예요?'라고 물었어요. 그랬더니 '굳이 대답할 필요조차 모르겠구나. 어차피 네 나이에는 12현 기타를 칠 방법이 없거든. 그리고 네 손가락은 그만큼 자라지 않았어. 그러니 포기해'라고 답하더라고요."

다음날 그녀는 12현 기타를 골라서 크리스마스 선물로 받았다. "저는 손가락에서 피가 날 때까지 매일 기타를 쳤어요. 처음에는 정말 어려워 보였죠. 그러다가 문득 깨달았어요. 제가 뭔가를 하겠다고 마음먹으면, 정말 정신력으로 문제를 극복할 수 있다는 것을요. 아마도 제 손가락은 그 기타를 칠 수 있을 만큼 길거나 제대로 자라지 않았을 거예요. 하지만 저는 연주를 해냈어요." 그녀는 사악하게 낄낄대며 이야기를 마쳤다. "하하, 어때요? 기타 선생!"

그녀는 12현 기타를 치려면 더 큰 노력이 필요한 데다 남자가 '안 된다'고 말했기 때문에 더욱 끌렸다. "어느 정도는 그게 이유였어요. 저는 정말로 경쟁심이 강하고, 진짜 고집도 세요. 그리고 누가 저한테 할 수 없다고 말하면, 꼭 하죠."

테일러는 곧 기타를 가지고 엄청나게 큰 사고를 치게 됐다. 음악의 세계에는 잭 화이트Jack White와 존 메이어John

Mayer부터 릴 웨인까지 위대한 기타리스트들이 포진해 있었지만, 이번에는 한 소녀가 등장했다. 그녀는 모조 다이아몬드를 박은 GS6 기타를 휘두르면서 시각적으로 강한 인상을 남겼다.

기타를 맨 소녀들이 잘나가던 90년대 이후 테일러 같은 우상이 된 연주자는 한동안 뜸했었다. 그녀의 팬들은 기타에 눈길을 주기 시작했다. 어쩌면 그녀의 노래를 배워서 연주하거나 자기만의 노래를 작곡할 수 있을 테니까. 그녀는 6현 혁명을 이끌고 있었다. 모든 전문가가 팝 음악의 미래에 관해 떠드는 것과는 반대로, 요즘 대세는 바로 기타리스트였다.

2017년에 〈워싱턴 포스트〉는 '전자 기타의 죽음'이라는 제목을 달고 세간의 이목을 끄는 기사를 게재했다. 깁슨과 펜더는 빚을 안고 있었고, 기타 센터 역시 무려 16억 달러의 빚을 지고 있었다. 내슈빌에서 가장 큰 중개인 중 하나는 이렇게 통탄하기도 했다. "우리에게 필요한 건 기타 영웅이야." 그러나 기사의 막바지에 이르러서 거의 마지못해 덧붙인 주석처럼 반전이 등장했다. "2010년부터 시작해서, 업계는 헤어 메탈의 시대에 생각할 수조차 없었을 중요한 사건을 목격하게 됐다. 통기타가 전자 기타보다 많이 팔리기 시작한 것이다."

그러나 모종의 이유로 업계 책임자들은 스위프트 효과를 긍정적인 발전이라 보지 않았다. 이들에게 테일러 스위프트는 기타가 마침내 망했다는 증거였으며, 이 새로운 연주자의 세대를 원한다고 확신할 수도 없었다. 애리조나주의 한 음악 교사는 자기 학원에서 벌어지는 한 가지 변화에 주목했다. 이전까지는 열 명 남짓한 소녀들이 기타 수업을 받았다. 그러다가 갑자기 여학생의 숫자가 열 배 넘게 늘어나 남학생 수를 능가하게 됐다.

펜더의 CEO인 앤디 무니Andy Mooney는 스위프트를 '최근 들어 가장 영향력이 큰 기타리스트'라고 불렀지만, 칭찬은 아니었다. 그의 입장에서는 악몽이었다. 테일러는 이제 게임이 끝났다는 의미였기 때문이다. "저는 어린 소녀들이 테일러를 보고 '나는 테일러가 G장조 아르페지오를 연주하는 방식에 감동했어'라고 말했다고 생각하지 않아요. 그저 테일러가 어떻게 보이는지가 좋고, 그걸 따라 하고 싶었던 거죠." 그는 〈워싱턴 포스트〉에서 이렇게 말했다.

이후 전자 기타의 종말을 논하기엔 너무 성급했던 것으로 드러났다. 판매량이 팬데믹 동안 급증한 것이다. 이제는 그 누구도 기타가 사라질까 봐 걱정하지 않는다. 그러나 이제 소녀들이 기타를 연주하지 않는다고 주장하는 사람은 더 이상 없다.

그렇다면 왜 테일러는 기타를 그토록 사랑했을까? 기타는 그녀의 단짝 친구였다. 그녀는 사진을 찍을 때면 기타를 움켜쥐고 있었는데 때로는 자랑스럽게, 때로는 방어적으로였다. 'Teardrops on My Guitar'부터 시작해 "기타를 치며 생긴 손의 모든 흉터"를 걸고 맹세하는 'Lover'까지, 그녀는 기타를 노래했다. 기타는 그녀가 선택한 창의적인 자율성의 상징으로, 진정성과 진심의 옛 미덕을 일깨워 주었다.

어찌 됐든 음악계에서 나이 어린 여성 팝 가수를 만나보기 힘든 시절, 그녀는 프로듀서의 꼭두각시가 아니었고 연출된 순서대로 따르는 TRLTotal Request Live[66] 로봇도 아니었다. 그녀는 자기만의 서사를 통해 성년기에 일어날 수 있는 이야기를 실시간으로 들려주었고, 자기 운명을 직접 기타 줄로 튕기며 자기만의 언어로 인생을 노래했다.

그러나 기타는 보호 장구이기도 했다. 그녀는 브리트니 스피어스 시대 이후에 등장했다. 이 시대에 여성 팝 가수는 가차 없이 성적 대상화됐으며, 다 드러낸 상체가 이미지의 표준이었다. 기타는 카메라의 시선을 가로막을 수 있는 벽이었다. 성희롱의 표적이 된 그녀의 나날은 일찍이 시작됐다. 2008년 그녀는 〈롤링 스톤〉에 이렇게 말했다. "저를 껴안아 주는 사람들이 좋아요. 그런데 가끔은 제 몸을 더듬는 사람들이 있어요. 10초

66 MTV에서 시청자들이 전화와 이메일, 온라인 투표 등으로 인기 뮤직비디오를 뽑아 이를 라이브 형식으로 소개하는 프로그램.

이상 넘어가면 그건 과한 거예요."

또한 그녀는 기타 덕분에 무대를 누비며 움직이는 소녀가 될 수 있었다. 그녀는 2008년 CMT 특별 무대에서 데프 레퍼드Def Leppard와 합동 무대를 가졌고, 환상적인 버전으로 'Pour Some Sugar on Me'을 불러서 헤비메탈을 사랑하는 어머니 팬들의 시장에 뛰어들었다(그녀의 어머니 역시 다른 어머니들처럼 데프 레퍼드를 좋아했다). 테일러가 X세대 부모들을 끌어오면서 둘 모두 대단한 성공을 거두게 됐다.

"저는 아주 쭈뼛거리면서 조 엘리엇에게 'Hysteria'의 한 구절을 노래해도 될지 정중히 물었어요." 테일러가 말했다. "그리고 그는 이렇게 대답했죠. '얘야, 나는 그 노래를 25년 동안 불렀단다. 그러니 원한다면 무슨 노래든 부르렴." (13년 후 그녀는 그 반복되는 구절을 'Evermore'에 변형해서 집어넣었다)

그녀가 자신을 바네사 칼튼Vanessa Carlton이나 노라 존스Norah Jones, 피오나 애플Fiona Apple 아니면 알리시아 키스Alicia Keys와 비슷하게 브랜드화했다면 지금과는 달라졌을 수도 있다. 아마 더 어른스럽고 차분하게 보였을지도 모른다. 그러나 우리는 기타 없는 테일러 스위프트가 등장하는 모습을 정말로 상상하기 어렵다. 새로운 시대를 맞이하는 새로운 기타 영웅의 탄생이었다.

# #12

## 사냥꾼

✦ 〈Lover〉는 내게 커다란 슬픔을 안겨 준 앨범이다. 이 앨범은 우리 어머니의 병세가 더 이상 좋아지지 못하고 아들로서의 내 인생이 곧 끝나 버리려던 그때, 그저 침울하게 가라앉기만 하던 그 늦여름에 발매됐다. 그렇게 나는 테일러의 가장 발랄하고 명랑한 앨범을 알게 됐다. 어리숙한 유머는 내 기분을 끌어올려 주었다. 'London Boy'를 들으며 예상보다 더 신이 났고, 우울한 노래는 말 그대로 우울했다(아니, 'Soon You'll Get Better'는 예외였다. 이 노래는 내 플레이리스트에서 제외됐다. 아마도 언젠가는 용서할 수 있겠지. 아마 아니겠지만).

많은 뉴요커들에게는 '통곡의 공원'과 '통곡의 지하철'이 있다. 아는 사람이 아무도 없다고 확신할 수 있는, 낯선 사람들 사이에서 조용히 무너져 내릴 수 있는 장소 말이다. 이상적으로는 통곡의 지하철을 타고 통곡의 공원으로 가면 되지만, 도시 생활이란 게 그리 편하지는 않은 법이다. 탁 트인 곳에서 벤치에 앉아 마음껏 추하게 울면 된다. 창피한 꼴을 보일 수도 있지만, 낯선 사람이 질색하는 표정을 지어봤자 무슨 상관인가?(내 친구는 완벽한 통곡의 장소를 찾아낸 적도 있다. 언제나 황량한 베스트바이 유니온 스퀘어 지점의 CD 코너다).

그러나 가끔은 사람이 너무 많아지거나 실수로 보체[67]bocce를 하는 이탈리아계 노인들과 눈을 마주치거나 하면 우리는 새로운 공원을 찾아 나서야만 한다. 나는 2019년 여름, 뉴욕 전철 E 노선의 반대편 종점에 있는 머나먼 동네에서 새로운 공원을 찾아냈다.

그곳에서 나는 하루 종일 〈Lover〉를 듣고 또 들으며 앉아 있었다. 거기서 내가 꽂힌 또 다른 앨범들은 대부분 인디 록으로, 페일하운드Palehound의 〈Black Friday〉, FKA 트윅스FKA Twigs의 〈Magdalene〉, 샤론 반 이튼Sharon Van Etten의 〈Remind Me Tomorrow〉, 어덜트 맘Adult Mom의 〈Soft Spots〉, 마네킹 푸시Mannequin Pussy의 〈Patience〉, 라나 델 레이Lana Del Rey의 〈Norman Fucking Rockwell〉 등이었다(인디 로커의 대부분은 스위프트의 추종자이기도 하다).

그중에서도 'The Archer'는 단연코 최고였다. 내가 투

67 이탈리아의 구기 스포츠.

명 인간인 척하며 배경에 묻혀 있으려 할 때 이 노래는 내 마음에 바로 와서 꽂혔다. 나는 "사람들은 나를 꿰뚫어 봐"라는 가사가 "나는 나를 꿰뚫어 봐!"로 이어질 때마다 움찔했다. 대부분의 앨범이 그렇듯 이는 비밀을 간직하는 것에 관한 노래다. 얼굴 전체로 비밀이 고스란히 드러나도, 우리는 내면에 이를 꽁꽁 잘 숨기고 있다고 착각한다. 'The Archer'에 등장하는 여성은 자신의 의도가 이미 분명하게 드러난다는 사실은 인식하지 못하고, 자기가 용감하게 고백한다고 믿는다.

내 슬픔이 너무 바보처럼 느껴졌다. 나는 내 인생에 상실이 다가오고 있음을 알고 있었다. 그러니 내가 무방비로 기다릴 이유가 있을까? 왜 나는 마치 이 자리에 처음 온 것처럼, 이런 시련을 처음 겪는 것처럼 어린아이처럼 징징대고 있는가? 나는 젊은 시절 이미 아내를 잃으면서 슬픔을 배웠고, 이 반복되는 슬픔을 의연하게 극복한다고 생각했다. 그러나 허를 찔리고 말았다. 어머니가 곧잘 놀리던 부분이기도 했다.

어머니는 내게 인생을 살면서나 음악을 들으면서 골치 아프고 시끄러우며 다루기 어렵고 고집 센 (그리고 종종 틀리기도 하고, 또 눈치도 절대로 없는) 여자들의 말에 귀 기울이는 법을 알려주셨다. 내가 어렸을 때 어머니는 끊임없이 당신의 속내를 표현하셨고, 아일랜드계 집안 장녀의 장녀로 온갖 근심을 짊어지고 살았다. 어머니는 40대가 되자 일시적인 의견을 접어 두는 법을 배우기 시작하셨다. 어머니가 뭔가를 훌륭히 해낼 때를 알아차리기란 어렵지 않았는데, 활짝 웃으면서 "와, 나 잘하고 있네"라고 말했기 때문이다. 언제나 노골적으로 표현하고 내 인생에서 격한 존재감을 드러내는 분이셨다.

어머니는 결코 내게 당신의 침묵에 귀 기울이는 법을 가르쳐 주지 않으셨다.

어머니는 당신의 외동아들이 과묵하지 않길 바랐고, 따라서 내가 그다지 소란스러운 아이가 아님에도 내가 목소리를 크게 낼 수 있도록 격하게 격려해 주셨다. 나는 어머니의 장례식에서 추도사를 할 때, 어머니를 생각하며 자랑거리를 늘어놓았다. 어머니는 아들에게 조금이나마 목소리를 키우도록 가르쳤다는 사실을 뿌듯해했기 때문이다. 나는 평생 어머니를 위해 자랑하고, 어머니를 웃기고, 다음에 이어질 대화를 준비하며 보냈다(내가 거침없이 말하는 사고뭉치 여자 가수의 팬으로 큰 것도 당연하다).

이제 나는 어머니의 침묵을 떨쳐버리고 싶었다. 그래서 벤치에 앉아 음악을 들으며, 나쁜 소식을 들어도 끄떡없도록 마음을 독하게 먹었다. 오후 내내 〈Lover〉의 노래들을 들으며 보냈고, 노래가 들려주는 이야기에 귀를 기울이면서 이 노래들은 내게 무슨 문제가 있는지 깨닫지 못하리라고 확신했다. 이 노래들은 그저 내가 사적이라 생각했던 일부 우울한 순간들을 목격한 공원의 낯선 이들일 뿐이었다.

어머니의 장례식 다음 날, 나는 친구의 생일 파티에 참석하기 위해 〈Lover〉를 들으며 걸어갔다. 친구는 서른 살이 되자 자기 자신과 호화로운 결혼식을 올렸다. 며칠 전 어머니와 내가 나눴던 몇 가지 마지막 대화 중 하나가 그 파티에 관해서였고, 나는 어머니에게 친구의 계획을 들려주었다. 내 친구들은 자기 자신과 결혼식을 올려서 독립적인 삶을 끌어가고 창의적인 모험에 나서며, 어머니 세대의 여성들은 절대로 시도하지 않을 일들을 해 보는 여성들이었고, 어머니는 언제나 그런 식의 이야기를 듣길 좋아했다.

나는 어머니에게 자세한 이야기를 들려주기로 약속했었기 때문에, 어머니를 위해 저녁 내내 이야깃거리를 모았다. 대중적인 취향으로 꾸며진 리지우드의 파티에는 멋진 얼음 조각이 있었고, 웰니스용 웨딩 칵테일과 비건식 만찬, 두 명의 손 마사지사 그리고 타로점을 봐주는 공간까지 마련되어 있었다. 생일을 맞이한 신부는 "치유를 위한 영적 구도자인 나는 기세등등한 나쁜 계집년인 나를 맞이하고 받아들이겠습니까?"라는 식으로 맹세했다. 그녀는 자기를 응원해 주는 부모 모형을 그곳에 두고 싶었고, 따라서 실물 사이즈로 오려낸 버니 샌더스와 셰어 사진을 세워두었다.

몇몇 친구들은 이미 내가 장례를 치른 사실을 알고 있었지만, 분명 나는 말을 꺼내지 않았다. 나는 머릿속에서 어머니와 나눌 은밀한 대화를 위해 몇 가지 이야기들을 간직해 두었다. 그러나 또다시 이런저런 자랑을 해대며 어머니에게 감명을 주려고 터무니없이 열심히 노력했지만 내가 얼마나 침착하고 평온하며 태연할 수 있는지 증명됐다.

이 밤은 노래방 파티로 바뀌었고, 공간을 가득 채운 1989년생 여자들은 마이크를 돌려가며 노래방 책에 실린 모든 쉐릴 크로우 노래를 다 신청했다. 우리 어머니를 아는 한 친구는 나를 일으켜 세우더니 'Steal My Sunshine'을 같이 부르게 만들었다. 두 번째 노래방 신청곡은 테일러의 노래로, 나는 2008년에 발표된 'Ours'를 불렀다. (그때까지는) 우리 어머니나 죽음, 슬픔 같은 것들을 떠올리게 하지 않는 노래였다.

나는 자정이 지난 후 집까지 걸어왔다. 9월 말 노스 브루클린의 공업 지역을 따라 몇 마일이나 걸으면서, 헤드폰으로 음악을 듣는 대신 인적 없는 메트로폴리탄 거리에서 큰 목소리로 노래했다. 트럭들이 덜컹거리며 지나가는 동안 'The Archer'와 라나 델 레이의 'The Greatest'를 번갈아 불렀다.

'The Archer'의 소녀는 모든 사람이 이미 알고 있는 비밀로 가득 차 있다. 그녀는 "나는 전혀 철들지 않았어. 그냥 늙어가고 있지"라고 노래하면서 그 누구도 그 사실을 눈치채지 못했으리라 생각한다. 그녀는 친구들을 적으로 만든 과거를 고백하면서도, 마치 자기 친구와 적들은 이 사실을 함께 비웃은 적 없는 것처럼 이 사실을 처음 언급한 사람이 자기라고 여긴다.

또한 자신의 감정이 앞이마에 고스란히 드러나고 다른 사람들을 몹시도 민망하게 만드는 동안, 자기가 얼마나 능숙하게 내면에 감정을 감추는지 계속 감탄한다. 테일러는 자신감 넘치는 전형적인 80년대생이다. 친구들에게 비밀이랍시고 털어놓지만, 그 친구들은 그게 비밀이었다고 전혀 생각지 못했던 터라 얼마나 놀란 척해야 할까 가늠하려 애쓴다.

이것이 오늘 나의 노래, 너무나 측은한 내 자신을 위한 노래였다. 나 홀로 거리에서 뉴타운 크릭 폐수 처리 공장이 뿜어내는 유독한 배기가스를 들이마시며, 창고와 공장들을 향해 노래했다. 그저 또 한 번 슬픔에 잠긴 아들이 야간 트럭과 오토바이, 스피드광이 달려가는 4차선을 향해 테일러 스위프트 가사를 쏟아 내지만 그 누구도 감명받지 않았다.

'The Archer'는 거창한 록 찬가로, 발라드로 불렀다면 그만큼 감동을 안겨 주지 못했을 것이다. 그녀는 마침내 솔직한 목소리를 냈다는 것을 자축하며 터트리듯 노래하기 때문이다. 이제는 말할 때가 됐다. 그녀는 침묵을 깨트리고 자신의 나약함을 고백하며, 자기 안에 갇혀버릴까 두려운 마음을 고백한다.

낯선 이들이 그녀에게서 가장 흥미 없을 부분에 주목해 주길 간절히 바라면서, 이들을 사로잡기 위해 온갖 계략을 꾸민다. 떠나도 좋다고 허락받기 위해 그녀가 얼마나 어렵게 애원하는지를 보고 이들은 당혹스러워한다. 그리고 여기에 내가 있었다. 얼마 전에 가족을 잃은 이 남자는 대형 화물차에 속내를 털어놓고, 어둠 속에서 아무도 들을 수 없기에 정말 용감하게 큰 목소리를 낸다.

'The Archer'의 소녀는 내 영혼 속에 살아있는 여러 캐릭터의 테일러 스위프트 중 하나지만, 내가 두려워하는 자신의 일부이기도 하기에 나를 겁먹게 만든다. 그 소녀는 자신만만하게 모두를 속이고 있다고 믿으면서, 마침내 자기 자신을 꿰뚫어 본다고 자랑스러워한다. 그러나 자신이 얼마나 투명하게 들여다보이는지 깨닫지 못한다. 또한 너무 크게 웃어서 철학적인 농담을 하고 있음을 증명한다. "내 곁에 머물러 줘." 노래가 막바지에 이르면 소녀는 이제 시간이 없고 가장 중요한 말은 아직 하지 못했음을 깨닫고는 이렇게 말한다. "내 곁에 머물러 줘."

'The Archer'의 소녀처럼 될까 봐 가장 두려워하는 순간, 나는 내가 다른 누구도 되지 않으리라고 가장 명확하게 깨닫고 만다.

# #13

# 테일러의 꿈을 이끈

# 열세 곡의 노래

✦ 여기서 이야기를 계속 이어가기 전에 테일러가 부르고, 언급하고, 팔에 가사를 쓰고, 신념을 가지고 몰두하던 노래들을 소개한다.

일부는 테일러가 10대 시절 아이팟이나 스트리밍 플레이리스트에 넣어둔 노래들이고, 또 일부는 그녀가 활동하면서 음악 안팎으로 대화를 나눴던 선배들 덕에 알게 된 노래들이다. 어떤 노래는 그녀의 예민함을 에둘러 반영하는 것처럼 보이기도 한다. 하지만 이 노래들은 모두 그녀의 일부 그리고 그녀가 연결해 가는 다리의 일부로 느껴진다.

테일러가 에라스 투어에서 매번 이야기했듯, 우리는 건너야 할 첫 번째 다리에 도착했다. 그녀는 우리가 그 다리를 함께 건너길 바라리라.

### 1. 캐롤 킹의 'You've Got a Friend'

테일러는 로큰롤 명예의 전당에 캐롤 킹을 소개하면서 '역사상 가장 위대한 작곡가'라고 불렀다. 둘은 언제나 서로를 흠모해 왔다. 몇 년 전 아메리칸 뮤직 어워드에서 킹은 스위프트에 관한 연설을 한 장본인이지만, 킹 없는 스위프트를 상상하기란 불가능하다. 스위프트는 킹이 자신을 인도했다며 숭배해 왔다. 무대에 오를 때마다 팔에 가사를 쓰던 시절, 테일러는 제임스 테일러를 통해 'You've Got a Friend' 가사를 골랐다. "내가 어디에 있든 너는 알잖아. 너를 다시 만나러 달려갈 거야."

캐롤도 테일러처럼 10대 작곡가로 시작했고, 주변 사람들이 설명할 수 없는 야망에 불타오르고 있었다. "〈Tapestry〉에서 그녀의 분신은 마치 인생의 진실을 넌지시 나누려는 가까운 친구의 이야기에 귀를 기울이는 것처럼 느껴져요. 그렇게 해서 우리도 자기 인생의 진실을 발견할 수 있게 되는 거죠." 스위프트는 로큰롤 명예의 전당에 이렇게 전했다. "감정을 지닌 이 세상 사람들에게 그리고 언젠가 상징적인 앨범 표지에 등장하리라는 큰 꿈을 꾸는 고양이들에게 분수령 같은 순간이었어요."

### 2. 비욘세의 'Irreplaceable'

2008년 테일러는 〈USA 투데이USA Today〉를 통해 자기 아이팟의 내용을 전 세계에 공개했다. 이는 18세 테일러가 매일 듣는 배경 음악의 요약본으로, 고릴라즈Gorillaz, 쓰리 6 마피아Three 6 Mafia, 제프 버클리Jeff Buckley, 핏불Pitbull, 메트로 스테이션Metro Station, 오아시스Oasis, 매니 프레시Mannie Fresh, 미란다 램버트Miranda Lambert, 브리트니, 패리스 힐튼까지 각양각색이었다.

그녀는 90년대 록의 여신들을 사랑했는데, 앨라니스 모리세트Alanis Morrisette, 토리 아모스Tori Amos, 셰릴 크로우, 리즈 페어Liz Phair 같은 가수들이었다. 그녀는 작곡가 데미안 라이스(비슷한 시기에 다른 인터뷰에서 그녀는 'The Blower's Daughter'를 듣고 너무 펑펑 우는 바람에 카펫이 보라색 마스카라 얼룩으로 엉망이 됐다고 고백하기도 했다)와 패티 그리핀Patty Griffin에도 푹 빠져 있었다. 팻 베네타Pat Benatar가 부른 케이트 부시Kate Bush의 'Wuthering Height'도, 차밀리어네어Chamillionaire의 'Ridin' Dirty'도 있다. 그녀는 이 모든 노래들을 사랑한다.

비욘세는 자연스레 테일러의 아이팟에서 큰 부분을 차지하고 있다. 'Irreplaceable'은 스위프트가 가수의 길로 접어들게 만든 그 똑같은 내슈빌 여왕들로부터 영감을 얻은 곡이다. "저는 그 곡을 쓰면서 샤니아 트웨인과 페이스 힐을 떠올렸어요." 작곡가 니요Ne-Yo는 이 노래를 "내 버전의 알앤비R&B 컨트리 웨스턴 노래"라고 부르며 이렇게 말했다. 비욘세는 'Daddy Lessons'이나 〈Cowboy Carter〉를 내놓기 오래전에, 슈가랜드 Sugarland와 함께 컨트리 음악으로 편곡한 'Irreplaceable'을 불렀다.

### 3. 밥 딜런의 'Boots of Spanish Leather'

나는 보안상의 이유로 2017년 가을 테일러의 트라이베카 아파트에 가서 새 앨범 〈Reputation〉을 들었다(이곳은 테일러가 숨겨진 도청 장치가 없다고 확신하는 유일한 장소였다). 두 장의 레코드판이 그녀가 앨범 수록곡의 대부분을 작곡한 피아노 위에 기대어 세워져 있었다. 데이비드 보위의 〈Diamond Dogs〉와 크리스 크리스토퍼슨Chris Kristofferson의 〈Border Lord〉였다.

식탁 위에는 책이 한 권 놓여 있었는데(유일한 책이기도 했다), 밥 딜런 가사집이었다. 방문자들을 위한 소품이었을까? 물론 그럴 수도 있었다. 하지만 〈Reputation〉과는 전혀 어울리지 않게 들렸다. 그녀의 목소리는 'Idiot Wind'나 'Positively 4th Street'의 냉소적인 측면과는 충돌하기 때문이었다("네가 내 친구라 말하다니 뻔뻔하기도 하지!"). 딜런 추종자이자 스위프티인 나는 언제나 둘의 이 끈끈한 인연이 흥미로웠다.

〈Fearless〉 가사집에는 'Hey, Stephen'에 대한 비밀

메시지가 숨겨져 있었는데, 바로 2001년 위대한 딜런 앨범의 대표곡이었던 'Love and Theft'였다. 물론, 테일러가 의미했던 것은 노래가 아닌 밴드인 '러브 앤 세프트Love and Theft'였고, 그녀는 이 밴드의 리드 싱어에 대한 곡을 쓰기도 했다. 하지만 'Love and Theft'는 여전히 노래와 밴드 모두를 가리키는 미학적인 상징을 나타낸다.

'Boots of Spanish Leather'는 조커맨Jokerman[68]의 노래 중에서 가장 스위프트스럽다. 사이가 틀어진 연인 둘은 화가 나지만 그렇다고 해서 연애가 끝났다고 인정하고 싶지도 않다. 따라서 아무것도 아닌 것을 두고 에둘러 공격하며 우스꽝스럽게 싸운다. 그러면 이를 지켜보는 우리는 노래가 끝날 때까지 이렇게 묻게 된다. "도대체 언제 스페인제 가죽 구두 얘기를 꺼낼 거야?" 모두가 느끼겠지만, 그 결정적인 한마디를 던지는 것만으로도 결별의 가치가 있었다. 〈Red〉에도 참 잘 어울렸을 거 같은 한마디다.

### 4. 메리 제이 블라이즈Mary J. Blige의 'Doubt'

"메리 제이 블라이즈의 노래를 불러 보려 하는 건 완전

68 밥 딜런을 1983년 발표한 곡 'Jokerman'으로 빗대었다.

히 어리석은 짓이에요. 그녀는 역사상 가장 뛰어난 가수거든요." 스위프트는 2015년 LA 관중들에게 이렇게 말했다. "하지만 이 곡은 제게 큰 의미가 있어요. 너무나 큰 의미이기에 여러분을 위해 이 노래를 할 수밖에 없어요. 그리고 여러분도 저처럼 불안과 싸우고 있다면 이 노래가 도움이 되리라 믿어요."

블라이즈는 1989 투어를 함께하며 'Doubt'뿐 아니라 'Family Affair'도 불렀다. 고전으로 꼽히는 메리의 여러 히트곡과 마찬가지로 'Doubt'는 내면의 혼돈에 맞서는 '힙합 소울의 여왕Queen of Hip-hop Soul'에게 걸맞은 노래다. 그리고 우리는 모두 메리처럼 멋져지고 싶어질 뿐이건만 그녀는 언제 자신에 대한 의심을 거둘지 궁금해진다.

### 5. 칼리 사이먼Carly Simon의 'You're So Vain'

팬으로서의 테일러를 요약해 줄 노래가 있다면, 아마도 그녀가 어린 시절 가장 좋아했던 칼리 사이먼의 고전적인 소프트록 'You're So Vain'이 되어야 하리라. 어린 시절 그녀는 가장 좋아하는 가사로 "내겐 꿈이 있었네. 내 커피에 둥둥 떠다니는 구름이었네"를 꼽았다. 사이먼은 병적으로 이기적인 옛 애인들을 비난했고, 여기저기 전용 제트기로 다니면서 여자들을 후리고 가보트 춤을 추는, 살구색 스카프를 두른 이 돈 후안을 조롱했다. 그러면서도 계속 온 세상 사람들이 이 노래의 주인공이 누구인지 궁금해하도록 만들었다. 스위프트의 각본도 상당수가 여기서 나왔다.

"'You're So Vain'을 들었을 때 이런 생각밖에 안 들었어요. '이건 인간이 쓸 수 있는 최고의 곡이야.'" 그녀는 레드 투어 다큐멘터리에서 열을 올리며 말했다. "사람이 결별을 표현할 수 있는 가장 직접적인 방식이에요." 그녀는 언젠가 온 가족이 모여 식사하는 내내 'You're So Vain'에 등장하는 실제 인물이 누구인지 토론했다고 회상했다. 바로 거기서 같이 노래하는 믹 재거? 워렌 비티Warren Beatty? 아니면 자기 남편인 제임스 테일러? 사람들은 언제나 이 수수께끼를 두고 떠들기를 즐겨왔고, 앞으로도 그럴 것이다. 모두가 저마다의 이론을 들이댄다.

그러나 칼리 사이먼은 진정한 록스타이며, 너무 똑똑해서 이 논쟁을 잠재울 생각이 없다. "아니, 이 노래는 단 한 사람을 가리키는 노래가 아니다. 그냥 이 특별한 구장에서 워렌 비티가 2루에 나가 있다는 정도로만 해두자. 그건 그 사람도 잘 알고 있을 것이다. 그러나 1루와 3루에는 누가 있는지 알고 싶다면… 유격수에게 물어보시길."

칼리는 친구가 그녀의 컵을 살짝 훔쳐보더니 "이것 좀 봐, 네 커피 안에 구름이 떠 있어"라고 말했을 당시 팜스프링스로 날아가고 있었다. 그녀가 녹음을 하는 동안 믹 재거가 찾아왔고, 폴과 린다 매카트니 역시 조지 마틴과 해리 닐슨과 함께 그곳에서 시간을 보내고 있었다. 그녀와 믹은 녹음실에서 코러스를 함께 불렀다. "나는 그를 느꼈고, 그의 시선이 내게 머물고 있음을 알아차렸다. 나는 그와 가까이 있다는 사실에 가슴이 두근거렸고, 내가 거울 앞에서 그를 흉내 내며 보냈던 그 모든 순간들이 떠올랐다. 이제 우리는 서로를 간절히 욕망하는 두 나르시시스트였다." 그녀는 이렇게 썼다.

녹음실에서 이들의 듀엣은 순수한 욕정 그 자체였다. "나는 그의 목을 만지고 싶었고 그는 내 입술을 바라보았다. 날것 그대로의 감정이었다… 섹스를 해야만 말 그대로 상황을 가라앉힐 수 있을 거였다." (칼리는 정말 록스타가 되는 법을 잘 알고 있었다) 믹은 "이 코드들을 어떻게 다 알죠?"라고 물었고 그녀는 "제가 좀 잘났거든요"라고 답했다.

그러니 테일러가 자라면서 그런 노래를 쓰겠다고 꿈을 꾼 것도 당연하다. 그러면서 왜 모든 가사가 '내 커피에 떠다니는 구름' 같을 수는 없는지 그리고 그렇게 예리한 가사와 어울리지 않는 노래집을 쓰면 어찌 될 것인지 궁금했을 것이다. 칼리는 그렇게나 잘난 여자였다. 그녀는 그 코드들을 원했고, 그 구름들을 원했다.

테일러는 2013년 매사추세츠에서 이 노래를 부르도록 칼리를 소환했다(내 여동생과 조카는 10시쯤 내게 딱 한마디로 문자를 보냈다. "칼리"). 레드 투어 다큐멘터리에서 이들은 소파에서 껴안고 있었고, 테일러는 "저기 관중석의 소녀들은 우리가 노래하는 동안 어떤 사람을 떠올릴 거예요"라고 말했다. 칼리는 전략적으로 모자를 푹 눌러쓰고 무대에 올랐고, 팬들과 하이파이브를 했다. 테일러는 칼리가 믹과 리허설했던 방식 그대로 칼리와 무대 연습을 했다. 공연이 끝난 후 테일러가 물었다. "'You're So Vain'은 누구를 가지고 쓴 노래예요?" 칼리는 '쉿!'하고 말을 막았다. "나는 이미 네게 말했단다. 그리고 절대로 말하지 말라고도 했지. 그러니까 너는 벌써 알고 있는 거야." 테일러가 입술에 손가락을 대더니 말했다. "이제 확실히 알아요." 그녀는 언제나 그랬다.

### 6. 스티비 닉스의 'Sisters of the Moon'

스티비와 테일러는 그 악명높은 그래미 어워드 무대에서 첫 단추를 잘못 끼운 것처럼 보였다. 이때가 둘이 함께 있는 모습을 보여 준 마지막 무대였지만, 스티비는 몇 달 후 자애로운 헌사를 보냈다. "테일러는 보편적인 여성 그리고 그 여성을 알고 싶어 하는 남성들을 위해 노래를 쓴다. 여성 로큰롤 컨트리 팝 싱어송라이터가 귀환했으니, 그 이름은 바로 테일러 스위프트다. 그리고 그녀 같은 여성들이 음반 시장을 구해 주리라." 닉스는 〈타임〉에 이렇게 썼다.

그러나 테일러는 〈The Tortured Poets Department〉에서 진짜 스티비가 먹여 주는 한 방을 준비해 두었는데, 스티비 닉스가 앨범을 소개하는 시를 한 편 쓰고는 "T와 나를 위해"라고 바친 것이다. 실물 앨범에는 닉스가 손으로 쓴 구절이 들어 있었다. 닉스는 8월 13일 오스틴에서 자신이 너무 잘 아는 록스타이자 낭만적인 신화를 가만히 떠올렸다. "그녀는 미래에서 되돌아봤지/그리고 눈물을 몇 방울 흘렸어/그는 과거를 들여다봤지/그리고 사실은 두려움을 느꼈어." 스티비는 사랑이 슬그머니 떠나가는 모습을 노래하는 송가에서 셰익스피어와 비극, 상실을 언급하는 전형적인 테일러식 문체를 너무 잘 알고 있는 것처럼 보였다.

스위프트는 음악 업계에 혜성처럼 등장했던 자신의 초창기를 기억하는 'Clara Bow'에서 닉스에 관해 노래했다. 높은 지위의 남자들은 그녀에게 말한다. "스티비 닉스처럼 보이는구나/75년도의 그 머리 스타일과 입술/사람들은 그녀의 손가락 끝에서 미쳐 날뛰고/반만 비추던 달빛은 완전한 어둠이 돼." 그러나 몇 년이 지나자 그녀는 예상대로 퇴물이 되고 나이 어린 다른 누군가로 교체된다. 이 남자들은 다음 차례의 순진한 처녀에게 말한다. "테일러 스위프트처럼 보이는구나/이런 면에선 그게 마음에 들어/네겐 특별한 매력이 있어. 테일러는 없었지."

클라라 보우Clara Bow는 1920년대 할리우드 스타 배우로, 〈덫Mantrap〉과 〈잇It〉 같은 무성 영화에서 남자를 유혹하는 신여성을 연기했다. 매력적이고 세련된 여성을 가리키는 '잇걸It Girl'이란 표현은 그녀에게서 나왔다. 그러나 그녀는 점차 나이가 들고 잊히면서 역사 속으로 사라졌다. 스위프트는 'The Lucky One'이나 'Nothing New' 같이 이런 식의 이야기를 좋아하고, 닉스 역시 'Gold Dust Woman'이나 'Mabel Normand'에서처럼 마찬가지다. 테일러의 미학 전체에는 항상 스티비스러움이 함께했다. 그녀의 공주와 궁궐 이야기, 〈Speak Now〉의 풍성한 드레스들 그리고 〈Folklore〉와 〈Evermore〉의 숲까지. 둘은 진정한 달의 자매였다.

그러나 한 발 더 나아가 보자. 스티비 닉스는 1975년 크리스틴 맥비가 함께하는 밴드 플리트우드 맥으로 유명해졌다. 플리트우드 맥은 두 명의 여성을 메인 보컬로 내세웠고, 또 둘 다 싱어송라이터였다. 남자들이 우세한 70년대 록 분야에서 매우 드문 일이었다. "크리스틴과 저는 제가 플리트우드 맥에 합류하는 날 협정을 맺었어요. 우리는 이렇게 이야기했답니다. '우리는 절대로 2등 시민처럼 취급받지 말자.'" 닉은 2019년 내게 말했다.

둘은 언제나 친자매 같은 궁합을 뽐냈다. 크리스틴은 (플리트우드 맥의 기준으로는) 예민하고 신중한 쪽이었고, 스티비의 거친 성격에 비하자면 나이 많고 더 현명한 언니였다. 크리스틴이 한계와 타협에 관해 노래했다면, 스티비는 뭐든 그 자리에서 휩쓸렸다. 플리트우드 맥이 놀랄 만큼 오래갈 수 있던 이유 중 하나는 반대되는 기질을 가진 두 자매가 나눴던 대화에서 드러난다. "크리스틴과 함께 걷고 있었어요, 빈정대는 걸로 최고봉인 제 절친이에요. 그녀가 이렇게 말하더군요. '그러니까… 곡을 하나 더 쓸 거지?'"

그러나 테일러는 이 두 자매의 성향 모두를 다 가졌다. 그녀에게는 규칙을 만들고 경계선을 정하는 크리스틴적인 면이 있다. 하지만 무슨 규칙을 따르라는 거지? 여기에서 스티비적인 면이 등장한다. 테일러 내면의 크리스틴은 주로 귀를 기울이지 않는 내면의 스티비와 입씨름을 벌인다.

2002년 맥비가 암으로 사망한 후에 스티비는 공개적으로 애도했다. 애틀랜타주에서 열린 단독 공연에서는 비통해하는 자신을 도와준 테일러에게 감사하는 말을 전하기도 했다. "테일러 스위프트에게 고맙다는 말을 하고 싶어요. 저를 위해

'You're on Your Own, Kid(넌 혼자란다, 얘야)'라는 곡을 써주었죠." 닉이 말했다. "제 슬픔이 그대로 담긴 노래예요."

스티비는 그 노래를 들으며 크리스틴과의 오랜 유대를 떠올렸다. "플리트우드 맥 시절로 돌아가서 함께 걷다가 '자기야, 잘 지냈어?'라고 인사를 나누고 싶어요." 이 노래는 스티비가 슬픔을 표현할 수 있게 도와주었다. "우리 둘이었을 때 우리는 우리끼리였어요. 언제나 그랬답니다. 이제 저는 홀로서기 하는 법을 혼자 힘으로 배워야만 해요. 그래서 테일러가 저를 도와줬어요. 고마워요."

테일러는 더블린에서 스티비 닉스가 에라스 투어에 참석한 날 처음으로 'Clara Bow'를 라이브로 불렀다. 그녀는 관객들에게 말했다. "오늘 제 친구가 공연을 보러 이곳에 와 있어요. 그리고 그 친구는 정말로 제가, 아니면 다른 여자 가수들이 지금 일을 하게 된 이유 중 하나이기도 해요. 친구는 우리를 위해 길을 마련해 주었어요." 그때 번개가 쳤다. 아마도 한 번, 아니면 두 번 정도.

### 7. 킴 칸스Kim Carnes의 'Bette Davis Eyes'

〈Speak Now Live〉에서 그녀는 독특한 곡을 들고 나왔다. "LA 출신의 가수들이 만들어 낸 놀라운 음악이 있어요. 그거

아세요? 저는 그 LA에서 탄생한 음악의 팬이라서 여러분에게 들려주고 싶어요! 괜찮나요?" 그리고 그녀는 80년대 신스팝의 고전인 'Bette Davis Eyes'를 기타로 연주하기 시작했다. "이 노래는 1981년에 나왔어요. 제가 태어나기 8년 전이죠!" 그 누구도 이 노래를 알거나 따라 부르지 못했다. 테일러가 이 낭만적인 스파이에 바치는 시를 흠모한다는 사실은 많은 의미를 지닌다. 특히나 '그녀는 뉴욕의 눈처럼 순수해'라는 가사는 꼭 〈1989〉에서 실린 곡처럼 들리기도 한다.

킴 칸스는 'Bette Davis Eyes'로 1위에 올랐지만 이 곡은 위대한 작곡가 재키 드섀넌Jackie DeShannon이 썼다. 드섀넌은 60년대 LA의 인기인으로 자신과 다른 가수들을 위해 여러 히트곡을 썼고, 랜디 뉴먼Randy Newman부터 지미 페이지Jimmy Page까지 다양한 이들과 함께 작업을 했다(지미 페이지는 그녀를 위해 'Tangerine'을 쓰기도 했다).

물론 테일러는 드섀넌이 누구인지 알고, 또 당연히 베티 데이비스와 그레타 가르보가 등장하는 가사에도 공감한다. 이는 완전히 괴짜들이나 할 법한 행동이었지만, 그녀는 관객들이 흥미를 잃을까 봐 두려워하지 않았다. 그녀는 'Bette Davis Eyes'를 처음부터 끝까지 부르면서도, 아무도 자기만큼 이 옛날 노래를 즐기지 않으리란 걸 잘 알고 있었다. 그녀가 트레인

Train의 'Drops of Jupiter'나 그웬 스테파니Gwen Stefani의 'The Sweet Escape'를 부를 때 아무도 옆구리를 쿡쿡 찌르지 않았다.

### 8. 프린스의 'Nothing Compares 2 U'

"저는 시네이드 오코너Sinead O'Connor의 'Nothing Compares 2 U'에 정말로 빠져 있어요." 그녀는 일찍이 〈롤링 스톤〉에서 이렇게 말했다. "프린스가 그 곡을 썼을 때, 5,000명의 작곡가들이 펜을 딱 내려놓고 '그래, 어쨌든 나는 최선을 다 했어'라고 말했다죠."

'퍼플 원Purple One[69]'을 테일러 스위프트와 비교하는 경우는 거의 없다. 아마도 그의 온전치 못한 사고방식 때문일 테지만, 그래도 둘 사이에는 많은 관련성이 존재한다. 그는 테일러가 열망하는 80년대의 작가주의적 팝 가수로, 언제나 예측 불가한 사람이었다. 〈Purple Rain〉이 나오고 1년이 지난 후, 그는 솜사탕처럼 엉뚱한 발상의 〈Around the World in a Day〉와 'Raspberry Beret'으로 모두를 어리둥절하게 만들었다.

"'Let's Go Crazy'의 끝부분에 나오는 기타 솔로로 'Around the World in a Day'를 시작했다면 얼마나 쉬웠겠어요?

69 'Purple Rain'을 부르고 보라색을 자기 색이라 표현하던 프린스를 가리키는 별명.

저는 앞에 내놨던 앨범들과 똑같은 건 만들고 싶지 않았어요. 앨범들을 연달아 내놓으면서도 절대로 지루해지지 않는다는 게 멋지지 않나요?" 1985년 프린스는 이렇게 말했다.

그는 자신만의 신화를 만들어 낸 완벽주의자였고, 팬들이 자신의 '보라색 바나나를 찾는' 상징주의를 해석하게 만들었다. 테일러는 분명 프린스의 작곡 기법을 연구했을 것이다. 'Little Red Corvette'에서 'Dress'의 폭발할 듯한 신스팝 느낌이 탄생했고, 'Nothing New'에서는 'When You Were Mine'의 코러스를 살짝 변형해서 사용했다. 하지만 프린스가 호화롭게 차려입고 주변에 화려한 친구들을 두며 극단적인 여성성을 바탕으로 성장했던 방식을 테일러도 그대로 따르는 것처럼 보였다. 그는 자기 인생을 사치스럽게 무대를 꾸민 극단적인 낭만주의 쇼로 바꿨고, 레이스와 시폰으로 치장한 조연들이 등장해 멋진 액세서리가 되어 주었다. 스위프트 역시 〈1989〉를 발표하던 무렵 그랬다.

프린스는 배니티Vanity, 아폴로니아Apollonia, 쉴라 ESheila E, 다이아몬드Diamond, 펄Pearl과 같은 여자 가수들과 어울리면서, 칼리 크로스, 카라 델레바인, 블레이크 라이블리, 다이애나 애그론, 셀레나 고메즈 등 테일러의 절친 모임인 걸 스쿼드Girl Squad의 원형이 되었다. 기본적으로 〈1989〉의 미학은 테일러 버전의 'Under the Cherry Moon'이 아닐까?

### 9. 더 스타팅 라인The Starting Line의 'The Best of Me'

테일러는 10대 시절 아이팟에 펜실베이니아 출신의 팝 펑크 보이그룹 노래들을 저장했었지만, 결코 그 가수들을 잊지 않은 게 분명하다. 〈Tortured Poets〉의 환상적인 노래 'The Black Dog'에 이들을 슬며시 끼워 넣었기 때문이다.

노래 가사에서 그녀의 옛 애인은 휴대폰 설정을 바꾸는 것을 깜빡했고, 따라서 그녀는 여전히 GPS로 그의 위치를 파악할 수 있었다. 테일러다운 행동이었다. 그녀는 옛 애인이 런던의 한 술집에 들어가서 새로운 여자를 유혹하려고 애쓰는 동안 그의 발자취를 감시했다. 그러다가 바텐더는 더 스타팅 라인의 노래를 틀었지만, 그 여자는 너무 어려서 이 노래가 무엇인지 알아차리지 못했다. 끊임없이 열리는 감정의 가장무도회에서 모든 노래가 어떤 역할을 맡고 있는지 보여 주는 완벽한 예시라 하겠다.

### 10. 필 콜린스Phil Collins의 'Can't Stop Loving You'

테일러는 2019년 BBC의 라이브 라운지Live Lounge에 등장해서, 몰래 준비해 온 깜짝 이벤트를 선사했다. 80년대생 팝 신동이 필 콜린스 헌정곡을 부른 것이다. 'Can't Stop Loving

You'는 1970년대에 인기를 끌지 못하고 묻혀 있던 원곡을 2002년 필 콜린스가 새롭게 히트시킨 곡이다. 테일러는 이렇게 설명했다. "저는 처음으로 운전면허를 땄을 때 이 노래를 고래고래 부르면서 내슈빌을 운전하던 기억이 나요." 그녀에게 딱인 노래다. 다만, 이 노래는 택시 뒷자리에서 눈물을 흘리는 내용이었을 뿐이다.

### 11. 넬리 Nelly의 'Hot In Herre'

1989 투어로 세인트루이스를 찾았을 때 T 스위즐[70] T Swizzle은 넬리와 함께 공연할 수 있는 기회를 놓칠 수 없었다. 넬리는 'Hot In Herre'를 랩으로 불렀고 하임 Haim 자매가 여기에 합세해 "내 몸은 달아올랐어. 옷을 벗어던지고 싶어!" 부분에서 백업 댄스를 추었다. "그녀는 마치 여동생 같아요, 멋져요." 넬리가 며칠 후 이렇게 말했다. "그냥 죽인다고 할까. 악의도 없고 뭐도 없어요. 우리가 몸담고 있는 세계에서 왔다면 쉽지 않은 일이에요. 이런 유형의 사람들을 우연히 마주치기도 어렵다고요. 이를테면, 테일러 스위프트와 우리 할머니 같은? 이 사람들을 사랑하지 않는 사람이 있나요?"

70 테일러 스위프트의 별명.

## 12. 폴 매카트니 'Maybe I'm Amazed'

우주처럼 장대한 테일러와 폴의 인연은 매우 깊이 이어지고 있다. 둘 모두 우주에서 단 한 번 벌어지는 우연과도 같은 인물이며, 극단적인 면과 모순적인 면의 비슷한 구성이 연결되어 있다. 그녀가 〈롤링 스톤〉에서 폴을 인터뷰했을 때, 둘은 바로 수비학 이야기로 넘어갔다. 그는 테일러가 어떻게 숫자 13을 좋아하게 됐는지에 주목했고, 그녀는 폴이 어떻게 0으로 끝나는 연도에만 솔로 앨범을 내는지 물었다. 못 말리는 둘이었다.

이들은 2014년 SNL 뒤풀이에서 즉흥 연주를 할 때 폴의 인기 듀엣곡인 'I Saw Her Standing There'를 선보였다. 나는 예전에 한 번 뉴욕에서 폴이 브루스 스프링스틴과 함께 이 노래를 라이브로 부르는 것을 보았는데, 그는 설명도 없이 마치 첫 번째 시도가 만족스럽지 않았다는 듯 연이어 두 번을 불렀다. 따라서 브루스는 그 모든 사람들 앞에서 이 곡을 다시 연주해야 했다. 이런 행동을 할 수 있는 스타가 또 누가 있을까? 뭐, 그렇다. 정확히 한 명이다.

그러나 폴은 슬픈 노래들이 어떻게 작동하는지를 안다. "음악은 정신과 의사와 같아요." 그는 2015년 〈롤링 스톤〉에서 말했다. "사람들에게 못 하는 이야기를 기타에게는 할 수 있어요. 그리고 기타는 사람들이 당신에게 해줄 수 없는 말로 대답을 해 주죠. 그러니 기타와 함께 스스로 풀어나갈 수 있어요."

테일러가 〈Lover〉를 공개했을 때 스텔라 매카트니와 유튜브 라이브 방송을 하면서, 동물성 재료가 들어가지 않은 친환경 제품들을 홍보했다. 나는 세상을 떠난 린다 매카트니를 떠올리지 않을 수 없었다. 린다는 이 권위적이고 이념을 강요하는 홍보를 어느 정도나 좋아했을까?

테일러가 앨범 타이틀을 가지고 농담하는 동안 스텔라는 무심코 혼잣말을 했다. "우리 부모들이 연인으로서의 경험을 거쳤기 때문에 우리가 다 이 자리에 있는 거겠지."(솔직히 말하자면 나는 몇 시간이 지나고 나서야 이 순간에서 회복할 수 있었다) 폴과 린다 만한 로큰롤 연애담이 없는 만큼 테일러가 둘의 로맨스를 자기 음악으로 계속 풀어 가는 것도 당연하다. 폴은 'Two of Us'부터 'Maybe I'm Amazed'와 'Jet'까지, 매일 린다에게 감동을 주기 위해 쓴 노래들에 대해 자세히 이야기하길 좋아한다.

"저는 달리기를 하고 나면 그녀에게 들려줄 시를 가지고 돌아왔어요. 린다는 제 시를 듣고 나면 '멋진 생각이야'라고 말하곤 했어요. 남자의 기분을 좋게 해 주는, 그런 식의 말이었어요." 폴은 언젠가 이렇게 회상했다. 몇 년 후 테일러는 폴과 린다를 위해 가슴 저미도록 친밀한 사랑 노래를 썼다. 〈Midnights〉에 수록된 곡 'Sweet Nothing'에서 그녀는 이렇게 노래한다. "집으로 오는 길, 나는 시를 쓰지/그대는 말할 거야 '멋진 생각이야.'"

폴이 2004년 여름 에라스 투어에서 보여 준 비틀스다운 모습은 감동을 안겨 주었다. 그는 아내 낸시 그리고 딸 스텔라와 메리와 함께 팔에 우정 팔찌를 감고 웸블리 스타디움에서 한껏 즐거운 시간을 보냈다. 팬들이 그를 둘러싸고 함께 춤을 췄다. 폴은 괴성을 지르는 소녀들로 가득 찬 스타디움이 (그 외의 모든 것과 함께) 복합적인 지적·예술적 모험과 같다는 개념을 개척했던 장본인이고, 따라서 마치 이 자리에서 성화를 넘기는 것처럼 느껴졌다. 그러면서도 그는 이런 순간이 다가올 것을 평생 알고 있었으리라 느껴지기도 했다.

### 13. 레슬리 고어Lesley Gore의 'You Don't Own Me'

테일러가 에라스 투어에서 등장할 때마다 틀던 음악은 1963년 레슬리 고어가 부른 페미니스트 팝 고전인 'You Don't Own Me'다. 이 노래는 시간이 마지막을 향해 흘러가는 동안 스피커를 통해 울려 퍼졌다. 테일러는 항상 입장곡을 중요하게 여겼는데, 스피크 나우 투어에서는 톰 페티의 'American Girl'이었고, 레드 투어에서는 레니 크라비츠의 'American Woman'이었다. 그러나 'You don't Own Me'는 에라스 투어의 대전제이자, 테일러 버전과 그녀의 활동 경력 전체를 아우르는 대전제였다.

레슬리 고어는 'It's My Party'를 부를 때 열여섯 살이었다("그리고 나는 울고 싶을 때 울어"). 이 최고 히트곡은 어디로 보나 걸그룹 시대에 뉴저지에서 온 예쁜 유대인 소녀가 부르는 노래처럼 들리기도 한다. 그녀에게는 톱40 히트곡이 여럿 있는데, 대부분은 그녀를 먼지처럼 취급한 남자아이들에 대한 노래다. 말 그대로 'That's The Way Boys Are(남자애들은 원래 그래)'이기 때문이다.

그녀는 훌륭한 노래를 10곡 이상 남겼지만, 'It's My Party'와 'You Don't Own Me'는 여성의 자율성을 주제로 찬반이 갈리는 논쟁을 이어가며 살아남았다. 레슬리는 우리 어머니 세대의 가수다. 사람들의 비위를 맞춰주는 천진난만한 소녀이자, 60년대 미디어에게 물어뜯기고 내뱉어지다가 하찮은 일회용품처럼 버려졌다. 그녀는 자기가 세상을 떠나고 몇 년이 흐른 뒤에 매일 밤 스타디움을 가득 채운 스위프티들이 소리 높여 "나는 자유로워. 그리고 자유로운 게 좋아!"라며 자기 노래를 부른다는 이야기를 들으면 충격을 먹었으리라.

어른이 되고 나서 대부분의 시간 동안 레슬리 고어는 마치 인생 전체가 농담이었던 것처럼 자기가 잊혀지고 역사의 뒤안길에 남겨졌다고 느꼈다. 아무도 기억해 주지 않고, 아무도 신경 쓰지 않는 인생. 그러나 90년대에 들어 'You Don't Own

Me'가 인기 영화에 삽입됐다. 베트 미들러Bette Midler와 골디 혼Goldie Hawn, 다이앤 키튼Diane Keaton이 출연한 〈조강지처 클럽The First Wives Club〉이었다.

나는 영화관에서 어머니와 함께 이 영화를 보았는데, 어머니는 이미 친구들과도 본 후였다. 마지막 장면에서 여자 주인공들은 길을 따라 춤을 추며 이 노래를 부른다. 고어는 이 사실을 믿을 수 없었고, A&E 바이오그래피 채널A&E Biography 다큐멘터리에서 가슴 아픈 일화를 털어놓으며 어느 정도로 충격을 받았는지 묘사했다. 그녀는 매일 영화가 끝나는 시간에 맞춰서 동네 극장까지 개를 산책시켰다고 털어놓았다. 그저 사람들이 극장에서 나오면서 자기 노래를 부르는 소리를 듣기 위해 눈에 띄지 않게 멀찍이 길가에 서 있었다고 한다.

전성기였던 1963년에 'It's My Party'는 복수를 담은 속편 격인 'Judy's Turn to Cry'로 이어졌다. 이 곡에서는 남자친구가 돌아온다. 그러나 그녀는 그 누구도 우롱하지 않았다. 레슬리는 결코 그 남자를 잡지 못하고, 그는 언제나 그녀를 함부로 대할 것이었다. 그녀의 목소리에서는 외로움의 근원, 다시 말해 'I Don't Wanna Be a Loser'에 등장하는 고등학교 시절의 진정한 괴로움이 묻어난다.

나는 내 인생에서 몹시도 암울했던 여름날에 레슬리의

데뷔 앨범 〈I'll Cry If I want to〉를 들으며 보냈다. 내가 듣던 이 낡은 레코드판에는 눈물에 관한 열두 곡의 노래가 담겨 있었다. 그러나 고어는 언제나 농담처럼 취급받았다. 〈배트맨〉에서는 캣우먼의 조수 고양이로 출연해서 "나는 그냥 로큰롤 가수야. 사기꾼이 아니라고!"라며 애원한다. 캣우먼이었던 줄리 뉴마는 눈을 크게 치뜨며 말한다. "휴, 됐다 됐어. 너는 스무 살이야. 이미 꺾인 나이란다."

고어는 스타의 지위에서 밀려났고, 철이 들어야만 했다. 그녀는 단 한 번도 인세를 정산받아본 적이 없었다. 팬이자 음악 평론가였던 그레일 마커스Greil Marcus는 이렇게 썼다. "아무도 저지할 수 없는 소녀는 그 누구도 귀 기울이려 하지 않는 여성이 됐다." 그러나 그녀의 인생은 70년대에 친구이자 멘토인 여성 국회의원 벨라 앱저그Bella Abzug 덕에 페미니즘에 입문하면서 바뀌었다(고어는 앱저그의 장례식에서 관을 운구했다고 밝혔다).

50대에 그녀는 'You Don't Own Me'를 불렀던 친구 더스티 스프링필드Dusty Springfield를 보며 커밍아웃을 할 수 있는 용기를 얻었고, 2015년 세상을 떠날 때까지 33년간 레즈비언 커플로 지냈다. 레슬리 고어는 결코 스스로 원치 않았고 선택하지도 않았지만 'You Don't Own Me(너는 날 소유할 수 없어)' 식으로 살도록 강요받았다. 이 노래는 자유로이 살고 싶은 소녀의 노래이면서도 결국 자기 인생을 소유하지 못한 채 살아가고 죽은 한 여성의 노래였던 것으로 드러났다.

왜 스위프트가 이 노래를 자기의 이야기로 느꼈는지 그 이유를 알 수 있다. 옛 팝송만 들려주는 라디오에서도 이 노래는 결코 존재감을 잃지 않는다. 레슬리 고어는 첫 구절을 할애해 테일러의 용기를 끌어올리고 전형적인 '막말하는 수줍은 소녀' 테일러를 일깨운다. 다만, 테일러는 자기가 원하는 바를 당당히 밝히면서 도를 넘기 시작한다. 아니, 너는 그녀를 통제할 수 없고, 바꿀 수 없고, 이래라저래라 지시할 수 없어.

그녀는 자기가 거침없이 목소리를 냈다는 것을 믿을 수 없다는 듯 들리고, "나는 젊어! 그리고 젊어서 좋아! 나는 자유로워! 그리고 자유로워서 좋아!"라고 소리치지만 두려워한다. 이 소녀는 같은 시대의 여러 잊혀진 여성들처럼 삶을 살고, 대가를 치르고, 고난에 시달렸어야 했지만 노래에서 맹세했던 모든 것들을 지킨다. 한때 유행곡일 줄 알았던 이 노래는 진짜였다.

고어는 자신의 이야기는 끝이 났다고 느꼈던 그 오랜 세월이 흐르고 2020년대에 이르러, 자기 노래가 처음 만나는 팬들 앞에서 그리도 크게 울려 퍼지리라 전혀 상상하지 못했을 것이다. 음악은 결코 예측하지 못한 곳으로 흘러간다는 최고의 본보기이면서도 역사가 계산한 결과처럼 느껴지기도 한다. 그녀는 에라스 투어에서 '마지리[71]Marjorie' 같은 인물이자 과거에서 온 현명한 여성이었다. 그리고 그 여성의 의견은 공연의 일부, 즉 스위프트가 보여 주려는 생각의 생생한 일부가 됐다. 죽음은 영원한 이별이 아닐 테니까.[72]

71 테일러 스위프트가 외할머니 마저리 핀리(Marjorie Finlay)를 기리며 쓴 노래.

72 'Marjorie' 가사 중 "What died didn't stay dead"를 빗대었다.

# #14

# 레드

✦ 언젠가 나는 테일러 스위프트의 노래를 모조리 갖추고 있는 노래방을 찾아냈다. 그중에는 끝나지 않을 것처럼 질질 끌어서 다른 사람들이 노래방 밖으로 도망가 버릴 우울한 노래도 껴 있었다. 그래, 정답이다. 'Sad Beautiful Tragic'이 있다는 뜻이다. 테일러의 노래 중에서 가장 인기가 없고, 또 그녀가 개인적으로는 가장 좋아한다지만 차마 사람들에게 고통을 안길 수 없어서 거의 라이브로 연주하지 않는 곡이기도 하다. 두 개의 질문이 동시에 떠올랐다. "어떤 소시오패스가 노래방에서 'Sad Beautiful Tragic'을 부르는 거야?" 그리고 "왜 나는 그 사람과 친구가 아니지?"였다.

〈Red〉가 그녀의 이야기를 모두 바꿔 버렸다. 그녀는 거창한 팝 음악을 좋아하는 자신의 취향을 인정하기로 결심했다. 지금껏 그 누구도 그녀가 자제하고 있다는 것을 알아주지 않았으니까. 그래서 그 결과는? 이 시대 가장 촌스러운 메가 팝 성명서의 탄생이다. 샤니아 트웨인이 몇 년이나 투자해 완벽하게 만든 유로디스코와 밴조의 합동 그루브에, 프린스가 보랏빛 비를 본 이래로 가장 아름다운 사랑 노래의 색 그리고 한 번도 없었던 리즈 페어와 에이스 오브 베이스Ace of Base의 콜라보까지. 그 어떤 팝 음악 감독도 그녀의 감정적인 과잉이나 음악적인 범위를 건드릴 수 없을 것이다.

그녀의 펑크는 너무 펑크하고, 디스코는 너무 디스코하다. 의심이 차오를 때 그녀는 "불타오르는 빨강!"이라 외치면서 기타 독주를 시작하라고 손짓한다. 나는 스물두 살과 시간을 보내는 게 얼마나 이국적인 일인지 이야기하는 그녀의 노래를 사랑하고, 그녀가 "냉장고"를 발음하는 방식을 사랑하고, "가라앉아-아-아-"라고 말하는 방식을 사랑한다. 기본적으로 이 앨범의 어느 노래에서든 팽팽하게 지속되는 5초의 구간을 몽땅 사랑한다.

'We Are Never Ever Getting Back Together'는 최고의 히트를 쳤고, 지금까지 테일러가 내놓은 곡들 가운데 가장 남부끄럽지 않게 팝을 뽑아냈다. 그녀는 인디 록 힙스터들을 조롱했지만, 결국 자신의 미래를 미리 내다본 셈이었다. 2012년에 이 친구가 "내 것보다 훨씬 멋진 인디 앨범[73]"으로 마음의 평화를 구하고 있었다면, 아마도 본 이베어Bon Iver나 더 내셔널을 듣고 있었을 것 같다.

그녀가 옛 애인을 나쁜 놈으로 만드는 게 얼마나 쉬운 일일지 생각해 보자. 그를 얼간이나 악당, 지저분한 바람둥이로 만들 수도 있었겠지만, 아니, 그녀는 이 이별의 노래를 만들면서 자신을 남자만큼이나 예민하고 멍청한 애로 만든다. 그런 방식이기에 더 재미있는 노래인데다, 스물두 살의 느낌이란 그런 것이기에 바보처럼 굴어봤자 두렵지 않기 때문이다. 심지어는 이 노래 속 남자를 친구가 많은 사람으로 만들어 주는데, 그래서 그녀는 우리 대부분이 스물두 살이었던 시절보다 더 정서적으로 성숙한 수준에 오른다.

〈Red〉의 음악적 색깔이 멀리까지 확장되면서, 이전까지의 앨범들은 실제로는 그렇지 않음에도 정통 컨트리 음악처럼 들리게 됐고 '초기작'이라는 선이 그어졌다. 그녀는 맥스 마틴Max Martin과 쉘백Shellback 같은 프로듀서들과 함께 댄스곡을 만들었다. 예를 들어 'I Knew You Were Trouble'에는 덥

73 'We Are Never Ever Getting Back Together' 가사.

스텝[74]Dupstep이 가미됐고, 디스코 풍의 '22'에서는 마치 자기가 고안한 듯 "어 오Uh Oh"라는 후크를 불렀고, 두 번째 코러스는 진짜로 직접 만들어 냈다. 가끔은 세상 초연한 현자처럼 노래하고, 또 어떤 때는 '성숙Maturity'이란 것이 사전에서 '마세라티Maserati[75]'와 '한밤중의 아침 식사Midnight, breakfast at[76]' 사이에 자리한 단어라는 정도로만 아는 사람처럼 노래한다.

그녀는 팝 라디오 방송의 살며시 잦아드는 전자음을 원하면서도, 그날 아침 차에서 들은 아무 노래하고나 맞붙고 싶어 한다. 자기 자신과 추는 춤을 노래하는 'Holy Ground'에서 'White Wedding[77]'의 기타 후크를 슬쩍해 와 빌리 아이돌 그 자체가 되려 한다. 'Sad Beautiful Tragic'에서는 호프 산도발Hope Sandoval의 정확한 탬버린 소리를 노리며 '매지Mazzy[78]' 스위프트가 된다. 또한 스틸리 댄Steely Dan의 음반에서 내가 가장 싫어하는 순간, 즉 'Dirty Work'에서 "트러블Trouble"이라고 징징대는 부분을 가져와서는 내가 인정할 때까지 코 앞에 들이댄다.

74 일렉트로닉 음악의 일종으로 하우스 뮤직의 리듬에 자메이카 뮤직의 요소를 더한 장르.

75 'Red' 가사 중 일부.

76 '22' 가사 중 일부.

77 빌리 아이돌의 두 번째 싱글 곡이다.

78 호프 산도발의 리드 싱어인 메지 스타(Mazzy Star)를 빗대었다.

테일러의 레드 투어는 그녀 자신뿐 아니라 그 누구와 견주어도 뒤지지 않을 최정점에 있었다. 그녀의 기타를 장식한 빨간 반짝이들은 마이크와 신발 그리고 관객의 80퍼센트와 잘 어울렸다. 그녀는 이렇게 선언했다. "앞으로 두 시간 동안 13,000명의 관객 여러분은 제가 감정을 호소하는 걸 들어 줘야 해요!" 디 엣지The Edge[79]처럼 검은 모자를 쓴 테일러가 U2를 오마주한 'State of Grace'로 시작했다. 그녀 역시 빨간색 기타와 3가지 코드 그리고 진실을 갖췄다는 점에서 그럴 만하다.[80] 'Holy Ground'에서는 거대하게 빛나는 원통을 앞에 두고 드럼 솔로에 맞춰 머리를 흔들어댔다. 내 뒤에 앉은 꼬마가 어머니에게 이렇게 말했다. "그녀는 대박이에요. 대박이라고요!"

나는 평생 이 꼬마가 기억날 것 같다. 이 순간이 선하고 옳고 진정한 뭔가의 황금시대처럼 느껴졌다.

79 U2의 기타리스트.

80 U2의 'All Along the Watchtower' 가사 중 "All I got is a red guitar, three chords and the truth"를 빗대었다.

# #15

## 모두가 알지만
## 아무도 모르는
## 소녀가
## 있었어[81]

✦ 2006년 초창기 라디오 인터뷰에서 나온 이야기다. 테일러가 가수가 아니었다면 뭐가 되었을까? "이상하다고 생각하시겠지만, 저는 경찰이 됐을 거예요." 테일러가 답했다. 라디오 진행자는 귀를 의심했다. "경찰이라고요?" 테일러가 설명했다. "교통경찰 같은 것 말고요. CSI같이 범죄 현장을 조사하는 사람이요. 저는 2년 동안 응용범죄학 수업을 들었고, 진짜 좋아했답니다. 그런데 변호사가 되기에는 부족했죠. 저는 〈로 앤 오더 성범죄전담반Law & Order: Special Victim Unit〉 같은 드라마를 좋아해요. 시체가 나타나고, 그래서 모든 걸 알아내야 하는 거요."

10대의 테일러가 사기꾼을 쫓고 범인을 혼내는 일에 환상을 가지고 있는 모습을 상상해 보는 게 코믹하게 느껴지기도 한다. 그러나 그녀가 꿈꾸는 탐정은 셜록 홈즈나 낸시 드류,

**81** 'Blank Space'에 숨겨진 암호로 원문은 "There Once Was a Girl Known by Everyone and No One"이다.

올리비아 벤슨이나 형사 콜롬보처럼 미스터리를 해결하는 사람이다. 그녀는 형사 또는 지휘관이 되고 싶어 한다. 그러나 그녀는 탐정 같은 예술가가 되어서, 팬들이 탐정처럼 음악을 듣고 자신과 함께 문제를 해결하기 위해 단서들을 찾아 달라고 유혹한다.

"맞아요, 저는 범죄 현장 조사관이 되고 싶었어요. 아니면 드레스를 디자인하거나요." 그녀가 덧붙였다.

테일러는 언제나 비밀 암호를 좋아해 왔다. 그녀는 진짜 암호 마니아다. 시작부터 그녀는 앨범 커버와 가사, 뮤직비디오 그리고 의상에 팬들이 해석해야 하는 단서들을 깔아놓았다. 데뷔 앨범에서조차 16세였던 테일러는 CD 속지에 실린 가사에 암호화된 메시지를 채워 두었는데, 대문자를 합치면 각 노래의 숨겨진 의미가 됐다. 'Teardrops on My Guitar'에서는 "He will never know(그는 절대 모를 거예요)", 'Picture to Burn'에서는 "Date nice boys(다정한 남자랑 데이트하세요)", 'The Outside'에서는 "You are not alone(당신은 혼자가 아니에요)"이었다.

"저는 이 비밀 메시지들을 모든 노래 가사에 암호로 바꿔 놨어요. 그래서 가사를 읽다 보면 '왜 저 A는 대문자로 쓰여 있지?'라는 의문이 생길 거예요. 왜냐하면 그건 암호의 일부거든요. 모든 글자를 순서대로 쓰면 돼요." 그녀는 이렇게 덧붙였다. "그게 정말 지루하게 느껴진다면, 그건 비가 오거나 해서예요."

테일러는 비틀스로부터 아이디어를 얻었다. "비틀스는 앨범을 거꾸로 재생할 수 있게 만들었어요. 그래서 거꾸로 재생하면 '폴은 죽었어, 폴은 죽었어'라는 말과 그 모든 비밀 메시지 같은 게 흘러나오는 거예요. CD로는 진짜로 들을 수가 없어요. CD는 거꾸로 틀어볼 수 없으니까요. 그래서 저는 제가 할 수 있는 가장 신비하고 오싹한 방법을 썼어요."

테일러의 취미는 거기서 더 나아갔다. 그녀는 유명해지면서 이 두뇌 게임에 더 빠졌다. 새로운 앨범을 발표할 때마다 수수께끼와 암호는 예술적인 표현의 일부였다. 그녀는 아주 정교하게 정성을 들여 앨범을 발표하는 사람이 됐고, 〈Lover〉를 공개할 때는 "뮤직비디오의 이 장면에서 창문 밖으로 보이는 야자수를 세어 보세요. 앨범에 트랙이 몇 개 수록됐는지 알려줄 거예요"라는 게임 전략 덕에 잔뜩 신이 났다. 그녀는 팬들과 이런 식으로 왔다 갔다 소통하는 해석의 공동체를 꾸려왔다.

테일러가 너무 과하게 구는 걸까? 그렇긴 하다. "제가 생각하기 시작했던 부분은 '어떻게 힌트를 줄까?' 아니면 '어느 정도 미리 힌트를 주는 게 지나친 걸까?' 같은 것들이었어요." 2021년에 그녀는 자신의 첫 번째 앨범에 숨겨두었던 이스터 에그를 떠올리며 이렇게 말했다. "'3년 전에 미리 힌트를 줄 수 있을까? 그렇게나 먼저 계획을 세울 수 있을까? 그렇게 시도해 볼 것 같은데'라고요." 그녀는 그저 노래를 좋아하는 팬들을 원하면서도, 괴짜들도 원한다. "저는 사람들이 평범한 음악의 팬이 되고 음악과 일반적인 관계를 맺는 게 아주 당연하다고 생각해요. 하지만 저와 같이 앨리스의 토끼굴을 따라 내려가고 싶다면, 함께 가요. 재미있을 거예요."

테일러는 자신의 팬을 탐정이자 암호 해독가로 본다. 그러나 그녀의 이스터 에그는 장난기, 사람들을 헷갈리게 만들려는 고약하지만 웃긴 감각 그리고 작곡가로서의 꾸준한 독창성 등을 상징한다(아이러니하게도 그녀가 내놓은 가장 의미 없는 수수께끼는 실제 살인 사건을 담은 'No Body, No Crime'으로, '그가 그랬어 He did it'라는 후크가 들어갔지만 그가 저지른 건 그냥 외도이다).

그녀는 'Anti-Hero' 뮤직비디오에서 이러한 경향을 은근히 농담거리로 삼는다. 뮤직비디오에서 그녀가 죽은 후 가족들은 유산을 전혀 남기지 않는다고 쓰인 유서를 본다. 그러자 이들은 편지 내용을 반대로 읽을 수 있는 방법이 분명 있으리라고 판단한다. 테일러는 팬들에게 음악과 관련된 보물찾기 게임을 여는 것 자체를 좋아한다. 그러나 팬들이 얼마나 과하게 이를 받아들이지 전혀 상상하지 못했던 것 같다.

스위프트 전문가들은 그녀의 음악을 사용해 그녀가 일식에 맞춰 인생을 계획했고 모든 것을 112일 주기에 맞춘다는 이론을 제시할 수 있다. 그렇게 해서 스쿠터 브라운Scooter Braun은 많은 곡을 소유했고(사람마다 계산이 다르다), 또는 JFK가 암살됐다. 그러나 테일러가 그리 많은 신호를 보냈음에도 언제나 밝혀지지 않는 것들이 남아 있다. 그렇게나 많이 보내는데도.

그러나 테일러는 사람들이 노래들을 자전적으로 읽고 싶게 만들면서도, 언제나 가장 심오한 미스테리는 혼자만의 것으로 간직한다. 고전적인 스위프트적 형태에서 그녀는 미스터리이자 탐정이고 싶어 한다. 이것이 테일러가 우리를 꽉 붙들고 놓아주지 않는 방식이다.

뛰어난 작곡가들 사이에서는 서로에 대한 앨범을 만드는 우아한 전통이 있다. 이들은 사랑에 빠지고, 갈라서고, 서로의 눈물을 훔치고, 상처를 핥아준다. 그러다가 서로 주고받는 이별의 앨범에 슬픔을 담뿍 담아 작업한다. 동일한 비극적인 연애를 반대되는 관점에서 분석한 앨범에서는 특별한 전율이 느껴진다.

예를 들어 PJ 하비PJ Harvey의 'Is This Desire?' 대 닉 케이브Nick Cave의 'Boatman's Call', 혹은 캣 파워Cat Power의 'Moon Pix' 대 스모그Smog의 'Knock Knock'이 있다. 비욘세의 'Lemonade' 대 제이 지의 '4:44'는 투닥거리지만 결국엔 살아남은 결혼을 연대기식으로 남겼다. 여기에는 '머릿결 좋은 베키[82]'에 대한 감질나는 힌트를 포함해 서로 주고받는 고통스러운 대화가 곁들여졌다.

그리고 이런 전통을 'Rumours'로 철저히 이어간 플리트우드 맥의 이상한 사례도 있다. 스티비 닉스와 린지 버킹엄Linsey Buckingham은 적절한 시기에 맥에 합류했고 그 후 거의 50년 동안 이별과 재결합을 반복했다. 이들은 밴드의 나머지 멤버들을 끌어들였고, 존 맥비는 "밴드에서 불륜을 저지르지 않은 사람은 나와 린지뿐"이라고 말했다. 맥은 왜 작곡가가 다른 작곡가와 사랑에 빠지면 안 되는지 궁극의 교훈을 보여 준다.

다른 말로 하자면, 테일러 스위프트와 해리 스타일스가 아니라면 말이다. 이들은 확실히 이 시나리오를 도전으로 받아들였다. 해일러[83]Haylor 신화만한 이별 노래의 전통은 또 없다. 이들의 짧은 연애가 현실에서 어떤 의미를 가졌든지 간에, 이들은 서로에 대한 험담은 전혀 하지 않으면서 실망스럽게도 항상 순탄했으며, 상대방을 뮤즈로 삼아 노래를 주고받았다.

해일러는 몇 년이나 서로를 향해 종이비행기를 날리는 두 명의 똑똑한 팝 천재들이라는 독특한 사례다. 미련이 남아서가 아니라, 창조적인 금광이나 마찬가지기 때문이다. 둘은 그냥

82 비욘세는 'Lemonade'에서 "Becky with the good hair"라는 표현으로 제이지의 불륜 상대를 암시했다.

83 테일러 스위프트와 해리 스타일스를 합쳐서 부르는 애칭.

내려놓기에는 이 전통의 일원인 게 너무 좋고 신나기라도 하듯 여전히 같은 자리에 머물러 있다. 해리는 2017년 〈롤링 스톤〉의 카메론 크로우Cameron Crowe에게 이를 "가장 경이로운 무언의 대화"라고 표현했다.

이들은 둘 다 조니 미첼에 푹 빠져 있고(〈Blue〉 때문에 덜시머 연주하는 법을 배울 정도다), 따라서 해일러의 폴리 아 되Folie a deux[84]는 피할 수 없는 운명과 같다. 그 누구도 미첼만큼 이런 움직임을 잘 끌어낸 이는 없었다. 미첼은 로럴 캐년 시절에 만났던 나쁜 놈들[85]의 속을 후벼파는 증오의 노래들로 가득 채운 명반들을 내놓았다. 나는 〈Blue〉와 레너드 코헨Leonard Cohen의 〈Songs of Love and Hate〉을 몇 년 동안이나 좋아하면서도 이들이 서로에 관해 노래했다는 사실은 꿈에도 몰랐다.

미첼이 'A Case of You'를 쓸 때 코헨은 'Joan of Arc'를 썼다. 두 곡의 이 명곡은 싼 티 나는 일침이나 옹졸한 원한도 드러나지 않았다(이런 건 아껴 뒀다 다른 옛 애인들에게 썼다). 코헨은 "나는 북극성만큼 늘 그 자리에 있는 사람"이라고 맹세한 뮤

84 가족이나 친구 등 밀접한 관계에 있는 두 사람이 동일하거나 유사한 정신 장애를 가지는 것으로 감응성 정신병이라고도 한다.

85 조니 미첼은 LA 로럴 캐년에서 활동하던 시절 오랜 연인이었던 그레이엄 내시와의 관계를 끝내고 제임스 테일러와 새로운 사랑을 시작하는 시기의 감정을 담아 〈Blue〉를 발표했다.

즈였고, 어쩌면 정절에 있어서는 스스로를 과신한 것 같지만 두 사람 모두 예술적인 시련에 한없이 열정적인 음악으로 대처했다. 이제는 이것이 바로 로맨틱한 고통이 작동해야 하는 방식이다.

미첼은 'For the Roses'로, 제임스 테일러는 'Mud Slide Slim and the Blue Horizon'으로 둘의 이별을 기록으로 남겼다. 조니에게 남은 가장 우스운 제임스 테일러의 흔적은 기타 연주에서 찾아볼 수 있는데, 히트곡 'See You Sometime'을 내고 그의 시그니처 릭Lick[86]을 흉내 낸다. 또한 "더 많은 비가 내리고" 가사에 맞춰 멜빵을 매고 나와 그를 조롱하기도 한다.

1988년 미첼은 "초창기 제 노래들에는 엄청난 가십들이 엮여 있었어요"라고 말했다. "저는 제임스 테일러를 위한 곡을 쓰면서 그의 멜빵을 언급했어요. 그러고 나서 제임스는 다음 앨범을 내면서 그놈의 멜빵을 입고 나왔다고요! 뭐, 그렇다면 비밀이 완전히 누설된 거죠!"(공식적으로 제임스 테일러는 〈For the Rosses〉가 나오기 1년 전 〈Mud Slide Slim〉 커버에 멜빵을 하고 나왔다. 그러니 그는 사전에 경고를 들었거나 그냥 그 멜빵을 좋아했을 것이다)

하지만 해일러는 앨범 하나로 깨끗이 지워버릴 수 있는 그런 관계가 아니었거나, 그럴 수 없게 보인다. 테일러에게는

86 짧고 기억하기 쉬운 멜로디나 소절로, 즉흥 연주나 솔로에서 사용된다.

'Style'과 'Out of the Woods'(그리고 'Daylight'?)가 그랬고, 해리에게는 'Perfect'와 'Two Ghosts'(그리고 'Daylight'?)가 그랬다. 그러나 두 사람 모두 이 노래들 중 어느 곡도 의도적으로 만든 게 아니라고 고백해서 감동을 파괴하지 않았다. 해리는 결코 테일러의 이름을 입 밖으로 낸 적 없으며, 언제나처럼 당당하면서도 신중했다. "제가 가만히 앉아 인터뷰를 하면서 '그러니까 저는 연애를 했고, 이런 일이 벌어졌어요'라고 말하자는 게 아니에요." 그는 2019년 내게 이렇게 말했다. "제 경우에, 음악은 그런 걸 넘어설 수 있는 공간이거든요. 이상하게도 그런 걸 넘어서도 괜찮다고 느껴지는 유일한 공간이에요."

해리와 테일러는 2012년 봄에 만났을 때부터 이미 세계적으로 유명한 파파라치들의 미끼였고, 따라서 이를 조용히 유지할 수 있으리라는 희망이 별로 없었다(이 세상이 흑백인 가운데 이 둘만 총천연색이라고까지 표현할 수 있었다). 그러나 이들은 공공연하게 이 상황을 즐기면서 커 나갔다. 쌍둥이처럼 꼭 닮은 불의 별자리와 네 개의 푸른 눈동자처럼.[87] 둘의 데이트는 타블로이드의 단골 소재이기도 했다.

테일러는 스물세 살이 되고 며칠이 지난 후인 2012년

87 'State of Grace' 가사.

12월 LA의 문신 가게에 가면서 해리를 데려갔고, 해리 곁에 앉아서 그가 왼쪽 팔뚝에 해골 문신과 악수 문신 사이에 해적선을 새롭게 새기는 동안 손을 잡아주었다(테일러의 'I Knew You Were Trouble' 뮤직비디오에 나오는 남자와 같은 문신이었다). 그는 러쉬 Rush[88] 티셔츠를 입고 있었는데 그 자체로 의문이었다. 테일러와의 데이트에 러쉬 티셔츠를 입는 자신감 넘치는 남자라니.

테일러는 2012년 초 'Treacherous'를 작곡하면서 그의 존재감을 〈Red〉에 잠재적으로 심어두었다. 그러나 〈1989〉는 진정한 해일러 대잔치였으며, 히트곡 'Style'에서는 제임스 딘의 몽상가 같은 모습을 닮아 있는 그의 눈에 대해 열심히 설명한다. 몇 달 후 원 디렉션One Direction은 'Perfect'로 라디오를 장악했고, 이 곡은 해리가 다음처럼 맹세하는 동안 'Style'의 코러스 후크를 가져와 사용했다.

"이별 노래로 쓸 누군가를 찾고 있다면, 베이비, 내가 완벽하게 들어맞잖아…베이비, 우린 완벽해!" 여기에서 "우린"은 미래를 내다보는 말 같았다. 마치 이미 끝이 나버린 이 연애는 둘 모두를 감싸줄 만큼 그럴듯하게 진술을 거부해 가며 이 세상에 더 많은 노래를 안겨 주기 위한 선물이라고 말하는 것만 같

88 1968년 결성된 캐나다의 록밴드.

았다. 원 디렉션의 앨범 가운데서 가장 마음을 사로잡는 노래는 'Olivia'로, 테일러의 고양이와 같은 이름이었다.

'Two Ghosts'는 원래 원 디렉션을 염두에 두고 쓴 곡이었으나, 해리는 이 노래를 자기 혼자 부르고 싶다는 것을 깨달았다. "너무 사적인 이야기였거든요." 해리는 2019년 이렇게 말했다. 그는 그녀의 빨간 입술과 파란 눈동자, 하얀 셔츠 그리고 가장 대담하게는 냉장고 불빛에 의지해 추는 춤을 노래했다. 팬들은 음악에서 해일러의 상징을 찾으려고 호들갑을 떨었지만, 분석할 만한 것들이 확실히 많았다.

둘이 일종의 하나의 아이템이 되자마자 스타일스는 텐더 트랩Tender Trap의 노래 'Sweet Disposition'에서 가장 좋아하는 가사 두 구절을 따와 트위터에 올렸고, 왜곡된 가사인 "Won't stop till we surrender(항복할 때까지 멈추지 않을 거야)[89]"를 문신으로 새겼다. 그다음 가사인 "Won't stop till it's over(끝날 때까지 멈추지 않을 거야)"는 〈Red〉의 하이라이트인 'Treacherous'를 위한 그녀의 암호인 것으로 드러났다. '다정한 성격Sweet disposition'을 언급한 다른 노래들도 마찬가지였다.

두 가수는 부인하지도, 설명하지도 않는 게임을 계속

89 원 가사는 "Won't stop to surrender(항복하려고 멈추지 않을 거야)"다.

해 나갔다. 카메론 크로우가 해리에게 테일러의 노래가 그를 가리킨다고 생각하는지 단도직입적으로 묻자 그는 냉정하게 굴었다. "글쎄요, 그게 제 얘기인지 아닌지 잘 몰라요." 그는 그리 확신하지 못하는 목소리였다. "하지만 중요한 건, 테일러는 너무 잘해요. 노래가 끝장나게 사방에서 나오죠." 해리가 노래를 가지고 테일러를 시샘하는 것은 아니었다. 그 역시 똑같은 작업을 하고 있었기 때문이다. "저는 제 경험을 바탕으로 작곡해요. 모두가 그렇죠. 만약 (우리가 겪은) 모든 일이 이 노래들을 창작하는 데에 도움이 됐다면 운이 좋았던 거예요. 그래서 사람들의 마음에 와닿죠. 말로 표현하기 가장 어려운 것들이면서, 제가 거의 하지 않는 이야기들이에요. 두 사람에 관한 것이 되는 부분이죠. 저는 누구에게든 모든 것을 이야기하지는 않을 거예요."

둘의 연애가 지닌 모든 디테일은 노래 어딘가에 딱 들어맞는 것처럼 보였다. 테일러는 둘이 센트럴 파크를 산책할 때 여우가 그려진 스웨터를 입었다. 그래서 'I Know Places'에서 이들은 도망가는 여우들이고 사랑의 사냥개(혹은 파파라치)들에게 추격을 당한다. "Wonderland"는 테일러 앨리슨 스위프트의 《이상한 나라의 앨리스》 여행으로 체셔 고양이가 나오는데, 해리의 고양이가 체셔 출신이기 때문이다.

2022년 발표된 〈Harry's House〉에서 최고의 곡으

로 꼽히는 'Daylight'는 테일러가 〈Lover〉의 마지막 곡으로 'Daylight'를 발표하고 3년이 흐른 뒤에 나왔다. 하워드 스턴이 이를 두고 집요하게 묻자, 스타일스는 "우리는 언제나 궁금해할 거예요"라고 답했다. 또한 생일을 맞이한 팬에게는 '22'의 한 토막을 불러 주기도 했다.

전 세계 해일러 팬들은 2023년 그래미 어워드에서 둘이 대화를 나누는 장면을 보고 흥분했다. 그날 밤 해리가 데뷔 후 처음으로 수상하자, 관객들 가운데 그녀가 가장 먼저 자리에서 일어나 박수를 쳤다(해일러 문화에서 "내가 스파르타쿠스다"의 순간이었다). 〈1989(테일러 버전)〉의 미공개곡들에는 그에 대한 가장 노골적인 분노가 담겼는데, 'Now That We Don't Talk', 'Slut!', 'Is It Over Now?' 등 보석 같은 곡들이다. 해일러를 주제로 논문을 쓸 정도라 많은 팬들이 논문급 분석을 해댔다.

더욱더 팬들은 갈라진 해일러 사이의 자녀들로 취급받게 됐다(세상에, 이 둘은 여전히 스티비 닉스의 양육권을 두고 다투고 있다). 여기에는 놀라운 양의 유머와 원대한 상상력, 작곡의 주고받기가 이토록 오래 이어질 수 있게 해 준 메시지 통제 그리고 무엇보다도 장난 그 자체에 대한 잔인한 몰입 등이 영향을 미쳤다.

이제 끝이 났냐고? 두 사람 모두 그렇게 말하지는 못할 것이다. 그러나 해일러는 이별을 예술 작품으로 바꿔 놓았다.

# #16

## 1989

✦ "이 앨범은 남자 얘기가 아니에요." 테일러 스위프트는 2014년 10월 〈1989〉의 발표를 앞두고 〈빌보드〉에 이렇게 말했다. "사소한 것들을 노래하는 앨범이 아니에요."

처음으로 〈1989〉를 들었을 때 나는 보안상의 이유로 그녀의 소파에 앉아 있었다. 트라이베카에 있는 그녀의 아파트는 도청을 걱정하지 않을 수 있는 유일한 장소였다. 나는 내가 앉은 소파 자리가 궁금했다. (이 자리가 칼리가 앉았던 데일까? 레나? 아니면 셀레나?) 그러나 음악은 완전한 충격 그 자체였다. 80년대에서 영감을 얻은 일렉트로 디스코로 방향을 틀다니.

'Welcome to New York'의 도입부를 듣고 나는 내 헤드폰에 잡음이 생겼나 의아했다. 그녀는 무엇을 하고 있는 거야? 그녀의 목소리에 무슨 일이 벌어졌지? 기타는 어디로 갔어? 왜 이 노래는 테일러 스위프트처럼 안 들리지? 그리고 그녀가 "소녀와 소녀가, 소년과 소년이!"라고 부르며 퀴어 청소년들이 도시를 향해 탈출하는 부분에 도달한다. 그녀는 여기서 돌이킬 수 없는 다리를 건넜다. 나는 그곳에 앉아 생각했다. '나는 지금 내 우상이 지금까지의 성과를 날려 먹는 걸 듣고 있는 건가?'

정확히 내가 들은 것이었다. 그녀는 더 이상 테일러 스위프트가 되고 싶지 않았다. 이는 순수한 자기 파괴였고, 그 누구도 이를 부탁하지 않았다. 〈Red〉 이후 세상은 〈Red II: 50가지 그림자의 레드〉, 〈Red III: 스카프의 복수〉, 또는 〈Red IV: 메이플 라떼 대학살〉 따위를 원하고 있었다. 정신이 멀쩡한 사람이라면 아무도 그녀에게 "다음에는 뭘 해야 하는지 알아? 〈Red〉가 아니라 딱 이레이저Erasure 나 펫 샵 보이즈Pet Shop Boys 처럼 들리는 앨범을 만들라고"라고 조언하지 않았을 것이다.

〈1989〉의 모든 것이 이해가 가지 않았다. 〈Red〉는 그녀가 영원히 우려먹을 수 있는 공식인 컨트리 팝 록 믹스로, 수많은 가수들이 도달하려고 애쓰는 귀중한 경력이었다. 그리고 그녀가 이제는 이걸 차 버리려 한다고? 노래들은 훌륭했다. 스위프트의 노래들이었으니까. 그러나 노래 하나하나는 왜 그녀가 전체적인 분위기를 급히 바꿔버렸는지 이해하기 더 어렵게 만들었다. 이 앨범을 들으니 뭔가 애석한 마음이 들면서, 나는 이미 그녀가 그리워졌다. 하지만 이것이 그녀가 되고 싶은 새로운 소녀였다.

스위프트는 80년대에서 얻은 영감을 두고 할 이야기가 아주 많았다. "팝 음악에서 아주 실험적인 시기였어요." 〈1989〉를 발표한 기자 회견 생방송에서 그녀는 이렇게 말했다. 나는 뉴욕의 펜 스테이션에 있는 임시 철도역 대기실에서 노트북 컴퓨터로 이 방송을 보고 있었고, 모르는 사람들 몇 명이 내 화면을 보더니 가까이 다가왔다. 비둘기 몇 마리도 함께. 테일러는 '헤어 10년Hair Decade'이 자기가 놓친 황금기라고 설명했다.

"사람들은 노래가 이런 표준적인 드럼, 기타, 베이스, 그 외에 아무 악기 형태일 필요가 없음을 깨달았어요. 그래서 원하는 대로 아무 미치광이 같은 색깔이나 입었어요. 왜냐하면, 무슨 상관이겠어요? 그냥 끝없는 기회, 끝없는 가능성, 인생을 살아갈 수 있는 끝없는 방식을 추구하는 에너지가 있었던 거 같아요." 그녀는 이를 자신의 80년대 분장에 적용했다. "저는 이렇게 생각했어요. '여기에는 아무런 규칙도 없어. 내가 활용했던 똑같은 뮤지션이나 똑같은 밴드, 아니면 똑같은 프로듀서나 공식을 활용할 필요는 없어. 나는 내가 원하는 레코드는 무엇이든 만들 수 있어.'"

레코드 회사는 확신할 수 없었다. "회사는 이렇게 말하더군요. '정말로 이걸 하고 싶다고 확신해요? 정말로 앨범 이름을 〈1989〉라고 지을 건가요? 우리는 좀 이상한 제목이라고 생각해요. 정말로 당신 얼굴이 반도 안 나오게 앨범 커버를 만들 건가요? 당신이랑 끈끈하게 이어져 있는 장르를 벗어나서 신인처럼 처음부터 다시 시작해야 하는 장르로 바꾸고 싶어요?' 그리고 이 질문들에 대한 제 대답은 '네, 확신해요'였어요. 당시에는 정말로 좌절했어요. 이를테면, '이봐, 이게 내가 정말 죽어도 하고 싶은 거라는 게 이해가 안 가는 거야?'라는 식이었어요."

나는 어 플록 오브 시걸스A Flock of Seagulls의 두 번째 앨범 〈Listen〉이 과소평가됐으며 실은 데뷔 앨범보다 훨씬 뛰어나다고 주장하며 80년대를 보냈다. 따라서 〈1989〉는 내 일렉트로 취향에 딱 들어맞았어야 했다. 또한 MTV 시대가 시작된 후 뉴 웨이브 신스팝에 푹 빠져 있었지만, 이런 나조차도 테일러의 시도에 의구심이 들었다. 그러나 나를 포함해 모두를 놀라게 한 것은, 대중들이 테일러의 이런 시도를 들으며 좋아했다는 사실이다. 아무도 그녀가 안전하게 음악을 하길 원치 않았다. 그녀가 대중들이 어떤 노래를 듣고 싶어 하는지 적당히 추측해서 부르길 원하는 사람은 아무도 없었다. 팬들에 대한 그녀의 광기 어린 신념은 완전히 옳았다.

데이빗 보위는 모든 예술가의 판타지가 똑같다고 말했다. "비행기를 추락시키고, 거기서 유유히 나오는 거야."

테일러는 내가 메트라이프 스타디움에서 1989 투어를

보았던 그 여름, 특이한 고백을 했다. "진심으로 하는 이야기예요, 뉴저지 팬 여러분." 그녀는 관객들을 향해 말했다. "저는 늘 진정한 친구, 아니 그냥 친구도 없다고 느껴왔어요." 테일러의 기분은 공연의 발랄한 분위기와는 어울리지 않아 보였다. 내 근처에 있던 관객들은 아무도 이 말을 주목하거나 나중에라도 언급하지 않았다.

〈1989〉는 처음으로 생생한 현장감을 입힌 앨범이다. 낭만적이지만 복잡한 연애 사건이 꾸준히 벌어지는 뉴욕시가 배경으로, 조명은 어두컴컴하고 남자들은 눈이 멀었으며, 스타벅스 애호가들로 가득 찬 대도시다. 그녀는 이제 슬픈 소녀의 연기는 하고 싶지 않았다. "〈Red〉의 팝 음악과 섬세함을 염두에 두었을 때 내가 감당해야 했던 위험?" 그녀는 〈테일러 버전〉의 속지에 이렇게 썼다. "나는 좀 더 밀어붙이고 싶었다. 북적거리는 대도시로 여행할 때 느꼈던 그 자유라니? 나는 그런 도시에서 살고 싶었다." 이것이 프린스가 자신의 음악적 변신을 본 방식이기도 했다. 그는 1985년 "각기 다른 도시로 간다"는 관점에서 자기 앨범을 그려냈다고 말했다.

이 앨범은 그녀의 걸 스쿼드 시절의 사운드트랙이었다. 그녀는 데이트를 너무 많이 하고, 수많은 남자 친구에 대해 수많은 노래들을 쓴다고 비난받았다. 그러니 이제는 연애 전선에서 물러나 칼리 클로스와 로드, 레나 던햄, 카라 델레바인 등등 블링블링한 여자 친구들을 잔뜩 곁에 끼고 도시를 누비며 소란을 피웠다. "내게는 잠재적이고 이해하기 힘든 신념이 있었고, 하이힐과 크롭탑을 장착하고 그 신념을 향해 곧장 뛰어들었다." 그녀는 테일러 버전 속지에 이렇게 썼다. "어른이 다 되어서 여자 친구들에게 둘러싸여 있는 소녀는 (폭군 같은 일진 여자애들 문화에 동조하지 않고) 친구가 없던 어린 시절을 만회하려는 시도란 사실을 누가 알까?"

그녀는 난잡한 여자라고 비난받는 표적이 된 것처럼 느꼈고, 따라서 여자 친구들과 더욱 붙어 다녔다. "여자 친구들과만 외출하면 사람들은 그걸 선정적으로 다루거나 성적으로 보지 않는다. 나는 사람들이 그럴 수 있고 그렇게 한다는 사실을 나중에야 배웠다." 그녀는 이 복작복작한 무리를 좋아하지만, 자신이 정말로 그 자리에 어울리는지 걱정하는 목소리도 들을 수 있다. 길 위에서, 버스와 비행기와 호텔에서 청소년기를 보낸 10대 컨트리 스타는 다른 어딘가에 소속된다는 것에 환상을 가지고 있다. 그리고 테일러가 노래에서 정의했듯이 소녀라는 상태는 자신의 인생을 구경하는 여행자가 된 느낌에 맞서 싸우는 것을 포함한다. 그렇기 때문에 나는 엄청난 비방을 받은 'Welcome to New York'을 언제나 응원할 것이다.

누군가는 이 노래를 두고 그녀가 뉴욕에 살지 않는다거나 휴대폰이나 들여다본다고 비난할 수도 있다. 이는 사실 자신의 경이로운 느낌을 부끄러워하지 않는 것에 관한 노래다(이는 일종의 뉴욕시에 바치는 시로, 스타들을 동경하는 아웃사이더들만 쓸 수 있겠다. 보위의 'The Jean Genie'나 클래시Clash의 'Lightning Strikes', 또는 조 잭슨의 'Steppin' Out' 등과 같다). 그녀는 지역의 명소들을 언급하지 않는다. 노래 가사를 바꾸지 않고 '뉴욕'을 '스포캔'이나 '디모인', 아니면 다른 활기 넘치는 도시로 대체할 수도 있었다. 그녀는 어디든 있을 수 있었다. 이 노래는 당신이 어디서 머물든 그 세세한 곳에서 로맨스를 찾는 노래다.

그녀가 연애사에서 가십거리가 되길 멈추고 싶었다면 인기곡 중 하나에 'Style'이라는 이름을 붙인 것은 수상쩍은 선택이었지만, 세간의 이목을 끈 해리 스타일스와의 연애는 이 노래들이 어떻게 들리는지 결정하는 불가피한 부분이 됐다. 〈1989(테일러 버전)〉는 'Is It Over Now?'나 'Now That We Don't Talk', 'Slut!' 등의 분노와 함께 다른 앨범들보다도 가장 뛰어난 미공개곡들을 수록하고 있었다.

그녀는 새로운 연애를 믿으려고 애를 쓰지만("철없는 남자애들의 세상에서 그는 신사야") 이 세상이 여성 혐오적인 반감을 지나치게 의식하면서 "대가는 내가 치르겠지, 너는 아니겠지만"이라고 노래한다. 그러나 그녀는 "나를 천박한 여자라고 부른다면/이번만큼은 그럴 만할 수도 있지"라고 분석한다. 'Is It Over Now'는 그 음침한 신스 드론[90]Synth-Drone 음악의 분위기와 함께 'The Archer', 'Labyrinth'와 함께 3부작을 이루는 것처럼 느껴진다.

그녀는 시간을 거스르거나 앞장서 여행하고, 스노모빌처럼 부서져 버리는 젊은 시절의 연애를 평가하는 다양한 각도를 파악한다. 이야기는 푸른 눈동자와 푸른 드레스, 붉은 피와 블라우스, 소파, 보트로 가득하다. 'Come Back… Be Here'의 머나먼 장거리, 'New Romantics'의 주홍 글자, 'Holy Ground'의 뉴욕시 커피도 있다. 이 남자는 'All Too Well'의 남자 주인공이 그녀의 아버지를 마치 토크쇼 진행자처럼 홀리듯이 '아무것도 모르는 웨이터들'을 홀리려고 매력을 발산한다. 그러나 결국 이 네 개의 푸른 눈동자들은 보지 못한 슬픔으로 귀결된다.

테일러는 80년대 콘셉트를 받아들이면서, 음향적인 디테일도 바르게 이해했다. 'Style'은 자기가 얼마나 핫하고 열정적인지에 집착하는 소녀와 이를 그저 둔감하게 받아들이는 소년의 데이트를 다루기 위해 펫 샵 보이즈의 첫 번째 앨범에 실린

90 하나의 음 또는 사운드가 오랜 시간 지속되는 음악으로 명상적이거나 몽환적인 분위기를 가진다. 신시사이저의 일종인 드론 신시사이저가 쓰인다.

거의 모든 싱글을 섞어 놓았다(특히나 'Love Comes Quickly'와 'I Want a Lover', 여기에 'West End Girls' 그리고, 음, 그래 모두 다).

그녀는 중요한 새 협업자로 80년대 마니아 친구인 잭 안토노프를 찾아냈다. 〈1989〉가 발표될 즈음에 그는 자기 밴드인 블리처스Bleachers의 앨범을 만들면서 신스팝의 창시자인 빈스 클락Vince Clark과 함께 작업했다. "모던 팝 음악은 지금까지 그의 음악을 베낀 것에 대해 몇백억 달러 수표를 써줘야 할 판이에요." 안토노프는 2014년 〈버즈피드〉의 매튜 퍼페튜아Matthew Perpetua에게 이렇게 말했다. "모든 신스 사운드와 모든 저음역대는 모두 빈스가 야즈Yaz, 디페시 모드Depeche Mode 그리고 이레이저와 함께 만들어 냈어요. 빈스가 했을 때는 모두 훨씬 더 좋은 소리가 났죠."

그녀는 후반부, 아니 80년대 용어로 말하자면 테이프 B면에서 신스팝 콘셉트를 배신하고, 변신에 실패할 경우에 대한 대비책으로 발라드를 실었다. 그녀는 킬러 문항으로 앨범을 마무리한다. 'This Love'와 'I Know Places' 그리고 'Clean'이다. 상당히 과소평가된 'This Love'는 유일하게 그녀가 단독으로 작곡한 노래로, 그녀가 무릎을 꿇고 유령이 된 자신을 보는 나지막한 발라드다. 〈1989〉는 테일러가 유령과 조우하는 첫 번째 앨범으로, 이후 더 많은 유령을 만나게 된다.

# #17

## 좋은
## 여자로

## 보여야 해

✦ 왜 테일러 스위프트는 Nice(좋은)란 단어에 그토록 집착할까? 작곡가들은 보통 Nice란 단어는 멀리하려 한다. 무의미한 음절 낭비로 생각하면서, 이 단어를 Sweet이나 Kind, Wild 심지어는 Fine으로 대체한다. Nice는 그저 너무 감상적이며 무미건조한 말로 들린다. 그러나 테일러는 이 단어를 사랑한다. 그녀의 노래에 등장하는 Nice를 모두 눈여겨보기 시작하면 안 들을 수가 없게 된다.

그녀는 첫 번째 히트곡 'Tim McGraw'에서 이 단어를 썼지만("It's nice to believe") 절대로 이 10대 시절의 사랑에서 벗어나지 않는다. 코러스에서 Nice를 사용하고, 이 단어를 과시한다. 독창적인 언어를 사용하는 작곡가로서 정말로 어리둥절한 일이다. 왜 그녀는 이 하찮은 싸구려 단어를 이상할 정도로 좋아할까?

가끔은 'This Is Why We Can't Have Nice Things(이

래서 우리 사이가 좋을 수 없는 거야)'에서처럼 빈정대며 노래한다. 혹은 'Midnight Rain'에서 "I broke his heart 'cause he was nice(나는 그의 마음을 아프게 했어. 그 사람은 멋졌거든)"라며 거들먹거리고 일축하는 데에 사용하기도 한다.

그러나 그녀가 얼마나 자주 그 단어를 진심으로 사용하는지도 참으로 놀랍다. 'Begin Again'에서 그녀의 데이트 상대가 의자를 빼 주자 그녀는 "You don't know how nice that is/But I do(그게 얼마나 멋진 건지 모르죠/하지만 그래요)"라고 노래한다. 그녀가 이 Nice라는 단어에 짜릿해하는 모습은 이상할 정도로 가슴 아픈 느낌을 준다. 너무나 연약하고, 보호받지 못하며, 너무나 서투르다. 이 수줍은 소녀는 안전하다고 느끼지 못하는 복잡 미묘한 감정을 정확하게 묘사한다.

그러나 그녀는 단어가 가진 자기 풍자적이고 여성적인 에너지를 활용하길 좋아하는데, 이는 2015년 메가 히트곡 'Wildest Dreams'에서 가장 극적으로 드러난다. "Say you'll remember me/Standing in a nice dress/Staring at the sunset(나를 기억해줄 거라 말해줘/멋진 드레스를 입고 서서/노을을 바라보던 나를!)" 이 얼마나 웅장한 코러스인가! 여기에서의 'Nice'는 힘겨운 역할을 맡았다. 그녀는 파란 드레스를 입었을 수도, 빨간 드레스나 검은 드레스, 실크 드레스나 레이스 드레스,

크레이프 드레스, 아니면 새 드레스를 입었을 수도 있다. 아니면 젠장, 다시 '가장 좋은 드레스[91]'로 돌아갔을 수도 있다.

'Bejeweled'에서는 곡 전체를 다음의 후크를 향해 쌓아 올린다. "I polish up real… nice!(나는 갈고닦을 거야. 진짜… 멋지게!)" 그녀는 지나치게 예의 바르고 고분고분하게 군 탓에 무시당하고, 당연하다고 취급받으며, 참고 견뎌야만 한다고 느낀다. 그래서 그녀는 속박에서 벗어나 파티장으로 향한다. 그녀가 뒤에 남겨 두고 떠나고 싶어 하는 모든 것이 '멋지지' 않은가?

테일러가 Nice라는 단어에 계속 끌려다니는 이유는 무엇일까? 이 단어가 엉망진창인 성적 고정관념을 상징하고 있어서? Nice가 여성을 나누고 규정하는 방식인 여성의 멋짐Niceness을 요구하는 것일까? 감상적인 사람을 자유롭게 해방시켜 주려는 싸움일까? 아니면 그저 진부한 이야기에 최선을 다하는 것일까?

자질구레한 장신구 같은 단어이자, 크리스마스 장신구의 싸구려 조각 같은 단어이지만 그녀는 이 단어를 옷깃에 달고 자랑스레 입고 다닐 뿐이다.

91 'Fearless' 가사.

"모두가 연예인들은 좋은Nice 사람인지 항상 궁금해해요." 존 멀레이니John Mulaney는 코미디 특집 프로그램인 〈키드 고저스Kid Gorgeous〉에서 이렇게 말했다. "믹 재거처럼요. 믹 재거가 쇼에 게스트로 출연했어요. 제 친구들은 다들 물었죠. '좋은 사람이야?' 전혀 아니지!" 그러나 굳이 사람들이 놀랄까? 믹 재거는 지난 60년 동안 무대에 올라 자신을 숭배하는 관객들을 마주해 왔고, 그들이 오르가슴을 느끼며 그의 이름을 부르짖는 그 과도한 찬사에 흠뻑 젖어 있었다. 이런 식으로 자의식이 넘쳐나면 인격에 큰 피해를 안길 수밖에 없다. "절대로 '음, 누구 제게 노트북 컴퓨터 충전기 좀 빌려줄 분 계신가요?'라고 부탁할 수 있는 사람으로 되돌아갈 수 없는 거죠."

믹 재거가 좋은 사람인지는 그 누구도 신경 쓰지 않는다. 그저 이런 개념이 적용되지 않을 뿐이다. 테일러 스위프트는 '좋은Nice 사람'이란 표현과 매우 다른 관계를 맺고 있다. 이 표현은 세간의 주목을 받는 어떤 여성에게든 성별에 새겨진 덫이 되지만, 그녀는 열여섯이었고, 아무도 바꿀 수 없는 '좋은 사람이 되겠다는 의지'를 지닌 세상을 마주하고 있었다. 그녀는 몹시 극성스레 '좋은 소녀'였지만, 그것이 의미하는 바는 그녀가 그리 좋은 사람은 아니라는 의미라는 의혹을 불러일으켰다.

잠깐, 여기서 우리는 '친절'이나 '연민', 아니면 '따스함'처럼 인간의 수준에서 중요한 현실적인 삶의 미덕을 이야기하는 것이 아니다. 아니, 우리는 사회적인 이미지로서 '좋은 사람'을 말하는 것이다. 테일러는 스마트폰과 SNS가 막 뜨기 시작했을 때 터져 나왔고, 이제 우리는 매 순간 카메라 앞에 서서 '좋은 사람'의 시장가를 높이고 있었다. 케이티 페리는 비슷한 시기에 유명해졌다. "모든 게 달랐어요." 케이티가 2008년 여름 내게 말했다. "하루도 쉴 날이 없어요. 아파도 쉴 수 없고, 미친놈이 나타나도 쉴 수 없어요."

여기에 가장 가깝게 평행선을 그리는 이가 바로 브루스 스프링스틴이다. 테일러와 함께 그는 '좋은 사람'에 가까운 카리스마를 지닌 스타를 보여 주는 가장 극단적인 사례다. 초창기에 그는 매너 있는 남자나 점잖은 사람을 넘어서 기형적일 정도로 좋은 사람이라는 명성을 얻었다. 공평하든 아니든 간에 사람들은 브루스가 그런 사람이길 기대했다. 이 보스는 쉴 날이 없다. 나는 당신이 음악 애호가로서 얼마나 냉담할 정도로 객관적인지는 상관없다. 당신이 술집에서 브루스를 만났는데 그가 "당신은 여기 앉을 수 없어요"라든가 "몸매가 죽이네" 또는 "내가 누군지 몰라?"라고 말했다면, 그의 곡 'Rosalita'는 전혀 다르게 들릴 것이다.

그러나 브루스는 정반대의 길을 걷기로 하고, E 스트리트 밴드를 해고하고, 뉴저지를 떠나 베벌리 힐스로 이사했다. 그는 좋은 사람의 굴레에서 벗어나길 간절히 바랐고, 뉴저지가 그를 '북극에서 온 산타'처럼 느끼게 만든다며 험담하기 시작했다. 무슨 일이 벌어진 걸까? "저는 그저 '브루스는 끝났어'라고 느꼈습니다. '와, 이 정도면 됐다'라고요. 나는 이런 종류의 아이콘이 됐고, 마침내 그 아이콘에게 억압당한 겁니다." 그는 이렇게 말했다.

테일러는 그런 이야기가 어떻게 흘러가는지 안다. 그녀 역시 몇 번이나 그런 위치에 있었다. 한 스타가 '좋은 사람'이라는 이미지로 터무니없이 부자가 됐을 때, 아마 브루스처럼 이렇게 궁금해질 수 있다. 이게 진짜 나일까? 내가 이런 아이콘일까? 이런 것 없이 나는 존재할 수 있을까? 나는 정말로 친절하고, 사랑스럽고, 솔직한 사람인가, 아니면 그냥 좋은 사람인 것일까? 내가 이 '좋은 사람'의 굴레에서 벗어나 자유로워질 수 있을까? 단 하루만이라도?

불쌍한 브루스. 그는 아무도 속이지 못했고, 단 한 명의 적도 만들지 못했다. 그는 다시 뉴저지로 돌아갔고, 밴드를 다시 불러들였으며, 그 누구도 화를 내지 않았다. 그 누구도 그가 한때 '브루스는 끝났어'라고 말했단 사실조차 기억하지 못했다. 그러나 그녀에게는 일이 언제나 다르게 흘러갔다.

# #18

# 새
# 낭만주의자들

✦ 'New Romantics'는 〈1989〉의 보너스 트랙으로, 그녀의 가장 성공적이고 놀라운 깜짝 선물 중 하나다. 초기 80년대의 뉴 웨이브 신스팝을 듣는 허세꾼들에 대한 찬사이며, 이들의 전설이 어떻게 가장 기이한 장소에 등장하게 됐는지를 입증하는 노래이기도 하다. 그녀는 신낭만주의 운동과의 연대를 굳게 다짐하는데, 이 신낭만주의자들은 내가 10대였던 시절 내 음악적이고 철학적인 기반에 영향을 미쳤다. 나는 내가 테일러의 제일 가는 팬이라고 생각했지만, 그녀가 이런 식의 노래를 품고 있으리라 상상도 못 했다.

속이 훤히 들여다보이는 막간극인, 테일러 스위프트가 'New Romantics'라는 노래를 녹음했다는 사실은 내 관심사에 대해 거의 만화처럼 나를 풍자하는 조합이다. 노래 한 곡에 이 정도로 나 자신이 저격당한 것처럼 느껴본 적은 처음이었다. 내가 화라도 내야 하는 게 아닌가 궁금해질 정도였다.

나는 궁극의 신낭만주의자인 듀란 듀란을 여러 차례 본 적 있다. 내 유년 시절과 관련해 《소녀들과 듀란 듀란 떠들기Talking to Girls About Duran Duran》란 책을 쓴 적도 있었다. 내가 유년 시절을 보낸 방법이었기 때문이다. 나는 많은 여자애들과 듀란 듀란에 관한 이야기를 나누었다. 이들은 거의 내 여자 형제나 마찬가지였지만, 그런 것은 중요치 않다.

나는 보너스 트랙을 보고 'New Romantics'라는 제목의 노래가 있음에 즐거워졌다. 와, 결국은 이 노래가 듀란 듀란과 휴먼 리그Human League에서 가져온 가사들로 가득한 뉴 웨이브 신스팝 노래라는 게 재미있지 않은가? 클럽에 가서 맥없이 서성이다 댄스 플로어에 선 자기 자신을 안타까워하고, 자기네가 얼마나 화려하게 따분해하는지 자랑하고, 화장실에서 마스카라가 번지도록 우는 신낭만주의 애송이들에 대한 노래라니. 하지만 이것이 테일러가 숨겨둔 비책이었다.

'New Romantics'는 절묘하게 우울한 신스 비트가 연달아 다급하고 반짝반짝하며 완벽하게 터져 나온다. 그녀는 "우리는 각기 다른 주홍 글씨를 뽐내/날 믿어. 내 것이 더 낫단다"라는 좌우명과 함께 도전한다. 테일러는 목소리로는 침착해하며 "우리는 모두 따분해"라고 노래하지만, 따분함이야말로 테일러에게 가장 어울리지 않는 감정이다. 그러다가 코러스가 튀어나오고, 그녀는 미러볼 안에, 빛과 남자들에 눈이 멀어 냉정한 태도로는 더 이상 이를 막을 수 없는 바닥 위에 있다. 노래의 모든 순간은 인공적인 흥분으로 휩싸인다.

이 노래가 발표된 주에 아주 많은 친구들이 내게 안부를 물어 왔고, 내가 어떻게 회복되고 있는지 살폈다. 그러나 이 노래는 〈1989〉의 정신에 잘 부합한다. 그녀는 이렇게 말했다. "저는 80년대 후반 팝을 아주 많이 들었어요. 저는 이들이 손에 넣은 기회들을 정말로 사랑해요. 그리고 저는 그 대담함이 좋아요. 원하는 건 무엇이든 할 수 있고, 무엇이든 될 수 있고, 무엇이든 입을 수 있고, 원하는 사람을 사랑하고, 또 인생이 어디로 흘러갈지 결정할 수 있는 거요."

그녀에게는 이것이 새로운 스타일의 낭만이다. 동화 같은 것을 소망하고 희망하는 대신 변덕스러운 짜릿함을 좇는 것이다. 그녀는 이 노래를 매력적으로 만들어 냈고, 특히나 "그는 날 보고 전혀 눈치채지 못하지만, 나는 이제 내 에이스 카드를 내놓을 거야"라고 부른 후의 지친 듯한 한숨이 그렇다. 이는 테일러가 새로운 도시에서 새로운 경력을 쌓으면서 필요로 하던 새로운 비트다. 이 노래는 그녀가 〈1989〉에서 시도하던 모든 것 그리고 그녀가 되고 싶어 안달하던 새로운 형태의 낭만주의자에 대한 모든 것을 축약해서 보여 준다.

신낭만주의자의 시기는 당시에는 화려했지만 금세 사라질 것처럼 보였다. 그러니 결국에 오래도록 이어진 팝의 신화가 되었다는 점도 희한하다. 듀란 듀란과 컬처 클럽처럼 예술가 행세를 하는 허세꾼들이라든지, 애덤 앤트Adam Ant와 소프트 셀Soft Cell, 유리드믹스Eurythmics, 휴먼 리그와 카자구구Kajagoogoo, 바나나라마Bananarama와 프랭키 고스 투 할리우드Frankie goes to Hollywood같이 엄청나게 화려하게 꾸민 남자 가수들도 있었다. 여기서 헤이시 판타지Haysi Fantayzee도 언급해야 할까? 나는 항상 언급한다. 신낭만주의자들은 대중의 상상 속에서 영원히 한 자리를 차지하고 있다(같은 해 〈투나잇 쇼〉에서 카디비는 코미디언 존 멀레이니를 만나서 말했다. "당신은 펫 샵 보이즈를 닮았네요.").

내가 이 용어를 처음 본 것은 〈롤링 스톤〉으로, 디페시 모드의 첫 앨범은 리뷰에서 혹평을 받고 있었다. "지금 쳐다보지 마라. 신낭만주의자들은 여기에 없으니까." 처음에는 테일러 스위프트가 화려하고 거짓된 신낭만주의의 이상과는 완전히 반대된다고 보였을 수도 있다. 그녀는 〈Red〉를 통해 어른의 소리를 만들어갔고, 그녀가 추구할 생각이 없던 성인 컨트리 팝의 길을 터주었다. 그녀가 앞으로 활동하면서 공연장을 꽉 채우고 싶다면 그저 통기타를 쥐고 무대에 서기만 하면 될 것이었다. 그러나 그녀는 이 길을 선택하지 않았다.

대신 그녀는 야한 80년대 신스팝을 받아들이기로 선택했고 '신낭만주의자'라고 하는 인생의 새로운 단계를 여는 희한한 국가를 녹음했다. 잘 가라, 순수함을 상징하던 가을 낙엽과 목도리에 관한 발라드와 밴조여. 안녕, "한때 오케스트랄 맨웨브리스 인 더 다크Orchestral Manoeuvres in the Dark의 음악을 들었었지"여. 〈1989〉 전체 앨범이 그녀의 헌사라면, 'New Romantics'는 그녀의 강령이다. 특이하게도, 그녀는 이 곡을 딱 적절한 앨범에서 빼 버렸다. 디베쉬 모드가 'Sea of Sin'을 〈Violator〉에서 제외했던 이래로 가장 충격적인 신낭만주의적 배제였다.

테일러는 이 곡을 보너스 트랙으로 수록한 다음 1989 투어의 하이라이트로 다시금 선택했고 마침내 싱글로 발표했다. 이런 식으로 망설이는 것은 스위프트로서는 아주 이례적인 일로, 그녀는 보통 아주 결단력 있고 단호한 팝 스타이기 때문이다. 그러나 이 곡에는 어울리는 행보였다. 'New Romantics'는 결국 변형과 과도기 그리고 숨을 곳이 전혀 없는 댄스 플로어에서 아슬아슬한 스틸레토 굽을 신는 노래다. 아주 쉽게 비웃을 수 있는 노래이자, 조롱을 자초하는 노래다. 애덤 앤트는 이렇게 노래했다. "비웃음은 전혀 두려워할 게 없어." 테일러는 "나는 성을 지을 수도 있었어/그들이 내게 던진 벽돌들로 말이야"라고 노래했지만, 둘은 같은 감성이다.

노래는 성명서처럼 다가온다. 신낭만주의자들은 성명서를 좋아했기 때문이다. 신낭만주의자는 단순히 프릴 달린 셔츠를 입는다는 의미가 아니라, 남이 입은 프릴 셔츠를 두고 허세를 부린다는 의미였다. 허세가 라이프스타일의 핵심이었으며, 그렇기 때문에 스팬다우 발레Spandau Ballet는 자기네 첫 앨범의 제목을 〈Journeys to Glory(영광스러운 여정)〉라고 붙였다.

런던의 블리츠 클럽에서 원조 신낭만주의자들은 '미래파Futurist'라고 불리고 싶어 했지만, 그리 오래 가지 않았다. 1982년 〈NME New Music Express〉의 비평가이자 이론가인 폴 몰리Paul Morley는 컬처 클럽을 '포스트 록Post-rock'이라 불렀지만 이 역시 오래 가지 않았다. 결국 정착한 이름은 '신낭만주의자'였는데, 이 이름표(놀랍게도 여기에 대해 소유권을 주장하려는 사람이 거의 없었다)가 젊은 팬들의 심금을 울리고 말았다. 멋진 것들에 멋진 이름이 붙듯, '신낭만주의자'는 여기에 전혀 엮이고 싶어 하지 않는 가수들에게 붙었다. 팬들이 이 이름을 매우 유용한 약칭이라 생각했기 때문이다.

역사가 데이브 리머는 거의 완벽에 가까운 역작 《신낭만주의자New Romantics: The Look》에서 다음과 같이 썼다. "'신낭만주의자'는 호화롭고, 화려하게 장식된 그리고 성적으로 애매

모호한 음악을 포괄하게 됐다." 신낭만주의자들은 전통적인 개념의 성 정체성과 남성적인 권위에 분노하는 것처럼 보이려고 한껏 애썼다. 이들은 동네에서 '어린 보위'로 크고, 자라면서 호모포비아적인 폭력의 표적이 되는 경향이 있었다. 그리고 신낭만주의 스타일은 자기 자신을 주장하고 과시하는 방식이었다.

보이 조지는 몇 년 전 이렇게 말했다. "저는 방어적인 성격으로 자랐어요. 학교에서 늘 눈에 띄었거든요. 패션 참수대에 목을 내놓은 셈이었어요. 열여섯, 열일곱 살에는 특이하게 옷을 입는다는 이유로 누가 뒤를 쫓아오고 공격할 수도 있다는 걸 알면서 돌아다녔어요. 제가 되고 싶은 사람이 될 수 있는 권리가 명백하게 있다는 것을 느꼈어요. 언제나 스킨헤드족이나 모드족,[92] 캐주얼족, 그 외에 각종 무리로부터 공격당했어요." 신낭만주의자들은 이성애자의 세계를 비웃었고, 특히나 일반적인 로큰롤 세계를 겨냥했다. 데이비드 보위는 "록시 뮤직Roxy Music과 내게 마스카라는 기존의 록에서 벗어난 음악의 부유물들을 묵직하게 전달해 주는 수단일 뿐이었다"라고 말하기도 했다.

궁극적인 신낭만주의 스타는 당연히 듀란 듀란으로, 노래 속에서 이 꼬리표를 언급한 최초이자 최후의 밴드일 것이

92 1960년대 영국에서 깔끔한 복장을 하고 오토바이를 타고 다니던 청년 집단.

다. 그들의 첫 싱글로 1981년을 강타한 'Planet Earth'에서 사이몬 르봉Simon Le Bon은 스스로를 'TV 소리를 찾는 어떤 신낭만주의자'라고 불렀다. 그는 1981년 이후 이 가사를 수천 번 불렀고, 단 한 번도 부끄러워해 보인 적이 없었다. 이는 내가 사이몬 르 봉에 대해 기억하는 여러 일화 중 하나일 뿐이다.

나는 몇 년 전 듀란 듀란의 멤버들에게 'New Romantics'의 존재를 설명하는 기이한 날을 보냈다. 2015년 여름으로, 듀란 듀란이 〈Paper Gods〉라는 멋진 앨범을 공개했던 때였다. 나는 테일러 스위프트가 부른 이 노래를 아느냐고 물었다. 닉 로즈Nick Rhodes와 존 테일러John Taylor는 곧바로 서로를 쳐다봤다. 이들은 이 노래에 관해 들어본 적은 있지만 경계하느라 아직 들어 보지는 못한 모양이다. 영국식으로 표현하자면 그녀가 '놀려 먹고' 있을 수도 있다고 의심하고 있었다.

그러나 내가 이 앨범을 보여 주자 둘은 흥미를 보였다. 듀란 듀란의 멤버들은 내가 이 그룹과 신낭만주의자들을 전반적으로 아주 진지하게 대한다는 사실을 알고 있었다. 내가 실제로 제 발로 테일러 스위프트 공연에 갔었다는 이야기에 더 흥미를 보였다. 더 정확하게는, 내 앞에서 웃어 버렸지만. 존 테일러가 말했다. "와, 당신이 그 남자였겠군요! 거기에 온 유일한 남자!" 나는 그들에게 말해야만 했다. "글쎄요, 저는 당신들 공연에 가는 유일한 남자이긴 했죠."

닉 로즈는 자신도 테일러의 추종자라고 고백했다. "뭔가가 달라요. 그렇지 않나요? 독창적이고, 똑똑해요." 그는 말했다. 하지만 둘은 이 노래에 대해서는 어떻게 생각해야 할지를 몰랐다(닉은 이런 것들에 선을 긋는 사람이었다. 밴드 멤버들의 회고록도 읽지 않았고, 내 책을 포함해 듀란 듀란에 관한 책은 전혀 읽지 않는다는 방침이 있었다). 이 노래는 그들을 향한 무한한 지지이며, 마치 듀란 듀란이 쓴 노래처럼 들리고 마음에 쏙 들 것이라고 내가 장담하자 이들은 깜짝 놀랐고, 그 후 나머지 시간 동안 자신들과 테일러 스위프트를 계속 비교했다.

존 테일러는 듀란 듀란의 앨범 〈Notorious〉를 언급하면서 정말로 똑부러지게 비교했다. 이 앨범은 창단 멤버 둘이 탈퇴한 후에 처음으로 셋이 만들었다.

"저는 테일러 스위프트나 그녀의 이야기를 잘 몰라요." 존 테일러가 말했다. "하지만 내슈빌을 떠났다는 게 중요한 거 같아요. 맞죠? 영적으로나 물리적으로 떠나서, 돌아가지 않을 거예요. 일단 맥스 마틴을 만났다면 내슈빌로 돌아갈 수 없어요. 하지만 그녀는 카테고리에서 벗어나서도 생존할 수 있다는 비전이 있었어요. 그리고 우리도 아마 우리만의 소리를 가지고 비슷하게 버텼던 거 같아요. 심지어 버밍엄을 떠나기 전에도요. 어떤 면에서 〈Notorious〉는 우리가 내슈빌을 떠난 것과 비슷해요."

존 테일러는 언제나 듀란 듀란의 철학을 담당하고 있으며, 따라서 이해하려고 노력할 필요도 없이 테일러와 영적으로 심오하게 연결되어 있다. 한 번 신낭만주의자는 영원한 신낭만주의자니까.

테일러가 이 노래를 앨범에서 빼 버렸다는 사실도 아주 신낭만주의자답다. 특히나 이것이 최고의 곡이라는 점을 감안하면 더욱 그렇다. 신낭만주의 장르는 처음부터 양성적이었고 대부분의 스타들이 소녀 관객들보다 더 진한 메이크업을 한 남자였음에도, 테일러는 이 노래를 여자 목소리로 부른다. 그녀는 그저 계속 변화하면서 자신의 범주를 보여 주고 싶었고, 따라서 예술적인 원리로서 신스팝을 받아들였다.

그녀를 아마추어라고 비난할 수도 있고, 그 말도 맞다. 그게 그녀의 진짜 모습이다. 신낭만주의자가 되기 위해서는 유리로 된 심장이든 돌로 된 심장이든 간에 언제나 신낭만주의자가 되려고 하고, 언제나 돌연변이가 되어야 하며, 언제나 과하게 시도해야 한다: 신낭만주의자가 된다는 것은 언제나 내슈빌을 떠난다는 의미다. 신낭만주의자의 세계에 온 걸 환영한다. 그동안 쭉 기다려 왔다.

# #19

# 악당의
# 시대

✦ 호주의 한 길거리. 세계에서 가장 유명한 스트리트 아티스트인 러시석스Lushsux는 멜버른에 벽화를 그리고 '테일러 스위프트를 기리며: 1989~2016'이라고 쓰고는 여기에 덧붙였다. "해시태그는 걸지 말아주세요. 고인을 존중해 주시길."

테일러가 악당이 된 시대는 분명 시작됐고, 그녀가 얼마나 빨리 고귀한 위치에서 떨어져 공공의 적 1호가 됐는지 놀라울 정도였다. 팝 컬처 사이트인 〈벌처Vulture〉는 그녀를 "생각이 있는 사람이라면 가장 싫어할 팝 스타"라고 불렀다.

어떻게 이런 일이 벌어졌을까? 그녀는 한 리얼리티 쇼 스타와 불화를 일으켰고, 이것이 마치 그녀의 경력이 끝나버릴 것처럼 널리 묘사됐다. 다들 한 번쯤 들어봤을 킴 카다시안이었다. 어쩌면 그녀의 모든 작품이 익숙할 수도 있다. 호평받는 E! 네트워크의 〈4차원 가족 카다시안 따라잡기〉? 아니면 〈코트니

앤 킴 테이크 마이애미〉?

그녀는 할리우드 명예의 거리에 올라 있는 스타다. 대단한 일이었고, 진짜 연예인들 간의 종합격투기였다. 홍코너, 'Love Story'를 부른 가수 테일러 스위프트입니다! 청코너, 리얼리티쇼의 여왕, 힙합의 전설 칸예 웨스트의 아내 그리고 2011년 소설 〈인형의 집 Dollhouse〉의 작가 킴입니다! 2016년 미국 대중들에게는 너무 쉬운 선택이었다. 편히 잠드소서, 테일러.

킴예[93] Kimye 와의 불화는 스위프트의 인생에서 가장 식상하고 효력도 떨어졌으며 지루한 에피소드지만, 그로 인해 그녀의 인생이 거의 끝나버렸었다. 킴과 칸예는 그녀가 겪는 유일한 문제는 아니었고, 음악과 사생활, 정치에서도 문제들이 있었다. 그러나 이 문제들이 전적인 악당의 시대로 합쳐진 이유는 킴예 때문이었다.

테일러는 칸예 웨스트와 충돌했다. 그리고 몇 년 동안이나 그 자리에서 무슨 행동을 하든 간에 칸예 또는 테일러 때문에 칸예가 겪는 문제라는 관점에서 해석됐다. 대중들이 관심을 가지는 한, 칸예와의 관계는 그녀의 인생에서 가장 중요했다. 그의 은혜를 입지 못한 탓에 테일러는 거의 경력의 무덤으로 걸어

93 킴 카다시안과 칸예 웨스트를 합쳐 부르는 애칭.

들어갔을 뿐 아니라, 성격에 문제가 있다는 증거가 되어 버렸다. 이 나이 많은 아저씨(이들이 처음 만났을 때 칸예는 32세였고 그녀는 19세였다. 당시에는 논란이 되지도 않았고 주목할 만한 일도 아니었다)는 공공연하게 그녀에 대한 불만을 터뜨렸고, 이를 몇 년 동안이나 반복하면서 문화적으로나 도덕적으로 망신을 주었다. 그녀의 평판은 완전히 바닥을 쳤다.

불화는 2016년 칸예 웨스트가 테일러 스위프트에 관한 노래 'Famous'를 발표하면서 터져 나왔다. 그러나 이 문제는 2009년 9월 MTV 비디오 뮤직 어워드에서 발생한 악명 높은 사건으로 되짚어가야 한다. 이날 비욘세는 중요한 수상자였다. 이 당시 스위프트는 '최우수 여성 비디오Best Female Video'라는 작은 상을 탔고, 웨스트는 시상대에 올라 그녀의 손에서 마이크를 빼앗았다. "해 줄게" 그가 말했다. "네가 상을 타서 정말 기뻐. 그리고 소감은 내가 끝내 줄게. 하지만 비욘세의 뮤직비디오가 역사상 가장 뛰어난 비디오 중 하나야." 카메라가 비욘세를 비췄고, 비욘세는 고개를 절레절레 흔들고 있었다.

그러다가 MTV는 갑자기 에미넴의 사전 녹화 메시지를 보여 주면서 스위프트를 화면에서 빼 버렸다. 스위프트가 사고 후에 입장을 밝힐 수 없게 만든 것은 칸예가 아니라 MTV였다.

비욘세는 그날의 챔피언이었고, 모두가 그럴 것임을 알고 있었다. 그녀는 좋은 상을 모두 휩쓸고 'Single Ladies' 공연을 했다. 그녀는 '올해의 비디오' 상을 수상하자, 테일러를 무대로 불러 그 순간을 함께했다. 비욘세는 언제나 그랬듯, 어른스럽게 행동할 수 있는 사람이었기 때문이다(그녀는 28세로, 스위프트와는 거의 띠동갑이었고 칸예보다는 네 살 어렸다. 그러나 둘보다 오랜 시간 활동해 왔고, 이 둘을 합친 것보다도 유명했다). 이날은 여왕의 밤이었고, 그녀 때문에 나머지 모든 사람들은 코흘리개 꼬마처럼 보였다. 다음날 헤드라인을 장식한 사람은 비욘세였다. 그녀의 몸짓은 자매애의 세레모니로 추앙받았다. 그녀는 이야기 자체였다. 그러나 일주일이 흐른 후 비욘세는 이야기에 포함조차 되지 않았다.

칸예-테일러 사건은 미디어의 혹독한 입방아에 올랐고, 미국의 다른 지역에서보다 테일러가 유명하지 않았던 뉴욕과 LA에서 특히나 더욱 그랬다. 여론은 모두 그녀의 편이었다. 오바마 대통령은 웨스트를 '멍청한 놈'이라 불렀고, 오프라 윈프리는 꽃을 보냈다. 케이티 페리는 이렇게 SNS에 올렸다. "엿이나 먹어, 칸예. 너는 아기 고양이를 짓밟은 거나 똑같아." 그러나 유감스럽게도 끔찍한 홍보였다. 하찮은 '불쌍한 오줌싸개 여자애' 같은 짓으로, 테일러는 그래미 어워드에서 '올해의 앨범'을 수상한 진지한 작곡가가 아니라 신디 브래디[94]로 투영되어 버렸다. 그러나 아무도 이것이 스위프트에게는 재앙이라는 사실을 인식하지 못했다.

칸예와 테일러가 함께 찍힌 사진은 상징적인 이미지가 됐다. 여성이 주도하는 팝이 폭발적으로 성장하면서 많은 남성들은 마치 뭔가를 빼앗긴 듯 격분했고(아니, 여전히 격분하고 있다) 이는 남성들의 문화적 불안감으로 설명됐다. 칸예는 걸 파워에게 진실을 이야기하는 남성의 권위를 상징하는 이미지였다(VMA에서 공연한 남자 가수는 그린 데이, 뮤즈, 제이 지뿐이었다. 쇼의 나머지는 케이티 페리, 레이디 가가, 자넷 잭슨, 핑크, 비욘세와 테일러 스위프트 그리고 알리시아 키스였다). 이 논란은 실제 상과는 아무런 상관이 없었다. 최우수 여성 비디오는 아무도 진지하게 생각한 적 없던 상이었다. 스위프트가 수상하기 1년 전에는 누가 그 상을 탔는가? 아니면 다음 해에는? 세상에, 작년에는 누가 수상했다고?(아무도 수상하지 않았다. MTV는 몇 년 전 이 분야를 통째로 없애 버렸고, 그 사실을 인지한 사람은 아무도 없었다).

이 논란이 문화적으로 주는 울림은 모두 시각적인 이분법에서 생겨났다. 그러나 비욘세는 이야기에서 그냥 쏙 지워

94 순진한 미국 중산층 가정인 브래디 집안에서 벌어지는 일상적인 사건들을 다룬 영화 및 시트콤 〈브래디 펀치(Brady Punch)〉에 등장하는 말썽꾸러기 소녀.

져 버렸다. 그녀의 몸짓은 입소문을 타지도, 유행을 만들어 내지도 못했다. 사람들은 그녀가 그 공간에 있었는지, 아니면 어떻게 반응하기로 결심했는지 전혀 모른다. 비욘세가 지워졌다는 사실은 여러 방면에서 흥미롭다. 그녀는 여기서 부당한 대우를 받은 쪽이었다. 이날은 그녀를 위한 밤이었지만, 칸예는 그녀가 패배자로서 역사의 뒤안길로 사라질 것이라 확신했다. VMA를 누가 수상했는지 기억하는 사람은 아무도 없지만, 그녀는 그 상을 놓친 것으로 유명해진 유일한 스타였다. 당연하게 원한을 품고 화를 낼 수도 있었지만, "나야, 비욘세" 그녀에게는 해야 할 다른 거지 같은 일들이 있었을 뿐이다.

# #20

# 평판

✦ 〈Reputation〉은 내가 다섯 번 연속으로 스위프트의 새로운 앨범을 보고 '아, 지난번에 내놓은 것과 똑같이 좋은 앨범이었으면 좋겠다'라고 생각하다가 다섯 번 연속으로 '그녀가 나 따위 바보가 내놓은 조언을 받아주지 않아서 다행이다'라고 생각하게 된 앨범이다. 사람들은 테일러가 이번 앨범에 연예인의 그늘을 담으면서 그녀의 유명한 적에 대해 불평할 것이라 기대했다. 그러나 그 대신 어른스러운 사랑 노래를 담은 앨범이 나왔다. 그녀의 미끼 상술은 한 편의 예술이었다.

〈Reputation〉에서 그녀는 10대들의 홀딱 빠진 사랑에 들이대던 것과 동일한 수준의 강박적인 디테일을 뻔한 어른의 연애에도 적용했다. 나는 그녀가 앨범 전반에서 지치고 냉랭하게 행동하려고 애쓰는 몹시도 세련된 새 테일러의 모습을 보이다가, 마침내 포기하고 발목을 삐끗할 정도로 열심히 달려 옛 테일러의 모습으로 돌아오는 방식이 좋다. 나는 'Gateway Car'에서 테일러가 오래 묻어두었던 남부 사투리를 쓰면서 휴대폰을 붙들고 "내가 다른 편으로 돌아설 때까지! 다른 편으로!"라며 발악하듯 부르는 순간이 좋다. 심지어는 어떻게 이 대형 참사에 가까운 'Look What You Made Me Do'가 그녀가 가장 열심히 작업한 중요한 진술이 되는지도 마음에 든다.

이 앨범은 〈1989〉와 똑같이 신스팝을 기본으로 깐, 또 다른 격렬한 음악적 변신이지만 더 냉랭하고 시무룩하며 까칠하다. "밤의 도시 공간이에요. 전통적인 어쿠스틱 악기는 하나도 원치 않았어요. 아니면 아주 최소한으로만 쓰던지요. 저는 버려진 옛 창고와 공장 건물 그리고 다른 공업적인 상상 속 공간을 떠올렸어요. 그래서 나무로 만들어진 거랑은 아무런 상관이 없는 상품을 원했던 거죠. 그 앨범에는 나무 바닥이 없어요."

"미안해요. 옛 테일러는 이제 전화를 받을 수 없어요." 그녀는 싱글을 발표하며 말했다. "왜냐하면 그녀는 죽었거든요!" 그러나 그녀의 연예인 콘셉트는 정확히 두 곡에서 드러났는데, 끔찍한 선행 싱글인 'Look What You Made Me Do'와 훨씬 더 호감 가는 'This Is Why We Can't Have Nice Things'다. 침울한 전자음은 도시의 겨울에 딱이다. 나는 이 노래에 너무 푹 빠졌고, 워크맨으로도 들을 수 있게 카세트 양면에 모두 녹음했다.

그러나 이 노래는 그녀가 당시 추구했던 서사에는 어

울리지 않았다. 그리고 이 앨범을 위해 만들어 낸 연예인에 대한 연민 대잔치의 이미지에도 어울리지 않았다. 그녀가 묻어 버리려 했던 옛 테일러에도 어울리지 않았으나, 그녀가 고생 고생해서 쌓고 있던 새로운 테일러에도 어울리지 않았다. 그럴 때 계속 밀어붙여야 할 것은 그저 음악이었다. 'Call It What You Want'와 'Dress', 'So It Goes…' 그리고 'Delicate'에 나오는 모든 "그렇지 않아?" 질문까지.

〈Reputation〉은 그녀로서는 가장 긴 공백기였던 3년 만에 내놓은 첫 앨범이었다. 그러나 그녀는 발매 전까지 어떤 비밀도 흘러나가지 않도록 인터뷰도 피해 왔다. 그녀는 "설명 같은 건 없어요. 평판Reputation 만 있을 거예요"라고 발표했다("왜냐하면 저는 멜로드라마 같은 사람이니까요." 그녀는 몇 년 후 이렇게 말했다) 못된 사람들이 이 앨범에 대해 어떤 기대를 품었는지는 입이 아프도록 말하나 마나다. 제목 그리고 흑백의 스위프트가 어두운 립스틱을 바르고, 어깨에 다섯 번의 바늘땀(바늘땀 하나에 앨범 하나)이 들어간 찢어진 스웨트 셔츠를 입고, 게슴츠레한 눈으로 자기 이름이 새겨진 신문 헤드라인을 노려보는 앨범 디자인까지 다 험난한 앞길을 예고하고 있었다.

그리고 뱀이 있었다. SNS에 게시된 모든 뱀 영상은 킴 카다시안에게 직접적으로 대응하는 의미였다. 킴 카다시안은 미국에서 가장 신뢰받는 뱀 사냥꾼[95]이자 스위프트다운 배신행위를 용감하게 폭로하는 자였으니까. 이는 새로운 음악에 있어 최악의 조짐으로 보였다. 테일러가 리얼리티 TV 스타와의 말싸움에서 영리하게 컴백할 것이라는 생각은 가장 무의미해 보였다. 둘은 같은 업계에 있거나 같은 언어를 사용하는 것처럼 보이지도 않았다. 첫 싱글인 'Look What You Made Me Do'는 지금까지 테일러가 발표한 싱글 중에 최악이었을 뿐 아니라, 사람들이 이게 진짜 완성작인지 궁금해하게 만든 노래였다.

'Look What You Made Me Do'에는 "나는 네 왕국의 열쇠Kingdom Keys가 마음에 안 들어"라는 가사가 나오는데, 그녀의 경력에서 유명한 두 명의 KK 중 하나라는 의견이다. 킴 카다시안Kim Kardashian이 가장 널리 알려진 테일러의 적이지만, (대중의 눈으로 보기에) 칼리 클로스Karlie Kloss와도 몇 년 동안 세간의 이목을 끄는 절친이었던 시기를 보낸 후 다투었다.

이들이 갈라선 사건에 대해서는 아무런 뉴스도 보도되지 않았지만, 대신에 티셔츠가 있었다. 'Look What You Made Me Do'의 뮤직비디오 마지막에, 테일러는 친구들의 이름이 새겨진 'Junior Jewels' 티셔츠를 입고 나온다. 이는 그녀가 'You

95 킴 카다시안은 남편 칸예와 갈등을 빚는 테일러를 교활하고 사악한 '뱀'에 비유했다.

Belong With Me'에서 입었던 티셔츠의 업그레이드 버전으로, 걸 스쿼드 학자들은 자리 잡고 앉아서 패트릭 스튜어트(이름이 두 번 나옴)와 애비게일(한 달 후 스위프트는 그녀의 결혼식에서 들러리를 맡았다) 그리고 셀레나 고메즈(두 가지 티셔츠에 모두 등장한 유일한 사람)까지 출석을 확인한다.

그러나 여기서 빈자리가 눈에 띄었다. 칼리 클로스가 없었던 것이다. 그때는 서로 저격하는 상황이었다. 칼리는 최근 새로운 콜 한Cole Haan 광고를 찍으면서 급발진을 잘하는 새 친구인 크리스티 털링턴Christy Turlington과 포즈를 취했다. 같은 달 〈엘르〉에서 칼리는 다음과 같이 말했다. "제 주변에는 놀라운 여성들이 많아요. 어머니와 우리 자매들 그리고 크리스티 털링턴이나 멜린다 게이츠, 셰릴 샌드버그 같은 롤 모델들, 그 외에도 아주 많지요." 둘 사이에 무슨 일이 벌어졌던 걸까?

테일러와 칼리는 처음부터 공개적으로 만났다. "저는 칼리 클로스를 사랑해요." 테일러는 2012년 〈보그〉에 털어놓았다. "저는 그녀와 쿠키를 굽고 싶어요!" 클로스는 SNS에서 화답했다. "너희 집 부엌? 아님 우리 집?" 둘은 똑같은 옷을 입고, 똑같이 걷고, 서로의 머리카락을 똑같이 만지작거렸으며, 닉스 경기장에서 동시에 좌석에 앉아 맥주를 홀짝였다. 칼리는 모래 위에 '칼리 하트 테일러'라고 쓴 바닷가 사진을 SNS에 올렸다.

그러나 킴예와의 불화가 악화되자 클로스는 매니저인 스쿠터 브라운 곁에 붙어섰고, 둘에 대한 목격담이 사라졌다. 칼리가 레퓨테이션 투어에 참석하면서 일 년 만에 처음으로 둘이 함께했고, 둘은 놀랄 만큼 어색한 인스타그램 사진을 찍어 올렸다. 테일러는 검은색 레이스 옷을 입고 팔목을 돌려 손가락에 낀 뱀 반지가 눈에 잘 들어오게 했다. 그녀는 칼리가 쿠슈너 가문에 입성하던 결혼식에도 가지 않았다. 팬들은 레퓨테이션 투어에서 둘의 결별의 증거를 찾는 현장학습을 했다.

칼리는 2023년 LA에서 열린 에라스 투어에 갔다. 역사상 가장 마구잡이로 벌어진 우연의 일치로 테일러가 〈1989(테일러 버전)〉을 발표하기로 택한 날이 그날이었다. 그러나 그녀는 앨범을 발표하면서 〈1989〉 시대의 소울메이트를 무대로 부르지 않았고, VIP 좌석에 있는 칼리에게 손을 흔들지도 않았다. 걸스쿼드의 치어리더 퀸[96]이 그날 옥외 관람석 가장 높은 곳에 앉아 있었기 때문이었다. 그리고 나서 스위프트가 부른 다음 곡은 무엇이었을까? 'New Romantics'였다. 그녀에게 날아온 벽돌로 성을 쌓겠다고 하는 노래다. 안녕, 데이지 메이.[97]

96 셀레나 고메즈를 뜻한다.

97 'You're On Your Own, Kid' 가사 중 과거의 자신과 결별하겠다는 뜻의 "So long, Daisy May"에서 따왔다.

또한 사람들은 일주일 후 공개된 〈Reputation〉의 다음 싱글인 '…Ready for It?'에서도 단서를 찾아다녔다. 그녀는 여기서 새 남자 친구 이야기를 하는 건가? "그이는 내 교도관이 되어 줄 거야. 이 테일러에게 버튼이 되어 줄 거야" 가사에 등장하는 리처드 버튼과 엘리자베스 테일러는 두 번 결혼하고 두 번 이혼했는데, 그 덕에 1970년대 궁극의 매력 넘치는 커플로 등극했다. 소니와 쉐어조차 겨우 한 번 결별했으니까.

이들의 화려하고 부티 나는 연애는 기본적으로 서로를 지긋지긋하다고 질색했다는 사실만 제외하고는 총 13년 동안(흠…) 지속됐다. 버튼은 리즈를 'MGM 영화사의 꼬마 찌찌양' MGM's Little Miss Mammary이라고 불렀고 리즈는 버튼을 '셰익스피어의 프랭크 시내트라'라고 불렀다(칭찬의 뜻은 아니었다). 리즈는 스위프트의 나이에 네 번째 남편과 함께 살았다. 버튼은 그녀의 다섯 번째와 여섯 번째 남편이었다. 따라서 리즈와 딕은 정확히 말하자면 로미오와 줄리엣은 아니었다. 그리고 둘이 찍은 셰익스피어 영화는 〈말괄량이 길들이기〉였다.

그러나 사람들은 그녀가 가사에서 의미했던 사람은 조 알윈이라고 의심했다. 부드러운 말투의 이 젊은 영국 배우는 최근에 〈메리, 퀸 오브 스코틀랜드Mary Queen of Scots〉에서 엘리자베스 1세의 연인으로 출연했었다. 버튼은 〈천일의 앤〉에서 엘리자베스 1세의 아버지인 헨리 8세를 열연해서 오스카상 후보에 올랐다. 사람들은 조에 관해 아는 게 없었고, 그는 입이 무거웠다. 당시 이 점은 테일러의 세계에서 중요한 장점이었다.

그럼에도 불구하고 〈Reputation〉에는 가장 은밀한 러브송들이 수록되어 있으며, 우리가 더 이상 낭만을 좇지 않고 현실을 살기 시작할 때 무슨 일이 벌어지는지 탐색한다. 카메라와 SNS에서 멀리 떨어져 1년 동안 조 알윈과 연애를 하면서, 그녀는 홀로 집까지 걸어가는 것으로 끝나지 않는 장기 연애 이야기들을 작곡했다. 노래들은 매일 집에서 일어나는 세세한 순간들로 가득하다. 욕조에 와인을 쏟고, 담요로 요새를 만든다. 그러나 이들은 또한 시의적절한 질문을 던진다. 휴대폰을 꺼버리고 낯선 사람들에게 감명을 주는 데서 스스로를 규정하는 짓을 그만두면, 우리의 정체성에는 무슨 변화가 생길까?

나는 모든 펑크 어그로Punk Aggro 곡들을 좋아하고, 특히나 펄 잼Peal Jam, 홀Hole, 스톤 템플 파일럿츠Stone Temple Pilots의 기타 주법을 위해 만들어진 직설적으로 신나는 그런지 록인 'I Did Something Bad'가 마음에 든다. 그녀는 '할 수만 있다면 다시 한 번, 또다시 한 번 그렇게 할 거야'라며 으르렁댈 때 코트니 러브Courtney Love를 연상시킨다.

'New Year's Day'는 놀라운 마무리 곡이다. 열렬한 신시사이저 합주가 여러 차례 이어진 후 등장하는 고요한 피아노 발라드라니. 그녀는 파티가 끝나고 다음 날 아침, 앞으로 함께하게 될 1년을 기대하게 만드는 누군가와 바닥에 흩어진 반짝이들을 쓸어 내는 심정을 노래한다. 오직 테일러만이 날짜상 몹시도 수수하고 아주 지루한 휴일에 집중하고, 그 안에서 낭만을 찾아낸다. 그녀는 'Long Live'에서 이어지는 메들리로 이 노래를 피아노로 연주하며, 10대 시절의 동경을 어른의 연애에 연결시킨다.

여기에는 놀랄 만큼 섹스가 많이 등장하고("네 등을 긁어놓을 거야"라는 가사는 선명한 묘사의 관점에서 테일러의 서정성이 우선이다), 섹시하게 부르는 'I Did Something Bad'에서 "남자가 개소리를 늘어놓으면, 나는 개한테 빚질 게 없거든"이라며 옛 애인들을 비웃을 때 그녀로서는 처음으로 저속한 노래를 불렀다.

대규모 댄서들과 다중 스테이지, 불꽃놀이 그리고 거대하게 부풀어 오른 코브라 등을 갖춘 레퓨테이션 투어에서 감정이 폭발적으로 표출됐다. 아마 코트니도 그렇게 말했겠지만, 테일러는 가장 뱀 다운 뱀을 가진 소녀가 되고 싶었다. 그러나 사실상 히트곡이 됐어야만 했던 숨은 보석 'Getaway Car'는 이야기의 본질을 담은 시를 낭독하며 시작했다. "그리고 평판이 무너지면서, 그녀는 진정으로 살아있음을 느꼈네."

이 앨범에서 그녀는 자신의 노래처럼 아주 오랜 수수

께끼를 깊이 고민해 본다. 왜 사람들은 빛나는 것들에 돌을 던지는가? 이는 연예인들에게만 국한된 딜레마가 아니다. '평판'이라는 단어는 그녀의 대외적인 이미지와는 상관없이 생겨난다. 오히려 매일 당신이 얻는 '좋아요'와 '저장'의 숫자를 세는 과정에서 어떻게 정체성을 포기하게 되는지, 또는 얼마나 자주 거울을 들여다보는지, 아니면 자기 잘못을 기록하는 점수판 때문에 정신적인 에너지를 얼마나 남겨두는지 등 우리와 훨씬 더 공감대를 형성하는 딜레마로 인해 생겨난다.

이는 언제나 테일러가 곡을 쓰는 주제였다. 고등학교를 배경으로 한 가장 처음 나온 음반까지 돌아가 보면, 'Fifteen'과 'New Romantics'부터 'Lavender Haze'까지 테일러는 항상 여성 혐오를 내면화하지 않으려고 고군분투하는 주변 소녀들을 노래했다. 그리고 그녀가 깨달았듯, 이런 투쟁은 소녀들이 자라는 동안에도 끝나지 않았다.

테일러는 그해 여름 명예훼손으로 고소당해 법정에 섰다. 그녀는 2013년 〈레드 투어〉에서 벌어진 사건을 공론화했다. 공연이 시작되기 전 무대 뒤에서, 어느 남자 컨트리 라디오 DJ가 그녀를 성추행했다. 사진을 찍기 위해 포즈를 취하는 도중 드레스 아래로 손을 뻗은 것이다. 끔찍한 사진이었다. 그녀는 웃고 있었지만 얼굴은 심각했고, 사진을 찍기 위해 한데 모여 있었다. 그녀는 그 짧은 순간에 혐오와 혼란, 공포, 자괴감 등으로 인해 굳어 버렸지만, 뒤로 물러서기엔 너무 티가 났다. 테일러의 얼굴에서 생각이 그대로 읽힌다. '이게 실화야? 왜 이 사람은 이런 짓을 하는 거야? 공개된 곳에서, 다들 내게 집중하고 있는데?'

테일러는 카메라 플래시가 터지자마자 분노했고, 그를 쫓아낸 뒤 해고했다. 그는 그녀가 라디오 업무에 대한 비용을 지불하지 않았다고 고소했지만, 그녀는 인정하지 않았다. 그리고 폭행 및 성추행으로 맞고소했고, 요트 위에서가 아닌 법정에서 여름을 보냈으며, 증언하고 반대 심문당하며, 공개적인 장소에서 '내 엉덩이'라는 말을 전무후무하게 여러 번 언급해야 했다. 배심원단은 그녀에게 유리하게 판결을 내렸고, 상징적인 의미로 배상금 1달러를 지급하라고 판결했다. 그녀가 여름을 보내면서 하고 싶었던 이 이야기는 이런 것이 아니었으나, 그녀는 물러서지 않았다. 하지만 결과는 그녀에겐 원치 않은 것이었다.

테일러를 더듬은 DJ는 응당 남자들이 그러하듯 다른 직업을 얻었고, 새로운 예명으로 또 다른 도시의 또 다른 방송국으로 옮겼다. 그는 이제 '스톤월 잭슨Stonewall Jackson'이라는 이름으로 활동하고 있었다. 남부 동맹군 장군의 이름을 따서 개명할 수 있는 기회를 그냥 넘어가는 바보는 없기 때문이었다. 그는 새 이름, 새 평판을 가지고 새롭게 시작할 수 있었다.

〈Reputation〉에는 멋진 이야기들이 두루 담겨 있다. 하지만 내가 보기엔 'Delicate'이 최고다. "내가 전부 다 얘기해도 괜찮은 거지?" 이제는 그녀가 묻는다. 그리고 10년 동안 뻔뻔할 정도로 모든 이야기를 나눠왔던 테일러가 보코더를 통해 숨소리 섞인 속삭임을 감정 과잉의 연애 노래로 바꾼다. 은밀함과 동시에 당당함을 느끼면서, 꼼꼼하게 결합된 이야기임에도 마치 즉흥적인 고백처럼 흘러간다. 그녀의 목소리는 늦은 밤 밀회를 위해 몰래 빠져나가는 동안 그루브를 타면서 사라진다.

참고로 말하자면, 테일러는 실제로 술집이 어떻게 돌아가는지 모른다. 노래 가사처럼 여자가 데이트 상대에게 직접 술을 사 달라고 말하지 않는다. 바텐더가 술을 내놓을 때까지 데이트 상대가 그 앞에서 바보같이 서 있는 동안, 여자는 지루한 얼굴로 휴대폰을 확인하는 게 정석이다(테일러, 평범한 술집은 처음이지? 네 마음에도 들 거야!).

그러니 본질적으로 'Delicate'은 자기 방에 갇힌 한 소녀의 이야기다. 이 소녀는 도시의 불빛 속에서 스캔들을 일으킬 수도 있는 모험을 해 보자고 꾀어내는 일렉트로 비트를 듣고 있다. 다시 말해서, 노래 한 곡에 팝 음악의 전체 이야기가 담겼다.

# #21

## 테일러 버전의 테일러 버전

✦ 테일러 스위프트는 다른 사람이라면 기꺼이 잊으려 할 공허한 위협을 끝까지 따라갈 것이다. 물론 가장 유명한 사례는 그녀 별장의 어느 방에 들어가도 눈에 들어오지만 모른 척하고 싶은 가장 큰 골칫덩이, 바로 장대한 테일러 버전 프로젝트다.

테일러의 옛 레이블 사장인 빅 머신의 스캇 보체타는 2019년 6월에 그녀의 마스터권(음원 사용권)을 철천지원수 칸예 웨스트의 매니저인 스쿠터 브라운에게 팔았다. 테일러는 분개했다. 그리고 마스터권의 입찰에 직접 참여할 기회를 거부당했다고 말했다. 그녀에겐 그럴 만한 돈이 있었으니까. 두 남자는 모두 그 이야기를 부인했다.

그녀는 보체타를 신뢰했다. 빅 머신과 파트너십을 맺었던 여섯 개의 앨범은 양쪽 모두에게 충분한 수익을 안겨 주었다. 그러나 보체타는 테일러의 반응에 대해 감정이 상한 듯했다. 계약에 대한 그의 발언은 어쩐지 감정적으로 들렸고, 브라운이

SNS에서 늘어놓는 자랑도 마찬가지였다. 두 남자 모두 골치 아픈 여자애 하나를 잘 해치웠다고 자축하는 데에 신경을 쏟았고, 음악 업계 사람들로서는 평범하지 않은 방식으로 인수에 관해 언급했다.

테일러는 공개적으로 화를 냈다. 대중들은 말했다. "테일러, 잘한다! 가서 한 방 먹여, 테일러!" 그 후 그녀는 자신의 대응책을 발표했다. 그녀는 자신의 노래 전부를 재녹음하기로 했다. 여섯 개의 앨범 모두. '그냥 처음부터 다시 시작하지, 뭐. 그리고 다시 팔면 되지. 사람들에게 전체를 다시 다 사 달라고 부탁하자.' 대중들은 말했다. "에구, 성급하게 굴지 마, 테일러."

지금껏 이런 작업을 시도해 본 사람은 아무도 없었다. 생각 자체가 해 볼 가치가 없어 보였다. 그 누구도 개선이 필요하다고 생각하지 않는 옛날 앨범들에 손을 댄다고? 연예계에서 가장 바쁜 스타에겐 더 급한 일들이 많지 않나? 몇 년 전 끝낸 곡들을 재현하느라 낭비하는 시간과 노력이 얼마인지 모르는 거야? 전체 음악 업계는 그녀가 마음을 바꾸리라고 추측했다. 생각 없이 그냥 성급하게 위협부터 한 것 아닌가? 하드코어 팬들조차 이는 누가 봐도, 누가 봐도 어리석은 아이디어라고 말할 수 있었다. 실력 없는 포커 선수의 순전한 허세라니. 업계에서는 이를 비웃었다.

비즈니스 잡지인 〈블룸버그Bloomberg〉는 일 년 후인 2020년 11월 보고서를 내면서 '테일러 스위프트와 스쿠터 브라운 간의 3억 달러 분쟁 종료'라는 제목을 달았다. 보체타는 마스터권을 샴록 캐피탈Shamrock Capital에 팔았고, 업계 전문가들이 보기에 그것이 '종료'였다. 이 이야기는 끝이 났다. 가수는 이미 졌다. 보고서에 따르면, 그녀는 이의 제기를 하면서 사실은 '개인적 원한'이 동기였으면서도 예술가의 권리라는 더 큰 쟁점을 냉소적으로 활용하는 위선자였다. 또한 그녀의 위협은 어리석은 허풍이었고, 사업을 하다가 감정적으로 변해 버리는 계집애였다.

〈블룸버그〉 기사는 금융과 법에 관한 세부 사항에 초점을 맞추긴 했으나 잠시 다음과 같이 언급하고 싶은 욕망을 참지 못했다. "스위프트는 절대로 이상적인 메시지 전달자가 아니었다."

테일러가 〈folklore〉와 〈Evermore〉를 내놓자, 전체 재녹음 계획이 언급되었었다는 사실은 쉽게 잊혔다. 이 앨범들은 그녀에게 돌파구가 되어 주었다. 그렇다면 테일러는 되돌아가야만 할까? 어림도 없지. 그녀는 데뷔 이래 가장 감동적인 앨범으로 성장했고, 이미 새로운 경지 어딘가에 도달해 있었다. 도대체 왜 지금 〈Red〉나 〈Fearless〉를 다시 만들고 싶어 할까? 특히나 아무도 원본에 불만이 없는 상황에서?

그러나 그녀는 실제로 해냈다. 앨범들을 차례차례 그리고 새로운 버전의 앨범마다 미공개곡들을 추가했다. 이미 알다시피, 이 계획은 창의적인 면에서나 상업적인 면에서 그녀조차 (아마도? 아주 잠깐은?) 상상하지 못했던 수준의 대대적인 성공을 거두었다. 그녀가 할 수 있다고 말하면 할 수 있다. 거짓된 주장은 하지 않는다.

이 프로젝트로 인해 그녀의 적들은 엄청나게 비싼 비용을 치르면서 얼간이처럼 보이게 됐다. SZA는 이를 두고 "내가 아는 한 기득권층에게 제일 강력하게 한 방 먹였네. 그리고 이 한 방에 커다란 박수를 보낸다"라고 발언하기도 했다. 재녹음한 목소리는 원곡보다도 훨씬 훌륭했다. 성인이 된 테일러의 목소리는 화력이 더 강했고 청취자들은 이를 선호했다(단, 〈Red〉에 실린 'Holy Ground'는 예외로 적절한 결과물을 내지 못했다. 원곡에 매력을 더해 주었던 통기타의 퍼커시브 주법 대신 신시사이저의 기계음이 너무 많이 쓰인 탓이었다. 아마도 우리는 'Holy Ground(테일러 버전의 테일러 버전)'을 기다려야 할지도 모르겠다).

테일러 버전 프로젝트는 뛰어난 전략가가 승리한 사건으로 역사에 남게 됐고, 이 프로젝트를 그녀 인생에서 가장 어리석은 행동이라 생각했었던 사람들은 앞으로 입을 다물고 있을 것이다. 물론 실제로 모든 사람이 테일러의 발표를 듣자마자 그렇게 생각하기는 했다. 마치 밥 딜런이 전자 기타를 들고나오던 그때, 스트라빈스키가 '봄의 제전'을 초연하던 그때, 라디오헤드가 〈Kid A〉를 공개하던 그때와 같다. 그 누가 여기에 야유를 보냈다고 고백하겠는가?

이 계획이 자멸적인 실수이자 대대적인 규모의 낙상 사고라고 생각한 촌뜨기들 중 하나가 되고 싶은 사람이 있을까? 글쎄, 내가 그 촌뜨기였다. 그리고 여기에 대해 거짓말을 하겠다는 꿈도 꾸지 않으련다. 나는 이 아이디어 자체가 완전히 그녀의 시간 낭비라고 생각했다. 절대로 그녀가 단 일 분도 이 프로젝트를 밀고 나갈 수 없을 거라 믿었다. 나는 테일러 스위프트가 마음을 바꿔서 뒤로 물러나길 기도했다. 차라리 유니콘이 나를 향해 재채기를 해달라고 비는 게 나을 뻔했다.

〈Fearless(테일러 버전)〉을 잠시 듣다가 "그녀는 이런 걸 하지 말았어야 해"에서 "잠깐, 진짜로 이걸 했다고"로 그리고 "젠장, 이걸 안 했으면 참극이 벌어질 뻔했잖아"로 흘러갔다. 이 전반적인 고통의 뒷이야기는, 이제는 더 이상 특이한 이야기도 아니었다. 사람들은 옛 노래와 새 노래의 조합을 즐겼을 뿐 아니라, 한 여성이 서른을 맞이해 옛 자아를 다시 찾아간다는 전체 아이디어를 사랑하는 것처럼 보였다.

그녀가 남기고 떠났던 옛이야기뿐 아니라 나중을 위해

넣어두고 아껴 두었던 부분들도 들을 수 있다니. 'You All Over Me'는 열여덟 살의 테일러가 자기 감정을 비우는 과정에 대해 쓴 노래로, 이를 비밀에 부쳐두었다가 6년이 지난 후 'Clean'이라는 제목으로 공개했다. 그리고 다시 6년이 흐르고 난 뒤 공개한 것이다. 'Mr. Perfectly Fine'에서는 "아무렇지도 않게 잔인한" 남자에 대해 노래하지만, 이 가사를 더 나은 노래에 쓰려고 남겨 두기로 했었다.

모든 테일러 버전 리메이크 앨범에서 내가 특히나 탐닉했던 보컬 디테일이 하나 있다. 〈Red(테일러 버전)〉에 수록된 'We Are Never Ever Getting Back Together'를 깊이 파보자. 그녀가 "나를 믿어"라고 으르렁댈 때 살짝 원한이 느껴진다. 이 원한이 이후 9년이라는 세월이 흐르는 동안 그녀에게 믿으라고 말하던 그 남자들 때문에 생겨난 것인지 궁금해야만 한다.

〈대부 2〉의 한 장면을 보며 나는 가끔 테일러를 떠올린다. 마이클 콜레오네는 공항에서 하이맨 로스를 총으로 쏴버리는, 완전히 치졸한 짓을 저지르고 싶었다. 로스가 콜레오네 가문을 배신한 지 몇 년이 흘렀다. 이미 콜레오네 가문과의 갈등에서는 패했고, 그는 이제는 허약한 노인네였다. 의사는 그에게 앞으로 6개월밖에 살지 못한다고 했다. 미국으로 추방될 예정이었고, 비행기에서 내리자마자 연방 경찰이 그를 체포하면 감옥에서 평생을 썩게 될 것이었다. 그러나 대부는 그를 수갑을 채우기 직전에 탑승구에서 사살하길 바랐다. 법률 고문인 톰 헤이건은 그를 설득했다. "그럴 가치가 있나요? 제 말인즉슨, 당신은 이미 승리를 거뒀어요. 모두를 싹 없애 버리길 바라는 건가요?"

알 파치노는 아삭한 사과를 베어 물었다. "톰, 모든 사람을 다 없애 버리고 싶은 건 아니네. 그냥 나의 적만. 그거면 됐네."

그것이 테일러다움의 핵심이다. 자아를 꾸준히 수정하는 것이 바로 자아다. 그녀는 자기 노래를 다시 쓰고, 앨범을 리메이크하며, 이미 자신이 테일러임에도 재수정한다. 가끔은 연민을 품고 가끔은 용서를 구한다. 그녀는 어른들의 방식처럼, 끊임없이 변화하는 관점에서 자신의 옛이야기들을 되돌아본다. 과거의 연애를 학대나 심지어는 범죄 현장이라고 반성하기도 하고, 옛날에 벌어진 재앙 같은 일들이 그저 하늘의 장난이었다고 여기기도 한다.

테일러의 노래 그리고 오래도록 진화하고 있는 그녀의 음악에서 이 사실은 확연해진다. 이는 그저 어떻게 그녀가 자신을 꾸준히 리메이크하는지, 더 어린 자아를 꾸준히 수정하고, 인생의 이야기를 꾸준히 다시 쓰는지 보여 주는 가장 터무니없이 거대한 규모의 사례일 뿐이다.

자아의 수정은 나쁜 평판에서 나온 버릇이다. 그녀가

가장 사랑하는 낭만주의 시인인 윌리엄 워즈워스를 예로 들어 보자. 그는 젊은 시절 몹시 우수하고 영향력 있는 작품들을 탄생시켰지만, 남은 인생 45년을 자신의 옛 시를 고치느라 보냈다. 대부분은 신학적이거나 윤리적인 오류를 바로잡는 작업이었다. 이런 식으로 고친 시는 단 한 편도 더 좋아지지 못했다.

셸리나 바이런, 키츠 같은 젊은 시인들은 워즈워스를 아이돌 같은 혁신가로 떠받들었지만, 창조적인 번아웃을 보여주는 가장 절망적인 상징이기도 했다. 이들이 떠올리는 최악의 시나리오는 늙어서 《은둔자》 같은 헛소리를 쓰려고 하는 것이었다(우연히도 이들은 모두 젊어서 세상을 떠나는 바람에 이 운명을 면했다. 워즈워스는 이들보다 오래 살았다).

그는 1805년에 자신의 최고 걸작 《서곡》을 완성했지만, 남은 삶 동안에도 이 시를 계속 수정하고 분량을 늘렸다. 역사적으로 가장 재미있는 혹평 덕에 그는 몰락하지 않을 수 있었다. 1814년 프랜시스 제프리는 〈에든버러 리뷰Edinburgh Review〉에서 다음과 같은 유명한 말로 비평을 시작했다. "이러면 곤란하다."

제프리는 "우리는 진지하게 괴로워했고 끝까지 주저했지만, 마침내 시라는 고귀한 대의에서 갈피를 잃은 사람으로 여기기로 결심해야 한다"라고 평했다. 뭐가 잘못이었을까? "오랜 은둔 생활을 이어오면서 독창성에 과하게 집착한 탓에 이 작가의 취향과 천재성이 균형을 이루지 못했다고 설명할 수 있겠다." 그는 이렇게 탄식했다. 테일러 버전 역시 같은 이유로 실패할 수 있었지만, 테일러는 그렇지 않았다.

테일러는 언제나 자기 노래를 수정해 왔다. 데뷔 앨범을 내놓은 직후에도 호모포비아적인 농담을 빼야 한다는 훌륭한 이유로 'Picture to Burn'을 재녹음했다. 가장 대대적으로 수정한 곡은 모두가 오랫동안 생각해 왔듯 'Better Than Revenge(테일러 버전)'였는데, "그녀가 침대 위에서 한 짓들을 아는 게 좋겠어"가 "너는 불을 보고 달려드는 불나방 같아, 그녀는 성냥불을 켰나 보지"로 바뀌었다. 원곡이 여성 비하로 들리든 스위프트 비하로 들리든 간에 커다란 변화이며 그녀가 원곡의 가치를 갉아먹었다고 주장할 수도 있다.

첫째로, 불나방이나 불 같은 진부한 비유는 말 그대로 젊은 스위프트가 파괴하려 했던 상투적인 표현이다. 그녀는 2010년의 자아에 혹독할 정도로 높은 잣대를 들이댔고, 따라서 더 어린 시절에 부끄러울 정도로 나태한 가사를 입에 올리는 것은 다소 치졸해 보일 수도 있다. 그러나 이 노래는 극도로 호감을 주지 못하는 화자, 치졸한 10대 나르시시스트의 멜로드라마 같은 내면세계에 펼쳐진 한 장면이라는 느낌이 있다. 그렇다면 이 화자를 조롱하는 것이 노래에서 중요한 부분이 된다.

그러나 여전히, 작곡가가 자신에게 어떤 의미를 가진 노래에 대해 마음을 바꿨다는 점이 못마땅할 수 있다. 보노는 'Pride(In the Name of Love)'를 부를 때마다 '4월 4일 이른 아침'을 '초저녁'으로 바꾸었다. 마틴 루터 킹이 암살당한 시간이 그때이기 때문이다. 그가 이제는 제대로 안다는 의미다. 보노는 이야기를 부정확하게 바꿔 이야기했다는 이유로 무기징역이라도 살아야 할까? 당연히 아니다.

모리세이가 'How Soon Is Now'를 몇 년 만에 처음 부를 때도, 홀로서기를 하면서 죽고 싶어졌다는 의미의 가사를 빼 버리는 훌륭한 변화를 줬다. 이제 그는 이렇게 노래한다. "그대는 갈 길을 가면서 홀로서기 하지/혼자 힘으로 떠나가지/정말 놀라운 일이야!" 나는 이렇게 바뀐 곡이 더, 훨씬 더 좋다. 그러나 이 변화에서 상실을 느낀다거나 젊은 시절의 유대를 배신당했다고 생각한다면, 그래도 이해한다. 그러나 가수가 자신이 의도하지 않은 가사대로 노래해야 한다는 법은 없다.

그러나 또 다른 차원에서, 이것은 반칙일까? 글쎄, 당연히 그렇다. 그래서 어쩌라고? 자기 과거를 계속 어설프게 땜질하는 모습은 정말 스위프트답다. 자신의 기대에 미치지 못한다면 과거의 자신이었던 소녀를 배신하는 것일 테니.

테일러 버전 프로젝트 전체는 그녀의 꺾이지 않는 후

츠파Chutzpah[98] 정신과 그 정신이 영원히 진화하는 예술가적인 정체성에서 맡은 역할에 대한 찬사다. 이런 작업을 해 본 사람은 아무도 없었고, 더군다나 일곱 번이나 해 본 사람은 더욱이 없다. 그러나 테일러는 자신의 카탈로그와 업적 전체 그리고 자신의 역사 전부에 대한 통제권을 다시 손에 넣는 데에 열중했다.

전설의 가수가 새로운 레이블과의 계약에서 이득을 얻기 위해(모던 잉글리시Modern English는 1990년에 80년대에 유일하게 히트를 친 'I Melt with You'를 리메이크했다), 아니면 TV 광고를 위해(모던 잉글리시는 똑같은 히트곡을 버거킹 광고에 주면서 와퍼에 대한 구애라고 주장했다) 구닥다리 히트곡을 재녹음하는 경우는 일반적이다. 이는 존경할 만한 작업으로 간주되지 않는다.

고전 록에서 더 미묘하고 신중한 전통은 베테랑 가수들이 더 수익성 높은 계약을 낚아챈 후에 라이브 앨범을 내는 것이다. 사이먼 앤 가펑클Simon and Garfunkel이 1982년에 그 유명한 센트럴 파크 재공연 앨범을 냈던 일은 감상에 젖어서 이뤄진 것일 수도 있었다. 그러나 비평가 로버트 크리스트거Robert Christgau가 지적했듯 "기업의 쓸데없는 짓"이었으며, "워너 브라더스 소속 가수인 사이먼이 CBS가 깔고 앉아 있는 카탈로그를

98 유대인 사회에서 유래된 대담함과 뻔뻔함, 두려움 없는 도전 정신.

재녹음하고 재발매해서 재판매하게 만드는 세련된 방식"이었다.

이런 교활한 방식은 우리 테일러의 스타일이 아니었다.

여기서 중요한 의문은 '왜?'다. 왜 그녀는 그토록 많은 노력과 시간을 여기에 쏟게 됐을까? 이 이야기들과 감정들로 되돌아가 다시 들여다보는 것이 어떤 의미일까? 그녀의 성장과 진화라는 평생 프로젝트에 관해 무슨 말을 하는 것일까? 그녀는 자신의 예술을 되찾았을 뿐 아니라, 2008년 〈Fearless〉에 열광했던 팬들, 2021년 그녀가 이 앨범을 재탐색하는 길에 함께한 팬들 그리고 그 과정에서 이 노래들에 설득된 열혈 신자들과 이어온 오랜 인연을 과시했다.

테일러 버전은 그녀의 등을 떠밀었던 기업의 복잡한 계략을 뛰어넘어 나아가고 있다. 실제로, 스쿠터가 엮인 뒷이야기는 이미 중요한 창작 프로젝트에 달린 주석처럼 보인다. 테일러 버전 현상은 창작의 자율성에 대한 스위프트의 확고한 헌신을 상징한다. 이는 외부의 압력이 자신의 예술적인 서사를 규정짓게 내버려두지 않겠다는 거부이기도 하다. 초창기 앨범들을 다시 꺼내 재녹음하면서, 스위프트는 음악의 소유권을 주장했을 뿐 아니라 세월의 흐름에 따라 그녀의 음악이 진화해 온 길을 세심하게 되돌아보았다. 이는 그녀가 진화해 온 방식이기도 하다.

# #22

# 잔인했던
# 여름

✦ 'Cruel Summer'는 아직 닥치지 않은 여름날을 노래한 히트곡이었다. 그리고 몇 년이 지나고 나서야 이 노래는 언제나 꿈꿔왔듯이 여름 바닷가를 강타할 매력적인 존재가 됐다. 'Cruel Summer'는 그동안 창작자가 예측하지 못한 방식으로 이상한 길을 걸어왔다. 그러나 2023년 이 곡은 에라스 투어와 팬들의 열망이 원동력이 되어 라디오를 장악했고, 4년 묵은 앨범 트랙이 빌보드 톱 10 히트곡까지 역주행하면서 이 과거이자 미래의 여름 명곡이 그 운명에 충실하게 됐다. 이 노래는 정원문을 통해 살짝 숨어들어서[99] 그 누구도 예측하지 못한 곳까지 퍼져 나갔다.

테일러가 〈Lover〉를 발표하자마자 모두가 궁금해했다. 도대체 왜 그녀는 6월에 딱 맞게 'Cruel Summer'를 선행

99 'Cruel Summer' 가사 중 "And I snuck in through the garden gate"를 빗대었다.

싱글로 내놓지 않은 거지? 출격 준비가 다 된 이 노래를 빼놓고 'ME!'를 선택했다고? 'Cruel Summer'는 누가 봐도 확실한 히트곡이었고, 잭 안토노프와 세인트 빈센트가 이 열병으로 인한 환각 같은 이 신스팝을 공동 작곡했다. 바나나라마의 1983년도 히트곡과는 아무런 관련이 없었다. 다만 이 멋진 제목과 똑같은 정신을 공유했을 뿐.

그녀는 2020년 러버 페스트 스타디움 공연에 맞춰 여름용 사운드트랙으로 쓰려고 이 노래를 간직하고 있었다. 그러나 팬데믹이 이 계획을 망쳐버렸다. 1년 후 그녀는 〈Folklore〉를 발표하면서 이 노래를 옴짝달싹하지 못하게 제자리에 묶어둔 채 반대 방향으로 가버렸다. 미래가 어떻든 이 노래는 잊혀졌다. 잘못된 여름을 향한 잘못된 잔혹함이었다.

그녀는 몹시도 달곰씁쓸한 갈망을 3분 안에 욱여넣는다. 비밀스러운 만남을 위해 창문으로 살금살금 빠져나오다가, 결국에는 자동차 뒷좌석에서 울음을 터트린다. 첫 98초 동안에는 그저 완벽한 테일러 스위프트의 노래다. 그러다가 브리지 부분에서 그녀는 아직 세상에 나오지 않은 곡들에서 가져온, 정신착란을 일으킬 것 같은 베스트 앨범 급의 코러스로 접어든다. 그녀는 자신의 비밀을 부끄러워하면서도 그 부끄러움이 자랑스럽다. 그리고는 가장 추악한 비밀을 커다랗게 외친다. "사랑해! 네가 들은 최악의 말 맞지?" 그러나 실수는 저지르지 말자. 그녀는 이 애인을 사랑하기보다 자신의 비밀을 사랑한 것이다.

이 노래는 디 에라스에서 명예로운 자리를 받아, 공연 초기에 등장했다. 그해 여름 매일 밤 공연에서 그녀는 그저 우리의 운명을 결정지을 뿐인 'Cruel Summer'의 다리를 기념하며 이렇게 선언했다. "우리는 오늘 저녁에 건널 첫 번째 다리에 도착했어요! 저는 이제 우리가 함께 이 다리를 건넜으면 좋겠어요!" 에라스 투어가 돌풍을 일으키면서 이 노래가 라디오에서 나오기 시작했다. 곧 톱 10에 오르고, 일 년 내내 인기가 식지 않다가 마침내 1위에 올랐다. 1월이었다.

'Cruel Summer'는 테일러가 노래하는 근본의 창문이며, 단순히 '천천히 나를 죽여줘, 창문 밖에서'라고 노래하는 방식이 아니다. 테일러의 노래에서 창문이 보여 주는 에로틱함은 미스터리에 쌓여 있다. 그녀는 감히 문을 통해 들어오지 않는 특정한 욕망에 시인 존 키츠John Keats처럼 집착한다. 창문을 내다보며 그녀는 자신이 미끄러지듯 어딘가에 다다라도 느끼지 못한 격렬한 감정을 느낀다. 이 연인들은 둘의 사랑을 침묵하지만, 그러기에 매력 있고 비밀스러운 짜릿함이 된다.

그녀를 유혹하는 것은 창문 안과 밖의 뭔가가 아닌 창문 그 자체다. 그녀는 이렇게 노래한다. "그저 너를 잡아두기 위해 비밀을 지키기는 싫어" 그러나 그녀는 금지된 장소로 통하는 문지방, 입구, 제한된 구역, 아니면 어느 대문이든 끌린다. 창문은 두드리고, 돌멩이를 던지고, 커튼 뒤에 숨는 데에 쓰인다. 문은 고해와 전환을 위한 곳이다. 그녀는 정원으로, 결혼식으로, 요트 파티로 그리고 침대로 숨어들길 좋아한다.

그녀가 "나는 정원 문으로 숨어들었어. 그해 여름 매일 밤 그저 내 운명을 감추기 위해"라고 노래할 때 너무 흥분해서 숨을 멎게 만든다. 로큰롤 철학자들은 그녀에게 "창문은 사기꾼들이나 사용하는 거야. 승자는 정문을 이용하지"라고 경고했을지 모르지만, 그녀는 매번 창문을 선호한다. 반대편에 무엇이 있든, 그녀는 기회를 놓치지 않을 것이다. 악마는 주사위를 던지고, 천사들은 눈을 말똥거리니까.

# #23

# 선행 싱글

✦ 테일러의 선행 싱글은 그 자체로 전통이다. 그녀는 새로운 앨범을 소개할 때 사람들을 헷갈리게 만드는 선행 싱글을 내놓길 좋아한다. 아니면 가끔은 팬들이 절망에 차서 이를 부득부득 갈고 카펫에 머리를 박게 만들기도 한다. 그녀는 절대로 자신의 비밀을 먼저 알려주지 않는다. 그리고 사람들을 갈피를 잃게 만들길 좋아한다. 가끔은 앨범에서 가장 떨어지는 노래를 선행 싱글로 고르는 가학적인 쾌감도 추구한다.

왜 그녀는 팬들의 마음을 이런 식으로 망쳐놓길 좋아할까? 그냥 하는 짓이다. 가장 전형적인 테일러의 선행 싱글은 〈Lover〉의 'ME!'다. 그리고 단순히 이 곡이 별로이기 때문이 아니다. 물론 그 점이 도움은 됐지만. 이 곡은 아주 구체적인 테일러의 선행 싱글이 하는 방식대로 끊임없이 자신의 형편없는 모습을 과시한다.

명심하자. 스위프트가 새 앨범을 내면서 선보이는 첫

번째 곡은 언제나 표준에서 벗어난다. 이 말은 그녀의 대중적인 이미지를 처리해 주는 중요한 주제문이다. 이는 개인으로서가 아닌 연예인으로서의 테일러를 이야기한다. 〈Speak Now〉의 'Innocent'(이 곡은 싱글이 아니라 2010년도 VMA에서 소개한 첫 곡이다), 〈Red〉의 'We Are Never Ever Getting Back Together', 〈1989〉의 'Shake It Off', 〈Reputation〉의 'Look What You Made Me Do', 〈Midnights〉의 'Anti-Hero'가 그렇다. 이 노래들 중 일부는 완벽하게 뛰어난 노래들이지만, 결국에는 앨범 자체에 대해서는 우리에게 단 하나도 가르쳐 주지 않는다.

'Look What You Made Me Do'는 이 행태가 가장 영리하게 오해를 일으킨 버전이다. 이 노래를 듣고 모두가 〈Reputation〉 전체가 연예인의 명암을 그린 앨범일 것이라 걱정했고, 결국은 두어 곡만 그랬던 것으로 밝혀졌다(휴!). 그러나 거의 틀림없이 자기 임무를 너무 잘 수행했던 것 같다. 사람들이 떨쳐버리기 힘들도록 〈Reputation〉의 거짓 서사를 만들어 냈고, 앨범이 공개되고 (상당히 노골적으로) 연애 노래를 담은 앨범이라는 사실이 밝혀진 후에도 마찬가지였다.

'ME!'는 훨씬 명랑하지만 여전히 "내가 전화하면서 사이코처럼 굴었다는 걸 알아"라는 식의 가사로 그녀의 이미지를 놀려 먹는다. 우리는 〈Reputation〉 이후에 그녀가 빗속에서 이름을 부르며 따라오는 소년에 관한 가사를 만들어 내서, 이 옛 테일러 모드로 힘들게 돌아갔다는 사실을 안다.

테일러는 선행 싱글을 고를 때 확실한 롤 모델이 있다. 바로 〈Thriller〉다. 이제 와서 이상하게 보이지만, 마이클 잭슨이 1982년에 전 세계에 〈Thriller〉를 공개하면서 가장 먼저 내놓은 노래는… 'The Girl is Mine'이었다. 그러니 모두가 〈Thriller〉가 "빌어먹을Doggone"이란 단어가 들어간 지나치게 달콤한 발라드 앨범이 될 거라 생각했다.

그의 듀엣 파트너였던 폴 매카트니조차도 당황스럽다고 느끼면서 "얄팍한 수라고 할 수도 있어요"라고 인정했다. 그리고 이 말을 한 자는 1972년 솔로 싱글인 'Mary Had a Little Lamb'을 내놓은 전 비틀스 멤버다.[100] 왜 'Billie Jean'이 세상을 뒤흔들어놨는지를 보여 주는 부분이다. 마이클 잭슨이 'The Girl Is Mine'으로 우리 모두를 속였기에, 그 누구도 이 노래를 기대하지 못했던 것이다. 마이클 잭슨이 바라던 바였다. 그리고 테일러가 바라는 방식이기도 하다.

'ME!'는 테일러가 지금껏 발표했던 선행 싱글 사이에서 가장 전형적인 모습을 보여 준다. 온갖 뻔한 미사여구를 다

100 폴 매카트니가 결성한 밴드 윙스(Wings)가 발표한 'Mary had a little lamb'은 전통적인 동요에서 제목을 따왔지만 경쾌하고 실험적인 형식의 곡이다.

담았다. 또한 테일러의 선행 싱글에는 모두 독백이 등장한다. "철자법은 재미있어"는 "내 말은, 이런 거 너무 지치잖아[101]"의 전통을 따른다. "옛날 테일러는 지금 당장 전화를 받을 수 없어요[102]"와 "저기 아주 머릿결 좋은 친구 있잖아[103]"도 그렇다.

이 역시 테일러가 'The Girl Is Mine'의 전략대로 따라가는 것이다. 'The Girl Is Mine'의 하이라이트에서 마이클과 매카트니의 대화가 등장하기 때문이다. 예를 들어 "폴, 제가 사랑꾼이지, 싸움꾼이 아니라고 얘기한 것 같은데요!"라는 식이다('ME!' 비디오에는 'Lover'라고 읽히는 네온사인이 나오는데, 이는 아직 공개되지 않은 앨범 제목에 대한 힌트다).

'ME!'는 테일러의 카탈로그에서 모두 대문자로 쓰고 느낌표까지 단 최초의 노래로, 그녀가 원래 아주 쉽게 감탄하는 타입이라는 점에서는 놀랄 일이다. 뮤직비디오에서는 패닉! 앳 더 디스코Panic! at the Disco의 리드 싱어인 브렌든 유리를 데려와서 "Je suis calme(난 침착해)!"라고 외치기도 한다. 이 프랑스어로 대화를 나누는 부분 때문에 노래는 더욱 동요처럼 느껴진다.

파스텔톤이며, 무지개며, 최초로 유니콘이 등장하고,

101 'We Are Never Ever Getting Back Together' 가사.
102 'Look What You Made Me Do' 가사.
103 'Look What You Made Me Do' 가사.

새로 입양한 고양이인 벤저민도 여기서 선보인다. 엄청나게 혼란스럽고 디스코 감성도 낭낭하지만 노래는 그다지 엄청나지 않다. 'ME!'는 그녀가 그로부터 1년도 채 되지 않아 〈Folklore〉를 발표했다는 사실을 염두에 두고 들으면 더 기이하게 들린다. 그녀는 분명 "철자법은 재미있어!"에서 "날 죽은 사람 취급할 거면 내 장례식엔 왜 나타난 거야"로 잔인하게 방향을 튼다.

그 누구도 우리 테일러만큼 전략적으로 정교하게 앨범을 공개하며 즐거워할 줄 모른다. 역사상 그 어떤 팝 스타도 이를 그녀처럼 예술적인 진화의 일원으로 만들지 못했다. 그녀는 지난번에 만들었던 것과 똑같은 앨범을 절대로 만들지 않을 것이며, 선행 싱글은 절대로 그녀가 어디로 쏜살같이 달려가고 있는지 알려주지 않을 것이다. 힌트 하나만? 좋아. 단서 조금은? Bien sûr(물론이지). 줄거리 전체? 절대 안 된단다.

#24

나는
자는 게 아냐.

내 정신은
말짱하거든

✦ 스위프트는 〈Lover〉를 작업할 때쯤 라식 수술을 받았다. 그녀의 어머니는 수술을 받은 후의 테일러를 영상으로 찍었는데, 마취가 풀릴 때쯤 진통제에 취해 있는 상태였다. 테일러는 부엌에서 바나나 한 송이와 씨름을 했고, 마침내 한 개를 뜯어냈다. 그녀는 울기 시작한다. "이건 내가 원하던 바나나가 아니었어!" 스위프트의 어머니가 이 바나나를 건네받자, 테일러는 흐느껴 운다. "하지만 여기엔 꼭지도 안 달렸는걸!" 테일러는 침대로 기어들어 울먹인다. "가끔은 내 뜻대로 되지 않아." 그녀가 하는 짓을 참을 수 없다고 느낀다면, 이게 증거 1호가 되겠다.

테일러는 바나나를 먹다가 잠이 들고 만다. 바나나를 입에 물고 꾸벅꾸벅 졸다가 어머니한테 걸리자, 테일러는 이를 부인하며 주장한다. "나는 자는 게 아냐. 내 정신은 말짱하거든."

〈Lover〉는 한 시대의 끝이자 시작이다. 오늘날 테일러의 가장 인기 많은 앨범이자 가장 큰 히트곡이고, 여전히 차트

상위권에 머물러 있다. 디자인과 음색 모두 최고의 핑크빛으로 맞추고 모두가 좋아할 것이란 사실을 알면서 만들기 시작한 유일한 시기다. 또한 처음으로 여름에 낸 앨범으로, 사이키델릭한 파스텔톤이라는 새로운 미학을 선보였다. 그녀는 이제 지미 핸드릭스의 노래에 등장하는 히피족처럼 나비와 무지개 그리고 달빛과 장미에 꽂혔다.

20대를 마무리하고 30대를 시작하면서, 그녀는 지난 10년이란 세월로부터 과거의 자아를 모두 한곳에 모으고 싶었다. 〈Lover〉는 그녀가 더 이상 작곡하고 싶지 않아 할 것으로 생각했던 콧소리 섞인 컨트리 발라드를 되살렸고, 기운찬 일렉트로 디스코와 화려한 팝도 가미됐다. 편안한 슬로 댄스도, 간절한 자기 성찰도, 페미니스트적인 분노와 남부 사투리도, 영국식 억양도, 또 뛰어난 아이디어와 형편없는 아이디어도 같이 실렸다. 그녀는 심지어 "냉장고 불빛[104]"에서 사용했던 억양도 갑자기 터트리는데, 이는 내가 가장 좋아하는 스위프트 목소리 중 하나였다.

팬들은 선행 싱글 'ME!'에서 이를 갈았지만, 1주일 후 그녀는 'The Archer'와 'Lover'를 발표했다. 그녀의 음악에서 상반되는 두 부분이었다. 프린스식으로 이야기하자면 〈Speak

104 'All Too Well'에서 "In the refrigerator light"를 빗대었다.

Now〉가 그녀의 〈1999〉이고 〈Red〉는 〈Her Pruple Rain〉이며 〈Reputation〉이 그녀의 〈Parade〉라면, 이 앨범은 그녀의 〈Sign o'the Times〉였다. 최고의 노래들을 한 앨범에 담았다는 점에서 그렇다. 〈Reputation〉 이후로 누구나 편하게 들을 수 있는 그녀의 작품을 이토록 열심히 들을 수 있다는 게 희한했다.

그러나 그녀는 업계에서도 승리를 거두고 싶었다. 〈Lover〉는 라디오에서 방송하기도 편하고, 판매하기도 편하며, 상을 타기에도 편한 앨범이었다. 그녀는 그래미 어워드의 마감일에 맞춰 앨범을 발매하는 것을 중요하게 생각했지만 아무것도 얻지 못했다(2019년 가장 많이 판매된 앨범이었던 〈Lover〉는 단 한 차례 수상 후보에만 올랐고, 그레이트풀 데드Grateful Dead와 앨런 파슨스 프로젝트Alan Parsons Project, 지미 카터Jimmy Carter도 마찬가지였다). 공개 직전 그녀는 애비게일 앤더슨과 한 갈라 행사에 참석했다. 애비게일은 'Fifteen'에 등장한 고등학교 친구로, 〈Fearless〉 시대에 대한 답장이었다.

〈Lover〉는 그녀가 새로운 10년으로 접어드는 만큼 '토성의 귀환[105]' 앨범이 됐다. 여러 뛰어난 작곡가들은 서른 살이 되면서 자신의 내면을 들여다보게 된다. 데이비드 보위의

105 토성의 공전 주기는 약 29년으로, 인간이 서른 살쯤에 한 단계 성숙하는 것을 뜻한다.

〈Low〉, 조니 미첼의 〈For the Roses〉, 캐롤 킹의 〈Tapestry〉나 알 그린Al Green의 〈The Belle Album〉이 그렇다. 롤러코스터 같은 리듬으로 사랑에 빠졌다가 깨어나는 사람에 있어서, 〈Lover〉는 사랑하는 상태에 있는 것을 노래하는 앨범이며, 이런 주제로 노래를 쓰기는 점점 더 두렵고 어려워질 수밖에 없다.

'Cornelia Street'는 최고의 곡 중 하나다. 이 노래는 'Holy Ground'와 동일한 플롯을 갖췄다. 'Holy Ground'에 등장하는 뉴욕시의 소녀는 자신을 둘러싼 이 도시로부터 자기 연인을 떠올리고, 그 연인이 떠나가기도 전에 이미 그리워한다. 그러나 'Cornelia Street'에서는 더 이상 그 마법 같은 '첫날[106]'이 아니다. 그녀는 사랑을 붙잡아 두고 현실로 만들려고 노력한다. 우리가 현실적으로 땅 위를 걷고 거기서 살아가야 한다면 어떻게 계속 그 땅을 성스럽게 지켜줄 수 있을까? 이것이 테일러가 이 노래들을 통틀어 계속 던지는 질문이다.

〈Lover〉 전체에서 그녀는 빌려온 마음과 푸른 마음[107] 곳곳에서 어린 시절의 자신과 조우한다. 'Miss Americana &

106 'Holy Ground'에 등장하는 연인과의 첫날을 의미한다.

107 'Lover' 가사 중 'My heart's been borrowed and yours has been blue'에 빗대었는데, 미국의 결혼식에서는 신부가 행운을 빌기 위해 빌려온 물건 한 가지와 파란색 물건 한 가지를 가져오는 전통이 있다.

The Heartbreak Prince'는 〈Fearless〉의 고등학교 시절을 다시 방문하고, 'Daylight'는 〈1989〉에서 나이 어린 어른의 낭만을 발전시킨다. 파티장에서 한 블록 떨어진 곳에 자기를 내려달라고 어머니에게 부탁했던 소녀는 이제 어머니를 모시고 병원에 간다. 그녀는 자신이 1월이 될 때까지 일주일 내내 크리스마스 조명을 켜둘 수 있을 만큼 거칠고 속 편하다고 으스대며 타이틀곡을 시작한다. 그러나 그녀가 기타를 치면서 생긴 손의 모든 흉터[108]와 함께 'Lover'에서 영원한 헌신을 맹세하면서 진심으로 포용할 수 있는 소울메이트는 바로 그녀의 혼란스러운 자아다.

〈Lover〉에서 내가 계속 관심을 기울이는 순간은 바로 그녀의 타이틀곡을 담은 뮤직비디오다. 'Lover'에는 정말 아름다운 이미지들이 담겨 있다. 미친 듯이 사랑에 빠진 커플, 오래오래 행복하게 잘 살았다는 결혼식, 호사스러운 만찬과 크리스마스 아침. 그러나 이 모두가 스노우 볼 안에서 벌어지는 일이며, 테일러가 10여 년도 전인 열여섯 살에 영원한 사랑을 노래하는 또 다른 발라드인 'Mary's Song'에서 들려준 이야기이기도 하다.

연인들은 식탁에 꼭 붙어 앉아 있지만, 나는 그 뮤직비

108 'Lover' 가사 "With every guitar-string scar on my hand"에 빗대었다.

디오를 볼 때마다 크랜베리 소스가 눈에 거슬린다. 이 크랜베리 소스는 나를 줄곧 괴롭힌다. 이 사랑에 빠진 행복한 커플이 둘만을 위한 행복한 저녁 식사를 하지. 파스타랑… 크랜베리 소스라고? 세상에 도대체 왜 이 식탁에 크랜베리 소스가 올라가 있는 거지? 심지어 이 두 사람은 크랜베리 소스를 좋아하지도 않는다. 소스를 먹고 있는 것도 아니다. 그저 아무도 손을 대지 않는 크랜베리 소스가, 막 깡통에서 꺼낸 모습 그대로 흔들거리는 젤리 두 덩어리가 그곳에 있을 뿐. 스파게티 위에 크랜베리 소스를 얹는 사람이 어디 있는가?

아, 테일러의 정신이 영향력을 발휘하고 그녀가 내린 결정인가. 솔직히 이 메뉴에서 이해가 되는 구석은 하나도 없다. 체리 한 사발? 계란 후라이를 얹은 피자? 그러나 테일러와 그녀의 연인은 관심도 없다. 서로의 눈을 들여다보느라 너무 바쁘니까(또한 그녀는 그가 아저씨처럼 던지는 '샐러드드레싱' 농담에 정신이 팔려 있다. 괜찮은 농담일 수도 있겠지).

아마도 이 점이 테일러가 우리에게 하려는 말일 것이다. 아마도 이 크랜베리 소스는 진짜 로맨스가 무엇인지를 상징적으로 보여 주는 것이리라. 아마도 사랑은 불타오르는 빨강일 필요가 없을 것이다. 아마도 특별하고 소중할 필요도 없을 것이다. 아마도 낭만의 정의는 크랜베리 소스가 담긴 그 작고 슬픈 접시일 것이다. 탁자 위에 쓸쓸하게 놓였지만, 그저 사랑에 푹 빠져 있는 탓에 보지도 않는 그런 존재인 것이다.

이 연인들은 꿈속에서 함께 정신을 놓았다. 차려진 식사를 못 본 척하고, 크랜베리 소스를 못 본 척한다. 이들은 자기네만의 세상에서 살고 있으며, 그 무엇도 방해하거나 관심을 끌지 못한다. 나머지 우리들에게는 우스꽝스러워 보일지도 모른다. 그러나 이들은 자는 게 아니다. 정신은 말짱하거든.

# #25

# 포크 음악

✦ 〈Folklore〉는 왜 테일러 스위프트의 최고의 앨범일까? 단순히 'August'나 심지어 'Mirrorball' 때문은 아니다. 우리가 오래 들을수록 노래가 계속 진화하는 방식 때문이다. 그리고 그녀가 미로처럼 복잡한 가상의 우주를 지어 가는 방식 때문이다. 그녀가 'This Is Me Trying'에서 우스울 정도로 입을 꽉 다물고 있다가 "나는 그걸 정말 많이 후회해"라고 한 방 먹이며 절망을 털어 내는 방식 때문이다. 'The Last Great American Dynasty'를 시작하는 피아노 전주에 귀를 쫑긋 세우고, 그러다가 가볍게 기분을 풀어주는 이 노래에 가장 밀접한 상황이란 외로운 미망인이 초대했던 손님들이 그녀의 샴페인을 모두 마셔버리고 떠나고 난 후 밤새도록 바닷가 바위 사이를 걷는 그런 상황임을 깨닫는 방식 때문이다.

'Illicit Affairs'의 기타가 그렇고, 'Seven'의 현악기가 그렇다. 'The Lakes'의 워즈워스를 찾아가는 여행이 그렇다.

'New Romantics'로부터 6년이 흐른 후에 그녀는 구식 낭만주의자가 되고 만다. 슬그머니 돌아다니고 비밀을 숨기는 그녀의 평범한 이야기들은 사람들과 어울리기를 갈망하는 안타까움이 주홍 글씨처럼 느껴지는 팬데믹 동안 색다르게 와 닿았다. 그녀는 요동치는 20대에서 했던 짓들을 모두 털어 버리는 앨범으로 30대를 여는 방식이다. 그러나 무엇보다도, 'August'의 마지막에서 곡이 끝나는 것처럼 들리는 어지러운 순간이다. 그녀는 마침내 고개를 꼿꼿이 세우고 차를 몰고 가버리지만, 단 한 번만 더 차를 돌려 "차에 타라고!"라고 고함을 지르고 만다. 그래, 좋아. 아마도 그게 '8월'이리라.

〈Folklore〉는 고립의 시간에 이뤄졌다. "저는 대부분 와인을 마치고 매일 700시간씩 TV를 보면서 살아남았어요." 그녀는 말했다. "하지만 〈Folklore〉도 만들었답니다." 그녀는 여름에 계획하던 러버 페스트 쇼를 취소해야만 했고, 따라서 새로운 비밀 프로젝트에 돌입했다. 대부분은 그저 통기타와 피아노로 이뤄지고, 내셔널의 아론 데스너와 그녀의 호위 무사 잭 안토노프와 협업했다. 셋은 단 한 번도 같은 공간에 있은 적이 없었고, 먼 거리에 떨어져서 앨범 작업을 했다. 그녀는 일상의 삶과 정체성을 내려놓았다. "저는 밀레니얼 세대의 여성이 아니었어요. 빅토리아 시대의 여성으로 촛불 아래서 깃털 펜을 들어 홍차로 얼룩진 양피지 한 장에 썼답니다."

나는 7월 22일 아침에 팀 테일러로부터 이 놀라운 앨범이 나온다는 문자를 받고 깼다. 나는 이 미치도록 뛰어난 앨범을 듣고 또 들었다. 그녀는 야심 차게 스토리텔링을 하며 냉랭한 고스 포크Goth-folk 소리를 만들어 내기 위해 통기타를 들어서 과감하게 음악적으로 변신했다. 그녀는 프롤로그에 이렇게 설명했다. "고립 속에서 내 상상력은 제멋대로 펼쳐졌고, 그 결과가 이 앨범이다. 의식의 흐름처럼 흘러가는 노래와 이야기가 담겼다. 펜을 드는 것은 내가 판타지와 역사, 추억을 향해 탈출할 수 있던 방식이었다."

나는 18시간을 연속으로 이 앨범을 들었다. 피를 쥐어짜는 듯한 그 모든 발라드 그리고 상실을 겪고, 겁에 질리고, 망가져 버린 그 모든 인물들. 이 앨범은 다섯 개의 트랙으로 구성됐고, 무엇보다도 따돌림받는 여성들이 장악하고 있었다. 〈Folklore〉에는 영웅적인 마녀, 미망인, 노파, 광녀가 수없이 등장해서 귀신 들린 집에서 남몰래 움직이거나 다락에 숨었다.

나는 다른 사람들처럼 전염병의 한 해를 〈Folklore〉와 함께 보냈다(그 누구도 이 시점에서 〈Folklore〉는 약 다섯 달 후에 동생뻘 앨범을 얻게 되리라는 것을 몰랐다). 그녀는 〈Folklore〉를 카세트테이프로 출시했고, 테이프로 들으니 더 근사했다. 양면 모두 마지막 곡이 'This Is Me Trying'이었는데, 노래가 서서히 끝난 직후 마지막으로 테이프가 멈추면서 '찰칵' 소리가 났기 때문이다.

나는 이 곡을 들을 장소도 찾아냈다. 노스 브루클린에 있는 강변 구석 자리로, 하수 처리장 뒤쪽에 놓인 바위에 앉으면 딱이었다. 이곳은 오염된 도시의 폐기장이기 때문에 근처로 찾아오는 사람이 없었다. 그러나 나는 이 구석지고 방해받지 않는 성스러운 공간에 앉아 오리를 구경하고, 더러운 물이 잔물결을 일으키며 더욱 더러워지는 모습을 지켜보았다. 또한 〈Folklore〉를 따라 부르며, 적응하지 못하고 따돌림받는 이들을 느끼고, 맨해튼 너머로 해가 지는 모습을 바라보았다. 음악을 듣기에 특별히 낭만적인 환경은 아니었으나 이 노래들을 위해서는 적절한 장소였다.

〈Folklore〉는 그녀를 좋아하지 않는 사람들에게도 강한 인상을 안겨 주었다(다만 나중에 다시 좋아하지 않는 쪽으로 돌아갔다). 작가 션 호우Sean Howe는 '네브라스터리스크Nebrasterisk' 라는 개념을 규정했다. 논란의 중심에 선 가수가 회의적인 사람들조차 감탄할 수밖에 없는 앨범을 만드는 현상이다. 카탈로그상으로는 이상치가 되며, 팬이 아닌 사람들에게서도 흥미를 끌 수 있는 노래다.

이를 보여 주는 고전적인 사례가 바로 브루스 스프링

스틴의 〈Nebraska〉로, 그는 자기 부엌에서 4개 트랙을 건조한 어쿠스틱 연주로 녹음했다. 힙스터들은 이 최종 보스 앞에서 무릎 꿇었고 그의 광신도들은 그의 팬이라고 의심받을 걱정 없이 이 앨범만 예외인 척할 수 있었다("스프링스틴이라면 질색이야. 그런데 말야…").

U2에게는 〈Achtung Baby〉가, 스톤스에게는 〈Exile〉이, 드레이크에게는 〈If You're Reading This It's Too Late〉이 있었다. 또한 너바나에게는 〈In Utero〉가, AC/DC에게는 〈Back in Black〉이 있었다. 〈Folklore〉는 테일러의 네브라스터리스크로, 변칙적인 앨범인 만큼 평소 같은 마음의 짐 없이 들을 수 있었다. 좋아하기에 무해한 음반이었다. 그냥 우연이라고 치부해버릴 수 있었기 때문이었다.

테일러는 어쨌든 이 노래들을 가지고 투어 콘서트를 하지 않으리라 생각했기 때문에, 라디오용으로 뭔가를 하거나, 응원이나 스타디움에 알맞게 만드는 작업은 모두 포기했다. 그녀는 그저 커피 한 잔을 내리고 피아노 앞에 앉아서, 자기 마음이 어두운 곳곳을 헤매도록 내버려두었다.

그녀는 가상의 인물들이 자기만의 이야기들을 털어놓게 만들었다. 부끄러운 늙은 과부는 온 마을의 미움을 샀다. 겁에 질린 일곱 살 어린 여자아이와 트라우마가 있는 그녀의 단짝 친구는 도망가서 해적이 되는 꿈을 꿨다. 장례식에서는 유령이 자신의 적을 지켜보고 있었다. 중독자는 회복을 위해 노력하고 있었고, 10대 소년은 말을 더듬었다.

하이라이트를 이루는 세 곡, 'Cardigan'과 'August' 그리고 'Betty'는 각기 다른 세 개의 관점에서 동일한 삼각관계를 묘사했다. 다른 노래들도 한 이야기의 양면을 들려주었다. 'The 1'과 'Peace', 'Invisible String'과 'The Lakes', 'This Is Me Trying'은 위스키를 퍼마시지 않기 위해 마음을 쏟을 수밖에 없는 어떤 사람의 불안스레 재기 발랄한 이야기를 담았다.

〈Folklore〉 효과 중 하나로 인해 나는 〈Reputation〉으로 돌아갔다. 나는 꼬리에 꼬리를 물고 반복해가며 두 앨범을 과도하게 재생해댔다. 둘은 완벽한 영적 쌍둥이였고, 그녀가 내놓은 가장 극단적인 앨범이었다. 흑백으로 된 앨범 커버를 가진 두 앨범이 무지개와 같은 〈Lover〉를 앞뒤로 지탱했다(프린스가 〈Parade〉와 〈The Black Album〉을 〈Sign O'the Times〉를 앞뒤로 보좌하는 것과 같았다). 이 앨범에서 처음으로 테일러는 웃지 않는다. 컨트리적인 요소도 없고, 첫 데이트도 없으며, '테일러, 도시에 가다' 노래도 아니었다.

그녀는 전에도 이런 음악을 만든 적이 있었다. 그녀가 2012년 〈헝거 게임〉 사운드트랙에서 시빌 워즈Civil Wars와 함께 부른 뿌리 깊은 보석인 'Safe & Sound'에 가까운 분위기다. 그러나 이번 앨범은 훨씬 더 극단적이다. 'This Is Me Trying'은 내 묘비명으로 새겨주길 바라는 가사가 잔뜩이다. 단, 그 가사들을 모두 적으려면 묘비가 서너 개쯤 필요할 수도 있겠다. "나는 곡선을 너무 앞서나갔고, 그 곡선은 구가 되어 버렸어"라니, 이런 수학 천재 같으니. 테일러는 한때 자신이 'Mad Woman'을 부를 때 자신이 '포크글레어FolkGlare'라는 표정을 짓는다고 말했다. 그리고 우리는 이 노래들을 들으며 그 표정을 그려볼 수 있다.

우리는 몇 년이나 노래들을 들어 보며 복잡하게 엮인 서사적인 디테일을 맞추려고 애쓸 수도 있다. 'Mirrorball'은 6년 후에 나온 'New Romantics'와 똑같이 예민한 댄스 플로어 허세꾼에 관한 노래로, 다만 이 노래에서 테일러는 모든 사람의 절박한 불안감을 비춰주는 디스코 볼이다. 'Illicit Affairs'는 또 다른 부정(不貞)을 저지르는 남녀의 이야기로, 두 명의 불륜 남녀는 주차장에서 만남을 가질 수밖에 없다('Fearless'에 나오는 주차장과는 설마 다른 곳이겠지?).

그녀는 노인과 어린이, 10대 청소년 모두를 사로잡았다. 'The Lakes'에서 테일러는 윌리엄 워즈워스의 발자취를 따라 걷는다. 이 낭만주의 시인은 본질적으로 테일러가 하듯 자기 성찰적인 글쓰기를 고안해 낸 사람으로, 콜리지와 함께 레이크

디스트릭트의 윈더미어 산을 방랑했다.

그러나 이 앨범의 핵심은 10대의 사랑 3부작으로, 제임스와 베티, 어거스타 그리고 여기에 이네즈라는 결정적인 단역이 등장한다. 노래들은 같은 연애를 두고 각기 다른 버전을 이야기한다. 제임스는 그녀가 처음으로 남자의 관점에서 솔직하게 노래한 인물로, 자연스레 그는 사과를 많이 해야 한다는 의미다. 그러나 그의 첫 대사가 "베티, 단정 짓지는 않을게…"라는 사실은 의미심장하다. 그녀가 노골적인 남성 코드의 서술자로 살며시 변신했을 때, 그녀가 남성의 특권으로 처음 떠올린 것은 아무도 이의를 제기하지 않는 가정을 가질 수 있는 권리였다.

이 앨범은 강한 자의식으로 기획된 하트랜드 록[109]Heartland rock 대서사시다. 'Betty'는 심지어 브루스 스프링스틴의 소년, 소녀, 자동차로 구성된 고전인 'Thunder Road'에서 곧바로 물려받은 하모니카 솔로로 시작된다. 'Thunder Road'는 테일러가 'Our Song'에서 자기 이야기를 시작하는 덧문으로 시작하기도 한다. 그녀는 이 세 연인 모두가 되고, 이들은 모두 테일러가 된다. 클라이맥스에서 제임스는 그녀의 파티에 나타나 용서를 구하려 한다(제임스는 〈1989〉를 차 안에서 듣고 있었을까?

109 컨트리 음악과 블루스, 로큰롤을 기반으로 하여 미국 노동자들의 비애를 다룬 장르로 브루스 스프링스틴과 톰 페티 등이 대표적이다.

그는 테일러가 'How You Get the Girl'에서 해 준 모든 조언들을 따랐고, 또 효과가 있었기 때문이다. 이들은 현관에서 그녀의 바보 같은 친구들이 보는 앞에서 키스를 한다).

그러나 내 경우에 이 이야기의 영웅은 어거스타다. 그녀는 이름조차 언급되지 않았지만, 베티와 제임스가 서로에게서 무엇을 원하든 어거스타는 둘보다 침착하다. 테일러는 라이브 앨범 〈The Long Pond Studio Sessions〉에서 그녀의 이름을 밝힌다. "저는 머릿속으로 그 소녀를 '어거스트', '어거스타' 아니면 '어거스틴'으로 불렀어요. 그냥 머릿속으로만 이름을 붙였답니다." 그녀는 바이런 경의 누나이며 낭만주의 시인인 어거스터 리Augusta Lee에게서 이름을 따온 걸까? 그러면 'The Lakes'의 19세기 시적인 장면에 잘 들어맞게 된다.

스위프트가 이야기를 보는 방식대로, 베티는 마침내 제임스에게로 다시 돌아간다. 그러나 베티가 이 남자를 손에 넣었어도, 어거스타는 노래를 얻었고, 그것이 어거스타가 얻은 것이다. 이 삼각관계는 여전히 자동차 안에서 제임스를 기다리면서 쇼핑몰에 머무르는 어거스타로 끝이 난다. 그러나 그녀는 쇼핑몰 뒤편 주차장을 이 세상에서 가장 낭만적인 도피처같이 들리게 만든다.

# #26

# 미러볼

✦ ‘Mirrorball’은 섬세하고 약한 떨림을 가진 노래다. 나는 2020년 11월에 발표한 라이브 앨범인 〈The Long Pond Studio Sessions〉에서 그녀가 노래하는 버전을 가장 사랑한다. 테일러는 ‘Mirrorball’을 부르기 전에 이렇게 설명한다. “그러니까, 저는 방금 저 외로운 디스코 볼과 번쩍거리는 조명, 네온사인, 바에 앉아 맥주를 마시는 사람들과 댄스 플로어에서 헤매는 몇 사람을 본 거예요. 한 번도 가보지 못한 작은 도시의 한복판에서, 서글픈 달빛에 비친 외로운 경험 같은 거였어요.”

가본 적이 없다고? 아이고, 어떤 사람들은 거기를 집이라 부른다. 그러나 그녀는 이 감상적인 바의 모습을 떠올리면서 폴 웨스터버그Paul Westerberg가 리플레이스먼츠Replacements의 ‘Swingin Party’에서 묘사한 것과 똑같은 외로움에 가까워진다. ‘Swingin Party’는 미러볼이 등장하는 노래 가운데 최고로 꼽히는 곡이기도 하다.

그녀는 댄스 플로어를 내려다보는 디스코 볼로 변신해서 어째서 다른 사람들은 저리도 즐거운 시간을 보내는지 궁금해하고, 또 그게 어떤 느낌인지 알고 싶어 한다. 그녀는 모든 사람의 남모를 불안감, 즉 드레스를 차려입음으로써 감추고 싶어 하는 그 불안감을 비춘다. 마치 그녀는 'New Romantics'에서와 같은 클럽에 있는 듯하지만, 바라보는 관점은 다르며 더욱 연약하고 너무 드러난 존재가 된 것처럼 느낀다. 이 조심스레 수수한 발라드는 너무 시끄럽고 휘황찬란하다고 느끼면서 혹시 모든 사람이 자기의 결점을 들여다보는지 궁금하지만, 어쨌든 아무도 보지 않는다고 느끼는 감정에 관해 노래한다.

이 버전의 'Mirrorball'은 〈롱 폰드 스튜디오 세션The Long Pond Studio Sessions〉을 통해 공개됐다. 테일러는 이 특별한 영화를 〈Folklore〉가 나온 지 4개월 후에 선보였다. 그녀는 아론 데스너와 잭 앤토노프와 함께 처음으로 한 공간에서 이 노래들을 공연했다. 공연 장소는 숲속 깊은 곳의 투박한 오두막집으로, 바로 뉴욕의 허드슨 밸리에 자리한 내셔널의 롱 폰드 스튜디오였다. 그녀는 격리 기간 동안 'Mirrorball'을 어떻게 떠올렸는지 설명했다. "저는 제 공연이 모두 취소됐다는 사실을 알게 된 직후에 이 노래를 썼어요. 저는 좀 '나는 여전히 불안한 줄타기를 하고 있어. 그리고 네가 날 보고 웃게 하려고 무엇이든 할 거야'

라는 마음이었어요." 그녀는 말했다.

〈롱 폰드 스튜디오 세션〉은 대부분의 미국 내 가족들이 (나처럼) 팬데믹으로 인해 떨어져 있던 추수감사절 주말에 처음 공개됐다. 우리에게 'All Too Well'을 선사했던 그 포근한 플란넬의 추수감사절[110]로부터 정확히 10년이 흐른 후였고, 그런 디테일을 깨닫지 못할 시청자들을 위해 그녀는 세션의 상당 부분에서 격자무늬 셔츠를 입고 있었다. 그녀와 기타를 치는 나머지 두 명은 가을 낙엽으로 둘러싸인 북부 주에 푹 빠졌다. 그녀는 현관이나 헛간 옆 마당에 앉아 이야기를 나누면서 시골 분위기에 한껏 취했다. 그러나 이 슬픈 명절을 위해 노래가 주는 구슬픈 감성을 탐닉했다.

"코로나19 록다운Lockdown이 시작되자 저는 완전히 무기력해지고 목적도 없이 공허해졌다는 걸 깨달았어요. 첫 3일 동안에요." 그래서 그녀는 자리에 앉아 곡을 썼고, 노래들이 그대로 쏟아져 나왔다. 그녀는 고립 속에서 모든 노래들을 창작해냈다. 그녀의 폴 매카트니는 이를 '록다운Rockdown'이라고 부르며 좋아했다. "끝없는 불안감을 만들어 내는, 완전하고 총체적인 불확실성에는 말로 표현하기 어려운 특별함이 있어요. 우리 셋

110 당시 테일러는 제이크 질렌할과 추수감사절을 함께 보냈고, 그녀가 질렌할의 집에 놓고 온 스카프가 플란넬 재질의 격자무늬였다.

뿐 아니라 모두에게 펑펑 울면서 쏟아내는 게 필요했죠."

'Mirrorball'은 〈Reputation〉의 일렉트로 발라드가 감싸주는 따스함을 지녔지만, 여기에는 불안감이 아른아른 퍼져 있다. 그녀가 'This Is Me Trying'에서 표현한 것과 같은 절망이다. 'This Is Me Trying'은 〈Folklore〉에서 '네가 알아주면 좋겠어[111]'라고 호소하는 또 하나의 노래이자 '애쓰고, 애쓰고, 또 애쓰죠'라고 말하는 노래다. "〈Folklore〉에는 서로를 참고하거나 가사가 비슷한 노래들이 많아요." 그녀는 스튜디오에서 말했다. "그리고 제가 좋아하는 노래 중의 하나가 'This Is Me Trying' 전부인데, 'Mirrorball'에서 다시 한 번 언급돼요." 데스너와 안토노프는 기타로 손을 뻗어, 어둠 속에서 빛나는 무지개 같은 분위기를 만들어 낸다.

〈롱 폰드 스튜디오 세션〉의 마법은 겨우 몇 주 후 그녀가 〈Evermore〉를 발표하면서 끝이 났다. 이 영화는 〈Folklore〉 이야기과는 잘 맞지 않고, 두 앨범 사이에 낀 채 어디에도 속하지 못한다. 상처 입은 〈Folklore〉의 인물들은 모두 그녀의 미러볼을 구성하는 서로 다른 면들이며, 이들은 모두 빛을 받아 밝게 빛난다.

111 'Mirrorball'과 'This Is Me Trying'에서 공통적으로 등장하는 가사다.

# #27

# 외할머니를
# 그리며

✦ 2020년 12월 테일러 스위프트는 〈Evermore〉를 공개했다. 깜짝 선물과도 같은 〈Folklore〉의 자매 앨범이었다. "쉽게 말하자면 우리는 작곡을 멈출 수가 없었어요. 좀 더 시적으로 표현해 보자면, 우리는 포크로어 숲 가장자리에 서서 선택을 할 수 있는 것처럼 느껴졌어요. 되돌아설 것인가, 아니면 이 음악의 숲으로 더 깊숙이 모험을 떠날 것인가. 우리는 더 깊이 방랑해 보기로 결정했어요."

〈Evermore〉는 〈Folklore〉가 나온 지 겨우 다섯 달 만에 등장했고, 또 〈Long Pond Studio Sessions〉를 통해 〈Folklore〉 노래들을 재조명한지 겨우 몇 주 후이기도 했다. 그녀는 앨범이 나오기 고작 일주일 전에 'Happiness'를 썼다.

〈Evermore〉는 〈Folklore〉의 벗이면서도 같은 이야기들을 일부 공유한다. 내셔널의 맷 버닝거Matt Berninger와 듀엣으로 부른 'Corney Island'는 'August'의 소녀가 자기 고향을 떠나 제임스와 베티를 잊고 뉴욕으로 이사 와서 힙스터 애인을 만나는 이야기처럼 들린다. 그리하여 이 오래된 대도시에서는 모든 것이 다르다고 생각하다가, 문득 자신이 똑같은 이야기에 처음부터 다시 갇히게 됐음을 깨닫는다. 당신이 어른이 되어도, 그들은 당신이 아무것도 모른다고 추측한다.

〈Folklore〉와 같이 〈Evermore〉는 완전한 카타르시스를 주는 아름다움을 지녔고, 유령 이야기와 유령의 집으로 가득한 앨범이다. 그러나 가장 가슴 아픈 곡은 'Marjorie'로, 테일러가 돌아가신 외할머니에게 바치는 헌사다. 이 곡은 단순히 이 아름다운 앨범에서 가장 중요한 작품이 아니다. 테일러는 자신의 집착들을 모두 사랑과 죽음, 비탄의 이야기로 모두 엮어 냈다. 최고의 곡이면서, "죽음은 영원한 이별이 아니에요"라는 가사는 테일러를 이야기꾼으로서 새로운 경지에 올려놓는다.

그녀는 데스너와 함께 테일러의 실제 외할머니이자 오페라 가수인 마저리 핀리Marjorie Finlay에게 헌정하는 'Marjorie'를 썼다. 마저리는 오페라 가수로 2003년 세상을 떠났다. 스위프트는 앨범을 발표하면서 "우리 마저리 할머니가 함께한 앨범이에요. 할머니는 여전히 나를 가끔 찾아오시죠… 꿈에서일 뿐이지만"이라고 언급했다. 그녀는 마지막에 핀리의 목소리를 삽입했다. 그래서 테일러가 "제가 잘 몰랐더라면/당신이 지금 제게 노래를 불러준다 생각했을 텐데"라고 털어놓을 때 마저리의 소프라노 목소리가 함께 노래하는 것을 들을 수 있다.

〈Evermore〉가 〈Folklore〉의 자매 앨범인 것처럼, 이 노래는 'Epiphany'의 자매곡이다. 'Epiphany'는 그녀의 할아버지인 딘이 과달카날섬에서 겪은 제2차 세계대전의 전투 경험을 담은 담백한 발라드다('Epiphany'처럼 'Marjorie'도 13번 트랙으로 수록됐다). 딘은 테일러의 친할아버지고 마저리는 외할머니지만 죽은 이들과 함께 살아간다는 노래들로 인해 영원한 삶을 얻었다. 우리는 나이가 들면서 망자의 영혼을 느끼기 때문이다.

스위프트는 가족의 영상으로 가득 찬 뮤직비디오를 만들었다. 카메라에 비친 마저리는 한껏 부푼 머리 모양에 립스틱을 바르고 아주 편안해 보인다. 한 장면에서 그녀는 손녀와 피아노 벤치에 함께 앉아 있다. 테일러는 아직 아기지만, 마저리는 이미 그녀에게 어느 건반 위에 손을 얹어야 하는지 보여 준다.

마저리 핀리는 클래식 교육을 받은 거장으로, 멤피스에서 자랐고 미주리주 멕시코에 있는 고등학교 합창단에서 활동했다. 그녀는 대학에서 음악을 전공했고, 1950년에는 라디오 쇼 〈뮤직 위드 걸Music with the Girls〉에 나가기 위한 경연에서 우승을 했다. 그녀는 남편과 아바나에서 한동안 살다가 푸에르토리코로 와서 활동을 시작했다.

그녀는 푸에르토리코 심포니 오케스트라와 함께 공연했고, 산후안에 있는 카리베 힐튼 호텔의 라 콘차 룸에서 노래하기도 했다. 또한 자기만의 TV 프로그램을 진행하기도 했다. 비디오에서 보여 주듯, 고향의 신문에 실린 기사에서 그녀는 "제 스페인어는 웃길 정도로 형편없고, 관객들은 그래서 좋아해요. 저는 쇼의 MC를 받쳐 주는 일종의 조연이 됐어요"라고 말한다.

그녀의 손녀는 음악으로 삶을 개척했고, 이는 마저리가 그저 꿈에서만 그리던 그런 삶이었다. 그러나 마저리는 손녀가 스타가 되는 모습을 보지 못하고 그만 세상을 떠났다. 테일러가 노래하듯 "꿈들을 잔뜩 쑤셔 넣은 당신의 옷장/그리고 그 모든 걸 제게 남기셨죠."

스티브 라이히Steve Reich의 〈18인의 음악가를 위한 음악[112]〉에 동조하는 소용돌이치는 전자적인 맥박 위로 그녀의 가라앉은 목소리가 흘러나오면서 이 노래에 힘이 생겨난다(브라이스 데스너가 빈티지 신시사이저와 현악기로 이를 편곡했고, 본 이베어의 저스틴 버논이 백그라운드 보컬을 맡았다).

"당신께 물었어야 해요. 어떻게 당신처럼 될 수 있는지 물었어야 해요/저를 위해 글을 써달라고 부탁했어야 해요/모든

112 미니멀리즘의 대가 스티브 라이히가 작곡한 이 곡에서는 18명의 연주자가 연주하는 다양한 악기와 음색이 반복과 중첩 등을 통해 유기적으로 어우러진다.

식료품점 영수증을 간직했어야 해요/왜냐하면 당신의 모든 흔적이 다 사라져 갈 테니까요" 그녀는 이렇게 노래했다. 테일러는 소도시의 디바였던 외할머니를 자신이 언제나 되고 싶었던 스타로 만들었다(고향의 신문에 실린 또 다른 기사이다. "그녀의 부모님은 언제나 그녀가 레스토랑에서 일하지 못하게 했다. 그리고 그녀는 '아주 격조 높은 곳이란다'라는 말로 설득한 후에야 제안을 받아들일 수 있었다").

테일러가 〈Evermore〉를 공개한 날, 그녀는 유튜브에서 한 팬에게 이렇게 답했다. "제가 좋아하는 가사가 한 50곡 정도 되지만, 지금으로서는 이 가사랍니다… '절대 너무 친절하게 대하면 안 돼. 영리하게 구는 법을 잊게 된단다. 너무 영리하게만 굴면 안 돼. 친절해지는 법을 잊을 테니까'" 외할머니가 이 노래를 통해 들려주는 조언이었다. 그녀는 어른이 된 자신이 이 현명한 여성에게서 더 많이 배울 수 있었기를 바랐다. 그러나 그것도 슬픔의 일부다. 노력에는 절대로 끝이 없고, 이야기에는 결말이 없다(이 앨범의 마지막 곡이 'Closure(종결)'이라 할지라도. 이는 가장 스위프트답지 않은 개념이다).

〈Folklore〉와 〈Evermore〉에 실린 여러 노래처럼 'Marjorie'는 추억과 함께 살아가고, 죽은 이에게서 배우며, 슬픔으로 인해 괴로워도 계속 살아가는 이야기를 다룬다. 테일러는 〈Evermore〉를 발표하면서 이렇게 설명했다. "저는 제 서른한 번째 생일이 있는 이번 주에 여러분을 놀라게 해 주고 싶었어요. 그리고 우리 대부분이 이번 명절을 외롭게 보내리란 것도 알아요. 제가 그러하듯 누구든 사랑하는 사람을 그리기 위해 음악에 의지하려고 한다면, 이 노래는 그대를 위한 거랍니다."

〈Evermore〉는 진정한 명절용 앨범으로, 고립과 공포로 가득한 겨울이 한창일 때 ''Tis the Damn Season'으로 완벽해진다. 'Marjorie'는 에라스 투어에서 테일러가 스피커를 통해 울려 퍼지는 외할머니의 목소리를 따라 노래하면서 공연의 하이라이트가 됐다. "할머니는 메트라이프 스타디움에서 노래했더라면 기뻐하셨겠지요. 엄밀히 말하자면, 방금 그렇게 하셨네요." 테일러는 뉴저지 공연에서 노래를 부른 후 이렇게 말했다.

앨범의 다른 부분에서도 스위프트는 노래한다. "나는 이제 네 인생을 전래동화처럼 바꿔 생각해/나는 더 이상 감히 너를 꿈꿀 수 없어." 그러나 〈Folklore〉와 〈Evermore〉에서 우리는 사랑하는 사람들의 삶을 전래 동화로 생각하며 이들을 곁에 붙들어 놓는다. 그렇게 해서 포크송처럼 이들의 사랑이 전해질 거라 확신한다. 'Marjorie'는 떠나간 사람들과 교감하고, 그들이 언제나 들려주고 싶던 이야기들을 듣기 위해 노력하려는 노래이자, 추억이 우리를 놓치지 않도록 우리가 추억을 붙들어야 한다는 노래다.

# #28

## 여전히
## 그 자리에
## 있어

✦ 'Right Where You Left Me'는 레스토랑에 앉은 테일러를 보여 준다. 인생에서 가장 끔찍한 순간을 곱씹기 위해 항상 향하는 구석 자리에 홀로 앉은 테일러. 이 레스토랑에서 그녀는 실연을 당했다. 순식간에 벌어진 일이었다. 탁자 건너편에 있던 남자는 다른 누군가 때문에 그녀를 떠나야겠다고 말했다. 보기 좋은 광경은 아니었다. 마스카라가 눈물에 번지고, 유리컵은 산산이 부서졌다. 아주 오래전의 일이다. 그러나 그녀는 여전히 그 순간에 사로잡혀서, 과거에서 얼어붙은 상태다. 모두가 새출발을 했다. 그녀만 그곳에 남았다.

그녀는 다른 테이블에서 사람들이 속삭이는 소리를 듣는다. "저기 바짝 얼어붙은 여자애 이야기 들었어?" 사람들은 서로 묻는다. "아직도 스물셋이라고 환상에 젖어있대. 원래 그랬어야 했지." 그녀가 "네가 나를 떠났어, 안돼"하고 울부짖을 때마다, 아론 데스너가 강박적으로 연주하는 밴조 후크로 인해 더 절망적으로 들린다. 밴조는 그곳에서 빠져나오라고 그녀를 다그치지만 그녀는 움직이지 못한다. 이 곡에서는 스위프트의 노래로서는 유일하게 도움을 요청하는 실제 울음소리가 (두 번) 나온다. 강력한 소리다. 이런 오싹한 짓이라니.

'Right Where You Left Me'는 〈Evermore〉에 실린 보너스 트랙으로, 스물두 살이 되고 10년이 지난 후, 그녀는 스물세 살에 갇힌 듯한 기분을 그려내는 최고의 노래를 썼다. 이 앨범에서 가장 격렬하게 진행되는 곡으로, 리프가 끊임없이 반복되어서 메탈 연주와 함께 웅장한 소리를 만들어 낸다. 또한 이미 한 시간 동안 쓰라린 경험에 관한 노래들이 쭉 이어진 끝에 듣도록 기획됐다. 타이틀곡의 침울한 피아노 선율을 듣고 나면 담요와 베개, 허브차 한 잔을 준비하고 싶은 충동이 들 수 있지만 그럴 수는 없다. 감정을 무자비하게 찢어놓는 또 한 곡이 기다리고 있으니까.

'It's Time to Go'는 정신이 건강한 어른으로부터 듣는 이성적인 조언으로, 과거와의 고리를 끊고 앞으로 나아가라 한다. 그녀는 'Right Where You Left Me'의 소녀에게 이렇게 이야기할 수도 있으리라. "가끔은 포기하는 게 더 강한 거야/가끔은 도망가는 게 더 용감한 거야" 〈Evermore〉의 마지막에 등장하는 두 목소리 중에서 그녀는 조언을 듣고 진지하게 받아들여야 할 쪽이지만, 더 재미있는 쪽은 다른 목소리다(그녀로부터 전문가적인 조언을 들을 수 있는 주제로 분류하자면, '떠나야 할 때를 아는 것'은 '우주생물학'과 '눈을 가리고 하는 칼싸움' 사이에 자리하고 있을 것이다).

'Right Where You Left Me'에서 그녀는 이미 떠나야 할 때를 알지만 신경 쓰지 않는다. 그녀는 똑같은 탁자에 계속 찾아와서, 과거에 얼어붙었다. 그녀는 냅킨과 은수저가 눈에 들어오게 자리를 마련해둔다. 나는 언제나 이 노래를 들을 때 이들이 첫 데이트를 했던, 'Begin Again'과 똑같은 레스토랑이라고 생각한다. 그는 그녀를 위해 의자를 빼주었다. 그는 그게 얼마나 멋진 행동인지 몰랐지만 그녀는 그렇게 생각했다. 이제 그녀는 두 명을 위한 자리로 돌아온다. 단골손님들은 그녀를 그냥 내버려 둬야 한다는 것을 알고, 직원들은 그녀가 매번 올 때마다 괴로워한다.

그녀는 사람들이 자기를 본다는 사실을 안다. 이것이 경험에서 가장 잔인한 부분이다. 그녀는 사람들이 자기에 대해 입방아를 찧고, 냅킨으로 가린 포크로 가리키며 "아, 너무 슬퍼 보여!"라고 말하는 것을 좋아한다. 그녀에게는 증인이 필요하니까. 그녀는 그 남자에 대해, 그 남자의 아내와 아이에 대해 궁금해한다. 아마 그 남자는 그녀를 기억조차 못 할지도 모른다(이 이별은 'Champagne Problems'보다는 'Midnight Rain'에 가깝다).

고요한 꿈이 중반부에 차근차근 펼쳐지고, 꿈속에서 그녀는 현실에선 일어나지 않을 해피 엔딩을 상상한다. 브루스 스프링스틴의 'Downbound Train' 이래로 가장 슬픈 부분이다. 트라우마를 준 비통한 경험이 하나라도 있다면 이런 장면이 매우 익숙할 수 있다. 잘못된 시점으로 되돌아가, 어떻게 달라질 수 있었을까 상상해 보는 것이다. 그녀는 환상 속에서 여전히 스물셋이다.

나는 'Right Where You Left Me'를 들을 때 대부분 먼지를 뒤집어쓴 채 그 탁자에 앉아 있는 존재다. 또 어떨 때는 우리가 노래를 들을 때처럼 레스토랑에서 그 장면을 목격하는 다른 사람이다. 자기들도 그녀처럼 되지 않길 바라면서 꾸역꾸역 식사를 하는, 당황한 구경꾼들이다.

그러나 가끔 나는 벤조가 된다. 그녀가 얼어붙은 채로 앉아 있을 때 밴조는 그녀에게 경고를 하고, 아직은 탈출하기에 너무 늦지 않았다고 이야기한다. 그리고 그녀의 소매를 잡아당기기라도 하듯 현을 튕기며 리프를 연주한다. 가자. 이제 다 떨쳐내자. 계산서를 집어들어. 그리고 다신 돌아오지 마. 네 인생을 살아. 새출발할 수 있을 때 움직여. 노래는 끝이 났다. 그녀가 듣기나 했을까? 우리는 알 수가 없다.

# #29

# 한밤중에

✦ 가장 유명한 앨범 〈Lover〉의 끝부분에서 테일러는 교훈을 나누고 싶었고, 'Daylight'의 클라이맥스에서 마지막 부분은 그녀의 독백으로 채워졌다. "나는 내가 사랑하는 것들로 정의되고 싶어. 내가 미워하는 것들 말고. 또는 한밤중에 나를 괴롭히는 것들 말고."

그녀는 문제를 극복한 모양이다. 'Daylight'로 무난한 길을 걸었다면, 불면의 고통을 담은 〈Midnights〉로 새출발한다. 테일러는 이 앨범을 "일생 동안 드문드문 겪었던, 13일의 잠 못 드는 밤을 그린 이야기"라고 표현했다(그녀가 잠을 자긴 해?). "우리는 사랑 때문에, 두려움 때문에, 혼란 때문에, 눈물 때문에 뜬 눈으로 밤을 새워요. 벽을 마주하고 앉아서, 그 벽이 말을 걸어올 때까지 술을 마시죠. 스스로 만든 감옥에 몸을 구겨 넣고, 바로 지금 치명적으로 인생을 바꿔 놓는 실수를 저지르지 않기를 기도해요. 이 앨범은 한밤에 쓴 노래들을 모았어요. 공포와 달콤한 꿈을 훑는 여정이에요."

그래서 〈Midnights〉에는 'Mastermind', 'You're on Your Own, Kid', 'Bejeweled', 'Midnight Rain'까지 테일러의 여러 강박 관념이 합쳐졌다. 그녀는 끊임없이 자기만의 라벤더색 미로를 짓고 그 안에서 길을 잃는다. 또한 한밤중에 자신을 괴롭히는 것들과 사랑에 빠진다. 그녀의 천재성은 잠에서 깬 채로 누워 복잡한 정서적 감옥을 설계할 수 있을 만큼 뛰어나지만, 여기에서 손을 뗄 수 있을 만큼 똑똑하지는 않다.

테일러는 몇몇 심각하게 왜곡된 사진들을 가지고 〈Midnights〉의 배경을 구성했다. 그녀는 묵직한 1970년대 모텔 분위기를 풍기는 방에 있다. 나무판자로 된 벽에 구역질 나는 초록색 카펫, 보풀이 인 커튼과 작업물, 재떨이, 라이터 그리고 빈티지 월리처 키보드. 그녀는 소파에 다리를 올리고 느긋하게 누워서, 프로그록 앨범처럼 보이는 레코드를 듣고 있다. 이 장소는 마치 하비스 브리스톨 크림Harveys Bristol Cream 셰리주를 몇 잔 들이킨 캐롤 브래디Carol Brady[113]가 꾸민 장소처럼 보인다. 좋은 일이라고는 단 한 번도 벌어진 적 없던 그런 방이었다.

113 〈브래디 펀치〉에서 어머니 역.

그녀는 〈Red〉 이후 10년(빼기 하루) 만에 〈Midnights〉를 발표했다. 가장 스위프트적인 달인 10월이었다. 그녀는 한 NFL 경기에서 3쿼터에 티저 트레일러를 내보냈는데, 이때는 트래비스 켈시를 만나기 아주 오래전이라 겹칠 일은 없었다. 이 티저는 그녀의 팬들보다도 세인츠와 카디널스 팬들을 들쑤셨다. 아마도 그녀는 '써드 다운 컨버전3rd Down Conversion[114]'이 무엇인지 설명하는 미식축구 팬들과 'You're on Your Own, Kid'에 등장하는 데이지 심볼을 설명하는 스위프티들 사이에서 대대적인 대화가 시작되길 바랐나 보다.

그러나 이는 모두 팬들의 아드레날린 분비를 교란시켜 〈Midnights〉를 확실한 수면 부족 상태에서 듣게 하려는 그녀의 계략이었다. 그녀는 심지어 새벽 3시에 비밀스러운 깜짝 소식도 계획해 두었다. 아론 데스너와 함께 작업한 'The Great War'와 'Bigger Than the Whole Sky' 등의 보석 같은 곡들과 함께 일곱 곡이 더 기다리고 있었다.

'Anti-Hero'는 테일러의 여느 선행 싱글과 다를 바 없이 농담하듯 재미있게 자기 이야기를 하지만, 그녀의 히트곡 중에서 가장 크게 성공했다. "이 노래는 나 스스로 너무 싫었던 모

114 세 번의 공격 안에 약 9미터를 전진하는 데에 성공해서 다시 공격 기회를 얻는 것.

든 것들을 살피는 진짜 가이드 투어야." 그녀는 틱톡에 이렇게 올렸다. 복수를 위해 옷을 차려입고, 남자들에게 앙갚음하려 한다. FBI를 부르는 것은 자경단 짓[115]과는 정반대인 일이지만.

나는 처음에 'Karma'가 싫었지만, 이 노래에 참여한 아이스 스파이스Ice Spice 덕에 라디오에서 흘러나오는 코러스에 어느새 푹 빠져버리고 말았다. 제목으로만 봐서는 존 레논이나 조지 해리슨이 떠오르지만, 사실은 폴 매카트니가 1975년 윙스의 〈Venus and Mars〉에서 B면을 채우려고 썼을 법한 카르마에 관한 곡이다. "카르마는 고양이야"는 70년대 매카트니 풍의 후크를 이루고, 조지 해리슨이 벽을 부수는 상상을 불러일으킨다.

'Labyrinth'는 다른 사람들에게 꼭 들어 보라고 권유해 본 적 없는 나만의 애청곡이지만, 테일러가 작곡가라는 사실을 잊고 그저 가장 빛나는 보컬리스트로 돋보이는 노래를 듣고 싶다면 제격이다. 가사는 최소한으로 줄여서, 어쩌면 이 노래보다 다른 노래들의 코러스에 더 많은 가사가 담겼을 수도 있겠다. 그녀는 반짝이는 신시사이저 연주 사이로 "숨을 들이마시고 숨을 쉬어봐/깊게 숨을 쉬고, 다시 내뱉어"라며 한숨을 쉰다(그녀는 6개월 전에 NYU 졸업생들 앞에서 연설을 할 때 이 가사를 언급했다).

115 〈Midnights〉의 'Vigilante shit'을 빗대었다.

안토노프는 〈Another Green World〉 이후 브라이언 이노의 음악을 추구하고 있지만, 80년대 싸구려 신스에도 푹 빠져 있다. 특히나 글로리아 에스테판Gloria Estefan 카탈로그 어딘가에 묻혀서 오래도록 잊혀 있던 마이애미 사운드 머신Miami Sound Machine의 히트곡 'Falling in Love(Uh-Oh)'에 열광했다. 'Glitch'는 우울함이 폭발하는 90년대 R&B에 보내는 연애편지와 같아서, 마지막 "분명 가짜일 거야"는 가짜 베이비페이스Babyface가 만든 후크 같다.

이런 부분들은 〈Midnights〉 앨범 전체에서 발견되는데, 'Lavender Haze'와 'Midnight Rain'에서는 "그 사람들이 내게 원하는 1950년대 쓰레기"를 거부하면서 그 시대의 "사람들은 여자를 원나잇 상대 아니면 아내로밖에 안 봐"라고 설명한다(앞서 언급한 NYU 연설에서 그녀는 이렇게 고백한다. "제게는 2012년 내내 1950년대 주부처럼 차려입고 다니던 시기가 있었어요.").

"Snow on the Beach"가 하이라이트다. 이상하지만 소름 끼치게 아름답다. 테일러의 최종 합체라고나 할까. 깃털 펜과 만년필, 반짝이 젤리 펜이 모두 모였고, 테일러로 꽉 차다 보니 라나 델 레이의 분량은 거의 없다(그녀는 마침표 정도나 부른 것 같다). 처음에는 경박하고 가볍게까지 들리지만, 'Enchanted'처럼 날아오르다가 'Clean'처럼 한 방 먹인다.

이 노래는 자기만의 은밀한 세계에서 아무런 압박도 느끼지 않으면서, 멀리서 감정이 요동치는 자기 모습을 응시하는 내용을 담았다. 그리고 저렴한 카디건처럼 아무렇지 않게 입고 벗을 수 있는 노래를 표방한다. 'The Great War'나 'Maroon'처럼 뼈에 사무치게 들을 필요 없다는 말이다. 하지만 그러다가 "내 주변을 흐릿하게 지워버리고"라는 구절로 접어들고, 그제서야 그녀의 덫에 걸렸다는 사실을 깨닫는다. 모든 디테일은 악마처럼 계획되어 있어서, 두 번째 구절에 묻혀 있던 핵심인 하프 소리는 그 행복감 넘치는 마지막 1초까지 그대로 이어진다. "내려와, 내려와, 내려와."

피날레

# 영원히
# 이렇게

✦ 2023년 여름, 테일러 스위프트는 역대급 투어 콘서트를 끌어가고 있다. 나는 또 한 번의 잔인한 여름이 미리부터 시작된 메모리얼 데이 주말 동안 뉴저지주에서 열린 그녀의 콘서트에서 3일 밤을 연속으로 달렸다. 그리고 정서적인 대서사시인 테일러의 지옥 속에서 노래하고, 울고, 괴로워했다. 그녀는 한 주가 지날수록, 도시를 하나 더 거칠수록 에라스 투어의 전설을 새로이 쌓았고, 매일 자신의 몫보다 더 길고, 더 거칠고, 더 환희에 넘치는 밤을 만들어 냈다. 2024년 그녀는 〈The Tortured Poets Department〉에 새로운 곡을 추가했고, 공연에서는 이를 두고 〈뮤지컬 여성의 분노〉라고 불렀다.

나는 콘서트에 세 번 갔는데, 첫날은 오랜 친구 대리어스와 함께였다. 그는 인디 레이블인 재그재구워jagjaguwar의 창립자로, 피비 브리저스를 보러 간 것이나 다름없었다. 그는 스위프트의 노래를 몇 곡 알지도 못했지만, 눈 앞에 펼쳐진 장관에 감탄했다. "와, 거의 먹이를 던져주는구나."

다음날은 거의 천장에 붙을 듯이 꼭대기 좌석에서 겨우 관람을 했고, 세 번째 날은 중앙 무대 바로 가까이까지 갈 수 있었다. "제가 늘 열망하며 꿈꾸던 게 한 가지 있어요. 생일 파티를 100번쯤 하고 싶어 하는 어린애처럼요!" 그리고 그게 바로 메트라이프 1일차 공연이었다! 나는 금요일 새벽 4시에 집으로 돌아와서 동이 터올 때까지 지붕 위에 앉아 'Getaway Car'와 'Maroon'을 들었다. 그리고 브루클린 너머로 해가 떠오르는 모습을 지켜보면서 'Marjorie'를 듣고, 앞으로 이틀을 더 어떻게 강철처럼 버틸 것인지 고민했다.

노래가 주는 순수한 충격은 육체적으로 나를 압도해 왔다. 'All Too Well'을 들으면서 모두가 들것에 실려 나갈 뻔했다가 '우린 이제 겨우 반을 지났어'를 깨달았을 뿐이었다. 그녀는 실제로 "네가 이긴 거 알잖아. 그런데 뭐 하러 점수를 더 따려는 거야?"를 전달했다. 그녀는 "The 1"을 부르면서 한껏 음을 더 높이기도 했다. "너는 인터넷에서 여자를 만나 집에 데려오잖아."

'Illicit Affairs'에서는 "나를 꼬마라 부르지 마"를 되풀이하며 브리지 부분을 만들어 냈다. 주차장에서의 추잡한 만남을 담은 이 노래는 다른 주차장의 다른 커플이 주인공인 'Fearless'를 부른지 겨우 한 시간 후에 등장했지만, 어쩌면 같은 소녀에게 몇 년이라는 세월이 흐른 뒤에 생긴 일일지도 모르겠다. 그녀는 숨겨두었던 어쿠스틱 곡으로 은근하게 넘어간다. 금요일에는 (뉴저지 출신 잭 안토노프와 함께) 'Getaway Car'와 'Maroon'을 불렀고, 토요일에는 뉴욕식 사랑 노래인 'Holy Ground'와 'False God'이었다. 일요일에는 'Welcome to New York'과 'Clean'이었다.

〈Evermore〉는 가장 세게 다가왔다. 진심으로 테일러가 규정한 시대 중에서 최고였고, 라이브 공연에 맞게 가장 많이 편곡된 앨범이기도 했다. 가장 차분하고 자기 성찰적인 곡들은 스타디움을 힘껏 울리는 노래들로 바뀌었고, ''Tis the Damn Season'의 U2 같은 기타 연주는 'Champagne Problems'의 고뇌로 이어졌다. 'Willow'는 고트족의 의식이 되어서, 내 옆자리 팬은 이렇게 속삭였다. "테일러가 여기서 강령회를 열었나 봐요."

'Nothing New'를 함께 부르려고 등장한 피비 브리저스는 그녀에게 "당신은 제 영웅이에요"라고 말해서 테일러가 탄성을 지르게 만들었다. 아이스 스파이스는 'Karma' 무대를 함께 했다. 아무리 테일러가 과거를 샅샅이 휘저어도 에라스 투어는 너무나 미래를 향해 열려 있다는 느낌이 든다는 게 이상했다. 몹시도 풍성하고 심오하며 다양한 팝의 역사이면서도, 그녀가 여전히 우리 앞에서 다시 쓰고 있는 역사이기도 했다.

영화 〈에라스 투어Eras Tour〉는 10월에 개봉했고, 콘서트만큼이나 황홀감을 안겨 주었다. 개봉 첫날 소란스러운 관객들과 함께 극장에서 관람하자니 더욱 그랬다. 극장 조명이 꺼지자마자 H열의 한 소녀가 날카롭게 외쳤다. "어머나, 이제라도 허락을 구해야겠어요. 우리 다 같이 소리 지를 거죠? 왜냐하면 저 노래하고 싶거든요!" F3 좌석에 앉은 여자가 대꾸했다. "자기야, 시끄럽고 당당하게 부르라고!" 그리고 여기에 필요한 논의는 그게 다였다. 'The 1'에서 테일러가 "이 시대 최고의 영화는 절대로 만들어지지 않았다는 걸 알잖아"라는 부분을 부르자 내 근처 어느 팬은 이렇게 고함쳤다. "지금까진!"

그녀가 13일의 금요일(그때가 아니면 언제겠는가)에 영화 시사회를 열겠다고 발표하자, 〈엑소시스트 2〉 같은 블록버스터를 비롯해(테일러의 힘 앞에 무릎 꿇으라) 다른 영화들이 앞다투어 먼저 개봉했다는 사실은 그녀의 문화적 영향력을 그대로 보여 준다. 나는 이 영화를 코넬리아 스트리트에서 북쪽으로 몇 블록 떨어진 이스트 빌리지에서 보았는데, 당시 내 영화표 값은 19.89달러였다(어린이 표는 13.13달러였다).

그녀가 'Champagne Problems'를 부르려고 이끼로 뒤덮인 피아노 앞에 앉았을 때는 고통스러운 흐느낌이 들렸다. 비장의 선물로 영화는 기타로 연주한 'Our Song'을 피아노로 연주한 'You're on Your Own, Kid'와 짝짓는 영리함을 보였다. 마치 어른이 된 테일러가 불안하고 언제나 힘겹게 애쓰는 10대의 테일러를 연민을 담아 되돌아보는 느낌을 주었다. 어린 테일러는 한때 절망에 빠져 있었고, 어느 단계에 머물러 있을 수밖에 없는 운명이라고 생각했었다. 이는 17년의 세월을 뛰어넘는 대화였지만, 우리는 두 테일러가 같은 언어로 말하고 있음을 들을 수 있었다.

크레딧이 올라가고 조명이 켜지자, 내 뒤에 있던 소녀들은 소리쳤다. "가지 마요! 테일러가 다시 나와서 'Haunted'를 부를 거라고요!" 나는 아직도 테일러가 그 곡을 부르지 않았다는 게 놀랍다.

테일러는 2023년 4월 오랜 연인이었던 조 알윈과 결별했고, 캔사스 시티 주장이자 타이트 엔드 포지션의 트래비스 켈시와의 연애를 시작해 세간의 이목을 끌었다. 그가 그녀에게 공개적으로 얼마나 열렬히 구애했는지 그리고 그녀의 남자 친구 역할을 맡아 얼마나 열정적으로 연기를 했는지 신선할 정도였다. 우리는 난생처음 누군가가 그녀의 남자 친구가 되기 위해 열심히 오디션에 참가하는 모습을 보고 말았다. 마치 대본을 쓰기 위해 'Betty'와 'Our Song' 그리고 'How You Get the Girl'을 샅샅이 공부한 것 같았다.

그녀는 이런 구애를 즐기면서 〈타임〉에 이렇게 말했다. "트래비스가 팟캐스트에서 제게 아주 사랑스럽게 망신을 주었거든요. 저는 그렇게 단단한 모습이 좋았어요." 그러나 알윈과 6년 동안 'Sweet Nothing'의 시대를 보내고 이제는 끝일 거라 생각했던 공개 연애를 테일러는 마음껏 음미했다. 켈시에게는 재산도 있고 명성도 있었다. 심지어는 2016년 리얼리티 연애 프로그램인 〈캐칭 켈시Catching Kelce〉에도 출연했었다. 그녀는 에라스 투어에서 'Karma'를 부르면서 "영화에 나오는 그 남자"라는 원래 가사를 "카르마는 치프스 팀의 그 남자"로 바꿨다.

또한 그녀는 켈시를 NFL로 통하는 황금 티켓처럼 즐기는 듯 보였다. NFL은 그녀가 정복해야 할 신세계로, 아마도 그녀가 아직 빠져들지 못했던 미국 문화의 마지막 보루였을 것 같다. 'Fifteen'을 부른 지 여러 해가 지나고 나서야 그녀는 미식축구 선수와 데이트하는 것의 긍정적인 면을 깨달았다. 치프스 팀이 슈퍼볼에 진출하자, 그녀는 이 중요한 경기를 '테일러가 시상식에서 벌떡 일어나 춤을 췄대' 같은 파티로 바꿔 놨다. 그녀는 라나 델 레이와 함께 앉아 커다란 전광판 위에서 맥주를 마시고, 야유를 보내고, 응원을 하고, 마침내 치프스가 승리를 거두자 경기장으로 뛰쳐나가 그에게 안겼다.

미국 스포츠 의식 중에서 가장 신성하고 고귀한 슈퍼

볼은 테일러에게 완전히 새로운 경험을 안겨줬다. 다만 미식축구적인 관점에서는 플러스가 될 수도, 마이너스가 될 수도 있겠다. 우리 가족은 모두 스위프티 아니면 미식축구 팬으로, 대부분은 둘 다 해당된다. 따라서 슈퍼 볼 간식 메뉴로 ''Tis the Damn Cheeseplate'와 'Nacho Problem Anymore' 그리고 'I Might be Queso But I'm Not Fundido All'[116] 등이 제공됐다.

2월이 되자 그녀는 에라스 투어를 하면서도 비밀리에 작업한 새로운 앨범을 발표했다. 예상대로 그녀는 그래미 어워드 중간에 이 소식을 터트렸다. 〈The Tortured Poets Department〉는 "사랑과 시 안에서 모든 것은 공평하다"라는 신조를 가지고 카타르시스를 주는 이별 노래로 가득했다. 그리고 이 앨범을 공개한 후 2시간 만에 그녀는 더 슬픈 노래들로 채워진 〈The Anthology〉를 덧붙였다. 황홀한 디스코곡인 'I Can Do It With a Broken Heart'부터 신비한 어쿠스틱 애가인 'The Prophecy'까지 폭넓게 아우르는 앨범이었다. 그러나 테일러는 자신의 새로운 불꽃 또는 막 6년의 시간을 함께 보냈던 그 사람에게 그리 많은 시간을 할애하지 않았다.

그녀의 뮤즈는 록스타인 더 1975의 매티 힐리Matty

116 모두 테일러 스위프트의 노래 제목에서 따왔다.

Healy였다. 많은 팬들은 그녀가 2023년 매티와 한바탕 열애를 즐겼었다는 사실조차 잊었지만, 테일러는 그로 인해 미친 듯이 화가 나서 이 노래들을 쏟아냈다고 한다. 앨범 전체에서 이 둘은 고문과도 같은 사랑을 원하는 두 시인이었다. 근사한 타이틀곡에서 그녀는 이렇게 분노한다. "너는 딜런 토마스가 아니야/나는 패티 스미스가 아니야. 여긴 첼시 호텔이 아니라고."

'White Horse'가 그려내던 소도시에 사는 10대 청소년들의 연애("나는 공주가 아니야. 이건 동화가 아니라고")는 대도시로 배경을 바꾼다(그리고 테일러도 알겠지만, 딜런 토머스가 죽을 만큼 술을 퍼마시던 그리니치 빌리지의 술집 이름은 우연히도 '화이트 호스White Horse'다). 패티 스미스는 이 구절을 마음에 들어 했다.

"작가의 삶에서 이 시기는 이제 끝났고, 이번 장은 마무리됐으며 빗장을 걸어 버렸다." '첼시 걸' 스미스는 이렇게 글을 썼다. "일단 상처가 치유된 후에는 복수할 것도, 보복할 것도 없다. 그리고 훗날을 반성하는 과정에서 상당한 문제들이 자신이 자초한 문제인 것으로 드러났다. 이 작가는 우리의 눈물이 종이 위에 쓰인 잉크의 형태를 빌려 성스러워질 수 있다고 굳게 믿는다. 일단 우리는 슬픈 이야기를 입 밖으로 내면, 그로부터 자유로워질 수 있다… 그리고 그렇게 남게 되는 것은 바로 고통받는 시다."

아 그렇지, 과거의 막을 내린다라… 그게 그녀의 특기지. 나는 이 유려한 말들도 좋지만 내 동료인 브리타니 스파노스Brittany Spanos가 트위터에 올린 한마디가 더 마음에 와닿는다. "나는 테일러가 소중한 교훈을 얻은 걸 알 수 있다. 마치 DJ 때문에 인생을 말아먹지 못하고 나니 하나님이 문신을 한 록밴드 리드 싱어를 보내서 언제든지 일을 마무리 짓도록 한 거지."

8월에는 그녀의 빈 공연이 테러리스트의 폭탄 공격 예고로 인해 취소됐다. 여동생 트레이시와 캐롤라인은 공연을 보려고 그곳에 가 있었다. 각각의 남편 브라이언트와 존과 함께 한 명은 런던에서, 한 명은 보스턴에서 날아왔다. 내게는 공포스러운 주말이었는데, 내 형제들이 전 세계에서 날아온 스위프티들과 함께 노래를 부르며 길거리를 돌아다녔기 때문이었다. 사람들은 어딘가에 숨기를 거부하고 징어슈트라세Singer Strasse와 (당연히) 코르넬리우스 가세Cornelius Gasse에 모여 팔찌를 교환했으며, 에라스 투어 복장을 하고는 친구를 사귀었다(체코에서 온 한 팬은 '지금 여성들이 분노하고 있어'라고 쓰인 티셔츠를 입고 있었다).

모두가 'All Too Well'과 'I Can Do It With a Broken Heart' 그리고 이 시국에 적절히 어울리는 'Haunted'와 'Don't Blame Me', 'Delicate'를 노래했다. "1, 2, 3, Let's go bitch"라는

구호도 결코 사납거나 과하게 들리지 않았다. 'Wildest Dreams'는 엄청난 인기로 네 차례나 불렀다. 'Fearless'는 이미 여러 현장에서 내게 감동을 안기곤 했지만, 내 형제들이 빈의 길거리에서 그 모든 낯선 이들과 함께 부르는 모습을 지켜보며 두려움은 축하로 바뀌었다. 앞으로도 이 노래를 들으며 이보다 더 감동받을 수 있을까?

테일러는 이제 새로운 차원의 명성에 접어들고 있다. 이제는 더 이상 인터뷰를 잘 하지 않지만, 인터뷰를 할 때면 기존의 형식에 얽매이지 않는 것처럼 보인다. 〈타임〉이 그녀를 2023년도 '올해의 인물'로 선정했을 때처럼 그 자리를 즐긴다. 그래서 테일러는 이렇게 말한다. "저는 호크룩스를 모아요. 인피니티 스톤도 모으고요. 새로운 앨범을 낼 때마다 간달프의 목소리가 머릿속에 울리죠. 제게 있어서 지금이 영화 같아요." 이런 말을 어떻게 해석이나 할 수 있을까? 저널리스트의 관점에서 이 말은 "나는 말 그대로 무엇이든 말할 수 있고, 이 인터뷰 진행자는 내가 무슨 말을 하고 있는 건지 물어볼 기회도 얻지 못할 것이야"다. 데이비드 보위는 70년대 내내 코카인에 절어 지내고 나서야 이런 식으로 말하기 시작했다.

그녀는 언제나 자기 시대가 오기도 전에 사라져 버릴까 봐 걱정했었다. 그녀는 2011년 말, 내가 난생처음 그녀의 라이브 공연을 보고 나서 몇 주가 지난 후에 스물두 살이 됐다. 그녀는 이미 다음 앨범인 〈Red〉에 담기 위해 생일에 관한 노래를 써두었고, 'Nothing New'라고 제목을 붙였다. 그러나 또 다른 10년이 흐르고 나서야 이 노래를 공개할 수 있었다.

그녀는 팬들의 사랑이 식어 버릴까 봐, 더 이상 흥미로운 존재가 아닐까 봐 두려워하는 마음을 드러낸다. 그녀는 이렇게 묻는다. "열여덟 살엔 모든 걸 안다고 생각했지만 스물두 살인 지금은 아무것도 모르겠어. 그리고 내가 전혀 새롭지 않아도, 그때도 여전히 나를 원할 거야?" 이 노래는 같은 앨범에 실린 또 다른 노래와 완전히 대척점에 선다. '22'는 팝콘 터지듯 "난 널 잘 모르지만, 난 스물두 살이 된 것 같아!"라고 외친다.

2021년 〈Red(테일러 버전)〉가 발매되고 나서야 'Nothing New'가 공개됐다. 이제 스물두 살이 되었다고 느낀 테일러는 이 노래를 피비 브리저스와 함께 듀엣으로 부른다. 그러나 2011년 11월의 피비는 캘리포니아주 파사데나에 사는 10대 소녀로, 테일러 스위프트의 노래를 라디오로 듣고 자기만의 노래를 만들고 싶다는 생각을 떠올렸다. 테일러는 그녀의 노래들이 살아 숨 쉬는 세상을 만들어 냈다. 그녀가 여전히 미친 듯이 새로운 노래들을 써내고 있는 동안에도 그렇다. 흡사 피비 브리저스가 '테일러 버전의 세상'이라고 말했듯이 말이다.

✦ 나를 도와줬던 모든 이들에게 감사의 마음을 전한다. 캐리 손튼은 내가 쓴 모든 책에서 그러하듯, 편집자이자 스승으로서 이 책의 한 페이지 한 페이지에 지혜와 영감을 불어 넣어준 지휘관이다. 그녀와 음악을 공유하는 일은 언제나 내 인생에서 가장 큰 기쁨 중 하나다. 고마워요, 캐리.

데이 스트리트 북스의 기세 넘치는 팀에게 정말로 감사드린다. 특히 카니, 하이디 리히터, 클리프 헤일리, 벤 스타인버그, 로니 커티스, 에밀리 멧저, 메리 인터도나티, 메건 트레이너, 제시카 라이온스, 메건 카 그리고 레이철 버키스트에게 고맙다.

에이전트 매튜 엘블롱크는 〈Folklore〉의 깊이와 〈1989〉의 반짝임을 가진 사람이다. 끝없는 통찰을 보여주고 'The Archer'를 고래고래 열창해준 젠 펠리에게 감사한다. 테일러의 NYU 스승인 브리타니 스파노스에게 감사한다. 브리타니와 〈Rolling Stone Music Now〉 팟캐스트의 브라이언 하이어트와 함께 일 년 동안 테일러 스위프트에 대해 토론하며 많은 것을 배웠다. 개빈 에드워즈, 조 레바이, 앤디 그린, 앤지 마르토치오, 크리스티안 호어드, 존 돌란이 더해준 슈퍼 파워에 감사한다.

꾸준히 나와 테일러 스위프트에 대해 논해준 과거와 현재의 〈롤링 스톤〉 동료들에게도 감사한다.

션 우즈는 영원한 마에스트로로 남을 것이다. 마리아 폰투라, 거스

베너, 줄리사 로페즈, 앨리슨 웨인플래시, 제이슨 뉴먼, 리사 토치, 제이슨 파인, 와이스 아라메시, 라리샤 폴, 사이먼 보지크 레빈슨, CT 존스, 마야 게오르기, 코리 그로우, 리아 루서, 행크 쉬티머, 맨카프르 콘테, 조디 굴리엘미, 데이비드 브라운, 앨런 세핀월, 조너선 블리스타인, 조 허다크, 조너선 번스타인, 데이비드 피어, 안드레 지, 테사 스튜어트, 그리핀 로츠 그리고 그 외에 많은 분들께 감사한다.

온 우주의 여왕, 어느 공간에서든 최고 멋쟁이일 뿐 아니라 언제나 디페시 모드(플레치의 명복을 빈다)의 디스코그래피에 대해 가장 정확하게 알고 있는 사람인 트리 페인에게 감사한다.

한나, @sippingaugust는 언제나 내게 통찰과 특별한 지식을 안겨 주었다. 바에서 지혜를 나눠준 세라 그랜트와 질리언 그랜트에게도 감사한다. 대리어스반 알먼, 켈리 케리건, 일레너 캐플런, 로리 마제스키, 마크 바이던바움, 제프리 스톡, 스테파니 웰스와 부츠, 수지 엑스포지토, 에리카 타베라, 애비 벤더, 제니퍼 발란타인, 매튜 퍼페튜아, 개브리엘라 파엘라, 더 소프티스 가족과 세이프티 테스에게 고마움을 전한다. 하우싱 웍스의 앨런 라이트와 모두에게 감사한다. 디 홀드 스테디 그리고 그들과 함께 항해해준 이들에게 감사한다. 또한 피어 해리슨, 리즈 펠리, 조던 리, 졸리 M-A에게 감사한다.

척 클로스터먼, 브라이언 클래리, 앤 파워스, 어맨다 페트러시크, 린제이 졸라즈, 션 호우, 케이티 크라스너, 스테이시 앤더슨, 크리스 크리스오레리, 키스 해리스, 부르크 허프먼, 제시카 하퍼, 조 그로스, 리지 굿맨, 어맨다 포리어스, 캐롤라인 설리번, 타라 지안카스프로, 로라 스네입스, 캐린 갠츠, 마리아 셔먼, 아유시미타 바타차지, 메트라이프 나이트 1 버스 노선의 비안카, 멜리사 엘트링엄, 조지 로제트 그리고 메건 오드슨에게 감사한다. 홀리 스위프트 팟캐스트의 크리스타 도일, 켈리 도일 그리고 제시카 잘레스키에게 안부를 전한다. 마르그리트 뒤라스부터 세인트 베르나테트까지 스위프트와의 연결고리가 엄청난 브라이언 맨스필드, 크리스 윌먼, 태피 브로드서 애크너, 로버트 크리스트고, 멜리사 마에르츠, 그레일 마커스, 태비 게빈슨. 다아시 스타인크에게 감사한다. 폴라 에릭슨에게 고맙다. 또한 식견을 나눠준 듀란 듀란의 신사에게도 경의를 표한다.

그리고 언제나 영원히, 메리 T. 셰필드와 밥 셰필드에게.

이 책은 내 평생 가장 멋지고 시끄러운 전설의 스위프티인 사랑하는 조카 매기, 매튜, 재키, 데이비드, 시드니, 앨리슨, 세라 그리고 찰리에게 바친다. 무결점에 진짜로 특별하고 겁도 없는 트레이시 'The Best Day', 브라이언트 'You Belong With Me', 맥키, 캐롤라인 'Betty', 존 'Exile', 핸론, 앤 'Blank Space' 셰필드와 존 'Mine' 그립이다. 도나, 조, 션, 제이크, 레이나, 엘리자 로즈에게 사랑을 표한다. 우리는 시끄러운 아일랜드계 대가족이라, 음악을 가지고 입씨름하기를 좋아하고, 술집에서 이런 노래들이 나올 때면 주위 사람들이 모두 도망가 버릴 때도 있다. 하지만 테일러 스위프트의 음악은 우리를 계속 풍요롭게 해주며, 우리는 그녀의 음악으로 은혜받을 수 있어 행복하다. 모든 셰필드 가족, 맥키 가족, 핸론 가족, 투미 가족, 크리스트 가족, 폴락 가족 그리고 니드햄 가족에게 사랑한다고 말하고 싶다.

무엇보다도 내 영원하고 항상 새롭고 로맨틱한 앨리에게 끝없는 사랑과 감사를 전한다.